花间集

〔唐〕温庭筠 韦庄 等 著
〔后蜀〕赵崇祚 编

民主与建设出版社
·北京·

© 民主与建设出版社，2023

图书在版编目（CIP）数据

花间集 /（唐）温庭筠等著；（后蜀）赵崇祚编 . -- 北京：民主与建设出版社，2023.8
ISBN 978-7-5139-4203-4

Ⅰ . ①花… Ⅱ . ①温… ②赵… Ⅲ . ①词（文学）—作品集—中国—古代 Ⅳ . ① I222.82

中国国家版本馆 CIP 数据核字（2023）第 088644 号

花间集
HUAJIAN JI

著　　者	〔唐〕温庭筠　韦庄等
编　　者	〔后蜀〕赵崇祚
责任编辑	彭　现
装帧设计	奆　玖
出版发行	民主与建设出版社有限责任公司
电　　话	（010）59417747　59419778
社　　址	北京市海淀区西三环中路 10 号望海楼 E 座 7 层
邮　　编	100142
印　　刷	天宇万达印刷有限公司
版　　次	2023 年 8 月第 1 版
印　　次	2023 年 11 月第 1 次印刷
开　　本	787mm×1092mm　1/32
印　　张	17
字　　数	340 千字
书　　号	ISBN 978-7-5139-4203-4
定　　价	88.00 元

注：如有印、装质量问题，请与出版社联系。

《花间集》序

词是诗歌的一种形式，同时也是一种诗的别体，它萌芽于南朝，兴起于隋唐，全盛于宋代。词最初称为"曲词"或者"曲子词"，又称近体乐府、长短句、曲子、曲词、乐章、诗余等，是配合宴乐乐曲而填写的歌诗。词牌是词的调子的名称，不同的词牌在总句数、句数，以及每句的字数、声调上都有规定。从长度来分，有小令（58字以下）、中调（59—90字）和长调（91字以上）。

词最初起源于民间，后传入上流社会，为文人士大夫所接受，并对此进行了改造。早期的词内容比较狭窄。中唐以后，张志和、韦应物等人尝试着对词进行了一些创新，取得了一定的成就。晚唐五代时，中原社会衰乱，但西蜀、南唐因地处偏僻，社会环境对文化发展有利，填词风气已十分普遍，《花间集》便在这种背景下产生了。其编撰者为五代后蜀时的赵崇祚

(字弘基,生平事迹不详),他收录了从唐文宗开成元年(836)到后晋高祖天福五年(940)时期温庭筠、皇甫松、韦庄等十八家词,共五百首。这些词的内容多描写女子生活、妆饰、容貌、闺怨、伤离惜别等,风格婉丽柔靡、缠绵香艳,且多表达男女相思之情,如温庭筠的《菩萨蛮·小山重叠金明灭》、牛希济的《生查子·春山烟欲收》等。但也有一部分作品,如鹿虔扆(yǐ)的《临江仙》抒写"暗伤亡国"之情,欧阳炯(jiǒng)的《南乡子》歌咏南方风土人情,较有现实意义。《花间集》的得名或以为"以花喻诗",或以为"花"喻女性,或以为"花间"指锦绣锦官城成都,又以为"花间"比拟精美的词作,诸如此等皆言之有理,然"花间词派"则由此而成。花间词派不仅是我国第一个词派,也是中国古代诗词学流派之一。

《花间集》介于中国文学发展史上唐诗、宋词两大峰巅期的中间,对宋词的繁荣及以后词的发展有着重大影响,文学艺术上的价值、作用、贡献和地位是不可忽视和否认的。首先,在人性探索上,它打破了以往人们的思想局促,突破了传统观念及封建礼教,描写了人性中最炽热最美好的感情;其次,在词的发展上，它对宋代以来的婉约词的发展和兴盛具有一定的枢纽地位，是汉魏乐府诗的蜕变和唐诗流派的延续发展，奠定了后世词体的风格，规范了"词"的文学体裁和美学特征，最终确立了"词"的文学地位；最后，在文学艺术上，这些词作者纵情下笔，轻松自如地释放着内心深处的真性情，摆脱了"诗以言志，文以载道，歌以咏怀"之说的束缚，加之辞藻华美芬芳、浓艳婉媚，具有很强的艺术感染力。翻开《花间集》，一股香艳之风扑面而来，让读者醉心其间，爱不释手。

《花间集》集中而典型地反映了我国词史上早期文人词创作的主体取向、审美情趣、体貌风格和艺术成就，真实地体现了早期词由民间状态向文人创作转换、发展过程的全貌。在这些词人中，温庭筠、皇甫嵩为晚唐曲子词作家，列于卷首，表示西蜀词派的源流所自。和凝以制曲著名，时称"曲子相公"，其词和温庭筠风格相近。张泌或疑为南唐词人，此外，从韦庄到李珣十四人，或是蜀中文人，或曾仕于蜀，多为文学侍从之臣。温词浓艳华美，韦词疏淡明秀，代表了《花间集》中的两种风格。其他词人的词作，则多蹈温、韦余风。汤显祖云："词至西蜀、南唐，作者日盛，往往情至文生，缠绵流露，不独为苏、黄、秦、柳之开山，即宣和、绍兴之盛，皆兆于此矣。"

近年来，随着传统文化的进一步复兴与繁荣，有关古典诗词的学习和普及再一次成了人们关注的焦点。一个时代有一个时代的学问，我们今天想要了解、学习古典诗词，就必须学习包括《花间集》在内的传统典籍。而这版《花间集》除对原词添加注释、译文、赏析、生僻字注音外，还包含汤显祖、李冰若、陈廷焯等历代词学大家的点评，以使读者更为全面地理解《花间集》。另外，书中还配有唐宋元明清等时期的人物、花鸟等名画，一则是视觉美感的享受，再则与词中蕴含的意向和情感相贴合，可提高自我的审美情趣及鉴赏水平。

鉴于词作内容博大精深，历史文化内涵丰富，而编撰者的能力和水平有限，对《花间集》的注释和理解难免存在一些不妥之处，在此衷心地希望广大读者和专家批评指正。

李寅生

2022 年 9 月 16 日

花间集叙

武德军节度判官欧阳炯①撰

　　镂玉雕琼,拟化工②而迥巧;裁花剪叶,夺春艳以争鲜。是以唱云谣则金母词清,挹霞醴③则穆王④心醉。名高《白雪》,声声而自合鸾歌⑤;响遏行云,字字而偏谐凤律⑥。《杨柳》《大堤》之句,乐府相传;《芙蓉》《曲渚》之篇,豪家自制。莫不争高门下,三千玳瑁之簪;竞富樽前,数十珊瑚之树。则有绮筵公子,绣幌佳人。递叶叶之花笺,文抽丽锦;举纤纤之玉指,拍按香檀。不无清绝之辞,用助娇娆之态。自南朝之宫体⑦,扇

---

① 欧阳炯:(约896—971)五代词人,益州华阳(今四川成都)人。其词见于《花间集》《尊前集》。
② 化工:自然造化之力。
③ 挹(yì)霞醴(lǐ):品酌仙酒。挹,酌,舀。《诗经·小雅·大东》:"维北有斗,不可以挹酒浆。"醴,甜酒。
④ 穆王:即穆天子。
⑤ 鸾歌:鸾鸣。形容动听的乐曲。
⑥ 凤律:乐律。
⑦ 宫体:南朝梁代以萧纲(即简文帝)的宫廷为中心形成的一种诗风。

北里①之倡风，何止言之不文②，所谓秀而不实。

有唐已降，率土之滨，家家之香径春风，宁寻越艳；处处之红楼夜月，自锁嫦娥。在明皇朝③，则有李太白之应制④《清平乐》词四首，近代温飞卿复有《金筌集》，迩来⑤作者，无愧前人。

今卫尉少卿字弘基⑥，以拾翠洲边⑦，自得羽毛之异；织绡泉底，独殊机杼之功。广会众宾，时延⑧佳论。因集近来诗客曲子词⑨五百首，分为十卷。以烱粗预知音，辱请命题，仍为叙引。昔郢人有歌《阳春》者，号为绝唱，乃命之为《花间集》。庶使西园英哲，用资羽盖之欢；南国婵娟，休唱莲舟之引⑩。

时大蜀广政三年⑪夏四月日叙。

---

① 北里：游冶之地。唐长安平康里，因在城北，故称北里。其地为妓院所在，因用为妓院的代称。
② 言之不文：指文辞缺少文采，不够雅正。
③ 明皇朝：指唐玄宗李隆基在位的时期（712—756）。
④ 应制：指奉皇帝之命作诗。
⑤ 迩来：近来。
⑥ 弘基：本书编著者赵崇祚。赵崇祚，字弘基，生平事迹不详。编纂此书时官任后蜀卫尉少卿。
⑦ 拾翠洲边：形容收集经典新词。
⑧ 延：收集，引述。
⑨ 曲子词：词的别称。
⑩ 莲舟之引：即《采莲曲》，梁武帝制乐府《江南弄》七曲之一。
⑪ 广政三年：即公元940年。广政，后蜀孟昶年号（938—965）。

目录

温庭筠 六十六首

菩萨蛮 002
更漏子 018
归国遥 024
酒泉子 026
定西番 031
杨柳枝 034
南歌子 042
河渎神 048
女冠子 051
玉蝴蝶 054
清平乐 055
遐方怨 058
诉衷情 060
思帝乡 061
梦江南 062
河 传 065
番女怨 068
荷叶杯 070

皇甫松 十二首

天仙子 074
浪淘沙 077
杨柳枝 079
摘得新 082
梦江南 084
采莲子 087

韦庄 四十八首

浣溪沙 090
菩萨蛮 095
归国遥 101
应天长 104
荷叶杯 106
清平乐 108
望远行 113
谒金门 114
江城子 117
河 传 120
天仙子 123
喜迁莺 127
思帝乡 129
诉衷情 131
上行杯 133
女冠子 136
更漏子 139
酒泉子 140
木兰花 141
小重山 143

薛昭蕴 十九首

浣溪沙 146
喜迁莺 154
小重山 158
离别难 161
相见欢 163
醉公子 164
女冠子 166
谒金门 168

牛峤 二十七首

柳 枝 170
女冠子 173
梦江南 177
感恩多 179
应天长 181
更漏子 184
望江怨 186
菩萨蛮 188
酒泉子 195
定西番 196

玉楼春 197

西溪子 199

江城子 200

张泌 二十四首

浣溪沙 204

临江仙 214

女冠子 215

河 传 216

酒泉子 217

生查子 220

柳 枝 222

南歌子 223

江城子 225

河渎神 227

蝴蝶儿 228

毛文锡 二十八首

虞美人 230

喜迁莺 233

赞成功 235

西溪子 236

中兴乐 237

更漏子 238

接贤宾 240

赞浦子 241

甘州遍 242

纱窗恨 245

柳含烟 247

醉花间 250

浣沙溪 253

浣溪沙 254

月宫春 255

恋情深 256

诉衷情 259

应天长 261

巫山一段云 263

临江仙 264

牛希济 十首

临江仙 266

生查子 274

中兴乐 275
谒金门 276

欧阳炯 十七首

浣溪沙 278
三字令 282
南乡子 283
献衷心 289
贺明朝 290
江城子 293
凤楼春 294

和凝 二十首

小重山 296
临江仙 299
菩萨蛮 302
山花子 303
何满子 305
薄命女 307
望梅花 308
天仙子 310
春光好 312

采桑子 315
柳　枝 316
渔　父 318

顾夐 四十八首

虞美人 320
河　传 326
甘州子 329
玉楼春 332
浣溪沙 337
酒泉子 343
杨柳枝 348
遐方怨 349
献衷心 350
应天长 352
诉衷情 353
荷叶杯 354
渔歌子 359
临江仙 360
醉公子 364
更漏子 366

孙光宪 五十四首

浣溪沙 368
河 传 378
菩萨蛮 381
河渎神 386
虞美人 388
后庭花 390
生查子 393
临江仙 396
酒泉子 398
清平乐 401
更漏子 403
女冠子 405
风流子 407
定西番 409
何满子 411
玉蝴蝶 412
竹 枝 414
思帝乡 415
上行杯 416
谒金门 419
思越人 420
杨柳枝 422
望梅花 424
渔歌子 425

魏承班 十五首

菩萨蛮 428
满宫花 431
木兰花 432
玉楼春 433
诉衷情 435
生查子 440
黄钟乐 443
渔歌子 444

鹿虔扆 六首

临江仙 446
女冠子 448
思越人 451
虞美人 452

阎选 七首

虞美人 454
临江仙 456
浣溪沙 458
八拍蛮 459
河　传 462

尹鹗 六首

临江仙 464
满宫花 466
杏园芳 468
醉公子 469
菩萨蛮 470

毛熙震 二十五首

浣溪沙 472
临江仙 478
更漏子 479
女冠子 481
清平乐 483

南歌子 484
何满子 486
小重山 488
木兰花 489
后庭花 490
酒泉子 492
菩萨蛮 495

李珣 三十三首

浣溪沙 498
渔歌子 502
巫山一段云 505
临江仙 507
南乡子 509
女冠子 516
酒泉子 518
望远行 521
菩萨蛮 524
西溪子 526
虞美人 527
河　传 529

六十六首

温庭筠

字飞卿
太原(今山西太原)人
晚唐诗人、词人

约801—866，一说870

他才思敏捷，每入试押官韵，八叉手而成八韵，时人称为"温八叉"。官至国子助教，因此《花间集》中称他为"温助教"。他的诗与李商隐齐名，词与韦庄并列，有"温李""温韦"之称。作品多收录在《花间集》《金奁集》和《全唐诗》中。

菩萨蛮

小山①重叠②金明灭③,鬓云欲度④香腮雪。懒起画蛾眉,弄妆梳洗迟。　　照花前后镜⑤,花面交相映。新帖绣罗襦,双双金鹧鸪⑥。

梦里初醒,女子眉黛轻残,额黄轻淡,头发蓬乱无比,香腮胜雪。她慵慵懒懒地不想画眉,过了许久才梳洗完毕。对着镜子簪花,花儿与面容交相辉映。她那新做的罗衣上用金线绣着一对对鹧鸪。这首词冠以温词之首,上阕写女子醒来、画眉梳洗之事;下阕写女子簪花着装之事。通过懒画眉、迟梳洗与鹧鸪成双等,刻画出女子孤独之哀。俞平伯《读词偶得》:"本篇旨在写

---

① 小山:唐代女子画眉的一种式样。
② 重叠:眉黛有深有浅,指残妆。
③ 金明灭:金,古代妇女额上的黄色涂饰,叫作"额黄",又称"鹅黄"。这里指隔了一夜,黄色有明有暗。
④ 度:掩盖。
⑤ "照花"句:对着镜子戴花。前后各放一面镜子,才能瞻顾后影。
⑥ 金鹧鸪(zhè gū):用金线在罗襦上绣成的鹧鸪鸟。

艳,而只说'妆',手段高绝。写妆太多似有宾主倒置之弊,故于结句曰'双双金鹧鸪',此乃暗点艳情,就表面看总还是妆耳。谓与《还魂记·惊梦》折上半有相似之处。"

又

水精帘里玻璃枕,暖香惹①梦鸳鸯锦②。江上柳如烟,雁飞残月天。　　藕丝秋色浅,人胜③参差剪。双鬓隔香红④,玉钗头上风。

室内挂着水晶帘,床上放着玻璃枕,铺着一床绣着鸳鸯的锦被,香气扑鼻,引人入梦。窗外江边,柳色如烟笼罩;残月之下,雁阵悄然飞过。女子已醒了,她穿上藕色的衣裙,戴上参差亮丽的饰品,双鬓之上还插着鲜花。和风徐来,她头上的玉钗微微地颤动着。这首词上阕写室内、室外之景,通过鸳鸯、雁、残月等反衬出女子的孤独;下阕写女子的妆饰,清丽之色恰与她凄婉的情怀相融合。李冰若《栩庄漫记》:"'暖香惹梦'

---

① 惹:逗引,撩起。
② 鸳鸯锦:绣有鸳鸯的锦被。
③ 人胜:人形饰物。《荆楚岁时记》:"正月七日为人日,以七种菜为羹,剪彩为人,或镂金箔为人,以贴屏风,亦戴之头鬓,又造华胜以相遗。"
④ 香红:鲜花。

四字与'江上'二句均佳,但下阕又雕缋满眼,羌无情趣。即谓梦境有柳烟残月之中,美人盛服之幻,而四句晦涩已甚,韦相便无此种笨笔也。"

又

蕊黄无限①当山额,宿妆隐笑纱窗隔。相见牡丹时,暂来还别离。　翠钗金作股②,钗上蝶双舞③。心事竟谁知,月明花满枝。

额头上的花黄已淡,隔着纱窗可见她的脸上略带愁容,已无笑意。与爱人相见时,牡丹花已经开放了,刚刚相聚却又匆匆分离。看着玉钗上面那一对金做的蝴蝶,仿佛正在翩翩起舞。她的心事又有谁会知道呢?空对着窗外的明月和满树的花朵。上阕描写女子与爱人相见恨迟、相聚时短的情景;下阕以物、景带情,表现女子的幽怨之情。浦江清《词的讲解》:"此章换笔法,极生动灵活。其中有描绘语,有叙述语,有托物起兴语,有抒情语,随韵转折,绝不呆滞。"

---

① 无限:没有界限,代指额黄模糊不清了。
② 股:钗的组成部分。
③ 蝶双舞:走动时,钗上面的双蝶形饰品颤动着如飞舞一般。

〔明〕唐寅 《班姬团扇图》(局部)

又

翠翘金缕双鸂鶒①,水纹细起春池碧。池上海棠梨,雨晴红满枝。　绣衫遮笑靥②,烟草粘飞蝶。青琐对芳菲,玉关③音信稀。

一对对羽毛艳丽的鸂鶒在水中嬉戏,水波漾起,更觉得池水清澈碧绿。雨后初晴,岸上的海棠树开满了花。女子身着绣衫,轻遮笑意,看着在轻烟细草间起舞的蝴蝶。那院门掩映在繁茂的花草树木之间,久未被开过,边关传来的书信越来越少了。这首词上阕写景;下阕则以景衬情,彰显女主人公怀旧念远的幽怨情绪。刘永济《唐五代两宋词简析》:"此首追叙昔日欢会时之情景也。"俞平伯《读词偶得》:"上二首皆以妆为结束,此则以妆为起笔,可悟文格变化之方。"

---

① 鸂鶒(xī chì):一种水鸟,又名"紫鸳鸯"。
② 笑靥(yè):笑起来时,脸上出现的酒窝,引申为笑脸。
③ 玉关:玉门关,唐时西边重镇,在今甘肃省敦煌西北。"玉关"象征思妇对征夫的牵挂。

又

杏花含露团①香雪,绿杨陌上多离别。灯在月胧明,觉来②闻晓莺。 玉钩褰③翠幕,妆浅旧眉薄。春梦正关情,镜中蝉鬓④轻。

赏评

杏花凝露,仿佛一团团的雪花;绿杨小径,从来就是离别的地方。灯还亮着,窗外的月色朦朦胧胧,女子睡醒了,依稀听到了黄莺的叫声。轻挽翠帷,挂在了玉钩之上;新妆未上,原来的眉色已经淡薄了。她还留恋着梦中之境,不觉间发现了镜中的自己,只觉得那鬓发也稀疏了。这首词写闺阁怀人,上阕描写梦中再现离别之景,再添无限惆怅;下阕写女主人公的行动,显示出她迷离恍惚、百无聊赖的情态。汤显祖评曰:"'碧纱如烟隔窗语',得画家三昧,此更觉微远。"

---

① 团:凝聚。
② 觉来:醒来。
③ 褰(qiān):揭起,撩起。
④ 蝉鬓:古代女子的一种发型,鬓分两侧,很像蝉的翅膀薄又轻。

又

玉楼明月长相忆,柳丝袅娜春无力。门外草萋萋①,送君闻马嘶。 画罗金翡翠②,香烛销成泪。花落子规③啼,绿窗残梦迷。

窗外的明月照着高楼,她深深地怀念起远在他乡的夫君。那时春风无力,柳丝更显得婀娜柔软。门外的春草茂盛无比,目送着夫君离去,她驻足良久,远远地望着,好像还能听见马的嘶鸣。罗帷上绣着金色的翡翠鸟,红烛滴尽了相思泪。花儿落尽,子规哀啼,她独守空房,正留恋着梦中的情景。这首词通过对景物的刻画,抒写了女子夜间思念回忆的悲苦之情。唐圭璋《唐宋词简释》:"通体景真情真,浑厚流转。"清陈廷焯《云韶集》:"音节凄清。字字哀艳,读之魂销。"

---

① 萋萋:草木茂盛的样子。
② 翡翠:指翠鸟。《埤雅》:"翠鸟或谓翡翠,雄赤曰翡,雌青曰翠。"
③ 子规:即杜鹃。《埤雅》:"杜鹃一名子规,苦啼,啼血不止。一名怨鸟,夜啼达旦,血渍草木。凡始鸣皆北向,啼苦则倒悬于树。"

又

凤凰相对盘金缕,牡丹一夜经微雨。明镜照新妆,鬓轻双脸长。　　画楼相望久,栏外垂丝柳。音信不归来,社①前双燕回。

 赏评

她穿上绣着成双成对的金凤凰的衣衫,仿佛雨后的牡丹一样清新明艳。对着镜子,精心打扮着,突然觉得自己头发少了,脸也消瘦。站在楼阁之上,她遥望了很久,只看见了栏杆外那低垂的柳枝。怎么还不见人影?连音信也没有了。春社之前,燕子却双双归来了。这首词上阕描写女子精心装扮;下阕刻画她妆成后的活动,突出她画楼望夫归的心情。汤显祖评曰:"('牡丹'句)眼前景,非会心人不知。"

又

牡丹花谢莺声歇,绿杨满院中庭月。相忆梦难成,背窗灯半明。　　翠钿②金压脸,寂寞香闺掩。人远泪阑干③,燕飞春又残。

---

① 社:社日,古代祭神的日子。这里指春社。
② 翠钿:用翡翠石、珠玉或金银等制成的花形首饰。
③ 阑干:纵横交错的样子。这里指泪珠纵横。

〔清〕 李鱓 《桃花柳燕图》（局部）

赏评

牡丹花凋谢后,听不到黄莺的鸣叫了,满院子的绿杨沐浴在月色之中。女子因为思念远人而久久不能入眠,她只能背对着窗,独自面对着这摇摇晃晃、忽明忽暗的烛光。任凭头饰遮住了脸颊,那寂寞的感觉充斥在香闺之中。想到远去的爱人,她泪流满面,又到了燕飞春残的时候啊!这首词上阕写景,描写女子难以入眠的情形;下阕描写女子在此情此景中的感受。陈廷焯《云韶集》:"领略孤眠滋味,逐句逐字,凄凄恻恻,飞卿大是有心人。"

又

满宫明月梨花白,故人万里关山隔。金雁①一双飞,泪痕沾绣衣。　　小园芳草绿,家住越溪②曲③。杨柳色依依,燕归君不归。

---

① 金雁:指绣衣上的双雁。亦指筝柱。刘攽《中山诗话》:"金雁,筝柱也。"谓弹筝以抒发思念之情。
② 越溪:古代美女西施浣纱处。
③ 曲:弯曲处。

 **赏评**

明月高悬,满院梨花盛开,分外洁白,心上人远在万里,关山重重,难以相见。看见绣衣上的金雁成双成对,翩翩欲飞,不禁涕泪湿了衣裳。小园芳草正绿,春光正浓。家住在越溪弯曲僻静之处,更易触景生情。只见柳色依依,燕子已经归来,而所念之人却没归来。这首词写女子怀念情人的情景。汤显祖评曰:"兴语似李贺,结语似李白,中间平调而已。"

又

宝函①钿雀金鸂鶒,沉香阁上吴山碧。杨柳又如丝,驿②桥春雨时。　　画楼音信断,芳草江南岸。鸾镜与花枝,此情谁得知。

 **赏评**

她初睡起,金钗遗落在了枕边。她站在高楼上,远望着碧翠的吴山。又是杨柳如丝般轻柔的时节,驿桥隐于纷纷细雨之中。远在他乡的人儿,连一点音信也没有传到画楼中来,想必江南岸边的芳草又绿了吧。每日对着镜子与花,此中苦忆之情,又有谁

---

① 宝函:华美的枕头。一说指梳妆盒。
② 驿:指驿站,古代供传递公文的人或来往官员住宿、换马的地方。

〔明〕 仇英 《汉宫春晓图》（局部）

知道呢?这首词通篇抒写离别相思之情,上阕通过对风景的描写,重现女子与爱人驿桥分别的情景;下阕则刻画了她的幽怨,是情感上的升华。汤显祖评曰:"'沉香''芳草'句,皆诗中画。"清陈廷焯《云韶集》:"只一'又'字,多少眼泪,音节凄缓。凡作香奁词,音节愈缓愈妙。"

又

南园满地堆轻絮①,愁闻一霎②清明雨。雨后却斜阳,杏花零落香。　　无言匀③睡脸,枕上屏山④掩。时节欲黄昏,无憀⑤独倚门。

赏评

清明时节,纷飞的柳絮铺满了整个院子。睡梦中,忧愁的她忽然听到了一阵儿急雨声。雨过天晴后,斜阳映照着小园,清香的杏花显得格外娇艳。她默默无语,绣枕掩映在屏风之后,睡意犹存的脸上显得气色匀和。时光流逝,很快就到了黄昏时候,她独自倚靠着闺门,百无聊赖。这首词上阕描写了女子午

---

① 轻絮:指柳絮、杨花。
② 一霎:形容时间短促,一阵子。
③ 匀:均衡,匀称,引申为调和。
④ 屏山:指屏风。
⑤ 憀:通"聊"。

睡醒来时看到的自然景物;下阕则刻画了她寂寞无聊的情态。沈际飞《草堂诗余正集》:"隽逸之致,追步太白。"王国维《人间词话》附录:"温飞卿《菩萨蛮》'雨后却斜阳,杏花零落香',少游之'雨余芳草斜阳,杏花零落燕泥香',虽自此脱胎,而实有出蓝之妙。"

又

夜来皓月才当午,重帘悄悄无人语。深处麝烟①长,卧时留薄妆。　　当年还自惜,往事那堪忆。花露②月明残,锦衾③知晓寒。

赏评

午夜之时,明亮的月亮才升到中天。帘幕重重,静悄悄的,没人说话。室内晦暗,燃烧的麝香冒着一缕青烟。她歇下时,脸上还留着淡淡的妆容。遥想当年,自己丽质丰姿,无比怜惜,可是往事哪里敢去回忆?花朵凝露,月色渐暗,锦被最能体会到深夜的寒意。这首词通篇描写女子长夜难度的情景,表现了

---

① 麝烟:燃烧麝香时产生的烟。
② 露:鄂本、汤本《花间集》作"落"。
③ 锦衾:丝织品制成的被褥。岑参《白雪歌送武判官归京》:"散入珠帘湿罗幕,狐裘不暖锦衾薄。"

她的缕缕哀愁。张惠言《词选》:"此自卧时至晓,所谓'相忆梦难成'也。"

又

雨晴夜合玲珑①日,万枝香袅红丝拂。闲梦忆金堂,满庭萱草②长。　　绣帘垂麗簌③,眉黛远山绿。春水渡溪桥,凭栏魂欲消。

赏评

雨过天晴,夜合花开得十分烂漫,无数朵花低垂着,花瓣流红,香气飘动。睡梦中,她见到了华丽的厅堂,以及满院子的萱草。醒来时,她望着那垂着流苏的绣帘陷入了沉思,如碧绿的远山般的眉黛之间,凝聚着一抹愁意。一江春水,从溪桥下缓缓流过,她凭栏远眺,感觉自己的青春年华也如这春水般流逝,不禁茫然起来。这首词描写女子白日闲梦,梦醒后又触景生情,感叹韶华流逝,情思茫然的状态。张惠言《词选》:"此章正写梦。垂帘、凭栏,皆梦中情事,正应'人胜参差'三句。"

---

① 玲珑:精巧细致,这里指花开繁盛。
② 萱草:一种草本植物,又名忘忧,传说能使人忘忧。
③ 麗簌(lù sù):指帘子上下垂的穗。一作"簶簌"。

又

竹风轻动庭除①冷,珠帘月上玲珑影。山枕隐秾妆,绿檀②金凤凰。　　两蛾愁黛浅,故国吴宫远。春恨正关情,画楼残点声③。

竹影森森,凉风萧飒,庭阶透着寒意。月光照在珠帘之上,投下了珠帘的层层清影。她带着浓妆躺在枕头上,金凤钗落在了枕旁。因想到了自己与所思念的人相距很远,所以蛾眉带愁,粉黛亦薄了。春光正在慢慢地消逝,她的愁怨更深了。外面传来了画楼上漏壶将尽的声音,天又将明了。这首词上阕写一种清凉的境界;下阕则刻画了她心中的愁怨。汤显祖评曰:"芟《花间》者,额以温飞卿《菩萨蛮》十四首,而李翰林一首为词家鼻祖,以生不同时,不得列入。今读之,李如藐姑仙子,已脱尽人间烟火气;温如芙蕖浴碧,杨柳挹青,意中之意,言外之言,无不巧隽而妙入。珠璧相耀,正是不妨并美。"

---

① 除:指台阶,廊阶。
② 绿檀:绿色的檀香枕。
③ 残点声:指漏壶计时的滴水之声,这里指天快要亮了。残,将尽。

更漏子

柳丝长,春雨细,花外漏声①迢递。惊塞雁,起城乌,画屏金鹧鸪。　　香雾薄,透帘幕,惆怅谢家池阁②。红烛背③,绣帘垂,梦长君不知。

柳条丝丝,春雨蒙蒙,花上的雨珠一滴滴落下,好像铜壶的滴漏声。这声音仿佛惊动了鸣雁,惊飞了城乌,那画屏上的鹧鸪好像也被惊起。淡淡的雾气透过了帘幕,让屋内的人更加惆怅。红烛燃尽了,绣帘低垂着,她思念远人,每晚只在梦中与他相见,可梦里有君君却不知。这是一首女子怀念爱人的词作。陈廷焯《词则·大雅集》:"思君之词,托于弃妇,以自写哀怨,品最工,味最厚。"王国维《人间词话》:"'画屏金鹧鸪',飞卿语也,其词品似之。"

---

① 漏声:指漏壶的滴水声,这里指雨点滴落的声音。
② 谢家池阁:原指唐李德裕之妾谢秋娘居所。后泛指佳人的闺阁。
③ 背:指红烛燃尽了。

又

星斗稀,钟鼓歇,帘外晓莺残月。兰露①重,柳风斜,满庭堆落花。　　虚阁上②,倚栏望,还似去年惆怅。春欲暮,思无穷,旧欢如梦中。

星星渐稀,钟鼓停止,帘外传来了黄莺的鸣叫,月亮渐落,天快亮了。兰花带露,柳枝摇曳,院子里落满了残花。她站在空空的楼阁上,凭栏远眺,还是像去年一样惆怅。春天即将过去,思念却无穷无尽,一想到往日团聚的日子,就如同在梦中一般。这首词描写了女子晨起登阁,望远怀人的情景。汤显祖评曰:"'帘外晓莺残月',妙矣。而'杨柳岸,晓风残月'更过之。宋诗远不及唐,而词多不让,其故殆不可解。"

又

金雀钗,红粉面,花里暂时相见。知我意,感君怜③,此情须问天。　　香作穗④,蜡成泪,还似两人心意。山枕

---

① 兰露:兰花上的露水。
② 虚阁上:登上楼阁。虚阁,空的楼阁。
③ 怜:爱。
④ 香作穗:指香燃烧尽了,像穗一样垂下。比喻君心如死灰,没有了真情。

〔五代南唐〕 顾闳中 《韩熙载夜宴图》（局部）

腻①,锦衾寒,觉来更漏残。

 赏评

我头戴金钗,红粉扑面,在花丛中与你初次相见。你知道我的情意,我也被你的怜爱而感动,此情此意可以让上天为我们见证。如今,香燃尽成灰,蜡炬如泪,就好像你对我已没有了情意,而我日夜忧伤怀念。泪水浸湿了枕头,锦被里仍觉寒冷,醒来时听见阵阵更漏声,更觉悲苦凄惨。这首词主要描写女子对负心人的怨恨之情,将其曲折痛苦的遭遇和爱悔交加的心理状态刻画得细致入微,委婉动人。

又

相见稀,相忆久,眉浅淡烟如柳。垂翠幕,结同心,待郎熏绣衾。　　城上月,白如雪,蝉鬓美人愁绝。宫树暗,鹊桥横②,玉签③初报明。

---

① 山枕腻:指枕头上都是泪痕。腻,指泪痕。
② 鹊桥横:鹊桥,传说七夕时,喜鹊搭建桥梁,帮助牛郎织女相会。此处指银河横斜,表示时间不早了。
③ 玉签:指报更用的竹签。

与君相见时少,相忆时久,使得眉间黛色淡如轻烟细柳。垂下翠色帘幕,绾好同心结,用香料熏着绣花被子,等待郎君的到来。皎洁的月亮挂在城头之上,梳着蝉鬓的美人极其忧愁。树木渐暗,银河横斜,玉签报声,天又快亮了。这首词写女子思念远人,上阕写她相忆成梦,下阕写梦醒愁极。汤显祖评曰:"口头语,平衍不俗,亦是填词当家。"

又

背江楼,临海月,城上角声①呜咽。堤柳动,岛烟昏,两行征雁分。　京口②路,归帆渡,正是芳菲欲度。银烛尽,玉绳③低,一声村落鸡。

背靠着江楼,眺望着海上的明月,耳畔传来城头上画角的呜咽之声。堤上柳枝摇曳,岛上暮烟昏暗,远去的鸿雁分成了两行。去往京口的途中,归舟停靠在渡口。已经是芳菲将尽的

---

① 角声:号角声。角,画角,古代军中的乐器之一。
② 京口:今江苏镇江市。一作"西陵"。
③ 玉绳:星名。北斗第五星北边的两颗星。张衡《西京赋》:"上飞闼而仰眺,正睹瑶光与玉绳。"李善注引《春秋元命苞》曰:"玉衡北两星为玉绳。"

暮春时节,远行的人是否即将启程了?银烛燃尽,玉绳星落下去了。忽然听到村里鸡鸣声声,天色将晓。这首词上阕写女子一夜远望,刻画其心中所思;下阕写远人欲归,却久久未到,显示出女子心中的急切。汤显祖评曰:"(两行征雁飞)句好。"丁寿田等《唐五代四大名家词》甲篇:"全词从头到尾写舟中所见实景,条理井然,景色如画。"

又

玉炉香,红蜡泪,偏照画堂秋思。眉黛薄,鬓云残,夜长衾枕寒。　梧桐树,三更雨,不道①离情正苦②。一叶叶,一声声,空阶滴到明。

玉炉香燃,红蜡滴泪,偏偏让画堂里充满秋日的愁思。她翠色的眉黛已经淡薄,鬓发也已散乱,秋夜漫长,锦被绣枕也透着寒意。梧桐叶落,三更秋雨,此时她的心情更加愁苦。一片片叶落,一滴滴雨声,落在了空阶上,一直到了天明。这首词描写女子的愁思离情,及长夜不眠的情景。李廷机《草堂诗余评林》:"前以夜阑为思,后以夜雨为思,善能体出秋夜之思者。"

---

① 不道:不管,不顾。王昌龄《送姚司法归吴》:"但令意远扁舟近,不道沧江百丈深。"
② 正苦:一作"最苦"。

归国遥

香玉①,翠凤宝钗垂簏欹。钿筐交胜金粟②,越罗③春水渌④。　　画堂照帘残烛,梦余更漏促。谢娘⑤无限心曲,晓屏山断续。

女子的饰品琳琅满目,珠光宝气,头上的花钿与金粟交相辉映着;衣衫是越罗裁制的,如春水般碧绿。华丽的厅堂内,红烛即将燃尽,烛光照着帘幕。梦醒了,更觉得更漏之声急促。她的心中充满了无限伤心。天要亮了,屏风上闪现出了明灭断续的山川。这首词写美女情态。汤显祖评曰:"芙蓉脂腻绿云鬟,故觉钗头玉亦香。"李冰若《栩庄漫记》:"此词及下一首,除堆积丽字外,情境俱属下劣。"

---

① 香玉:指头饰。
② 钿筐、金粟:皆指头饰。
③ 越罗:春秋时越国所产的罗绸,如春水般碧绿。
④ 渌(lù):形容水之清澈。
⑤ 谢娘:泛指闺阁女子。

又

双脸,小凤战篦①金颭②艳。舞衣无力风敛,藕丝秋色③染。 锦帐绣帏斜掩,露珠清晓簟④。粉心黄蕊花靥,黛眉山两点。

她面容秀丽,头上别着绘有彩凤的篦状头饰,行动中忽闪着金光。那一身藕色与浅蓝色相间的舞衣因风停了下来而自然下垂。锦帐与绣帷互相掩映着,露珠晶莹,竹席清凉无比。屋中的她涂上了红心黄蕊的花形面饰,黛色画成的两眉如远山一样悠长。这首词也写美人情态。唐圭璋《词学论丛·温韦词之比较》:"《归国遥》云(略)。则全写一美人颜色服饰之态,而情酝酿其中,却无一句写出。"

---

① 篦(bì):一种梳头工具,齿缝极细,俗称篦子。这里指如篦子形状的首饰。
② 颭(zhǎn):风吹物使颤动。
③ 秋色:指浅蓝色。
④ 簟(diàn):竹席。

酒泉子

花映柳条,闲向绿萍池上。凭栏干,窥细浪,雨萧萧①。　　近来音信两疏索②,洞房空寂寞。掩银屏,垂翠箔③,度春宵。

清风徐来,柳摆花落,飘向满是浮萍的池塘。女子倚靠着栏杆,观赏着细浪清波,聆听着潇潇雨声。近来,还没有收到远方的音信,空空的屋子里更觉得寂寞。银色屏风遮掩着,翠色的竹帘下垂着,这春夜真是难以度过呀。全词上阕描写女子阁上闲望,下阕描写她深闺怀远、寂寞惆怅的心情。汤显祖评曰:"《酒泉子》强半用三字句最易。"

---

① 萧萧:亦作"潇潇",形容细雨连绵。
② 疏索:稀疏,冷淡。
③ 箔(bó):指竹帘子。

又

日映纱窗,金鸭①小屏山碧。故乡春,烟霭②隔,背兰釭③。 宿妆惆怅倚高阁,千里云影薄。草初齐,花又落,燕双双。

晨光映过纱窗,香炉折射着光芒,屏风上的群山也显出了青色。熄灭了兰灯,隔着缭绕的烟雾,仿佛看到了家乡的春景。她不曾梳洗,脸上还带着隔夜的妆容,就登上了高阁眺望家乡,见到的却是千里云影。地上的芳草平铺,花瓣凋零,燕子已双双归来了。这首词描写的是一个女子怀念家乡时的惆怅心情。詹安泰《宋词散论·温词管窥》:"词的后阕连用云影、芳草、落花、双燕几种足以触动离情的景物,写来又很鲜明生动。"

---

① 金鸭:金色的鸭形香炉,用来燃烧香料,以熏香气。
② 烟霭:云烟。此处指燃香产生的烟雾。
③ 背兰釭(gāng):灭掉油灯。背,熄灭。兰釭,焚兰香膏脂的灯。《楚辞·招魂》:"兰膏明烛,华灯错些。"

又

楚女^①不归,楼枕^②小河春水。月孤明,风又起,杏花稀。　玉钗斜簪云鬓髻,裙上金缕凤。八行书^③,千里梦,雁南飞。

赏评

南行的女子还没回来,河畔旁的小楼依旧,春水荡漾。明月孤单单地照着大地,又起风了,杏花零落,越来越少了。依稀记得她的发髻上斜插着玉钗,衣裙上绣着金凤凰。想写上一封书信,以抒千里遥想之情,却被南飞鸿雁的叫声打断了遐思。这首词是写男子怀念女子的,在温词中比较少有。陈廷焯《词则·别调集》:"情词凄怨,('月孤明')三句中有多少层折。"吴衡照《莲子居词话》:"作小令不似此着色取致,便觉寡味。"

---

① 楚女:泛指南国女子。
② 枕:坐落。
③ 八行书:指信笺。古代的信笺每页八行。《太平寰宇记》:"薛涛十色笺,短而狭,才容八行。"

〔清〕 冷枚 《十宫词图》（局部）

又

罗带惹①香，犹系别时红豆②。泪痕新，金缕旧，断离肠。　　一双娇燕语雕梁，还是去年时节。绿阴浓，芳草歇③，柳花狂。

 赏评

罗带上余香犹在，上面还系着临别时相赠的红豆。泪迹新痕，金缕已旧，饱受离别之苦。雕梁画栋上那一对呢喃的燕子，又让我想起了去年的这个时候。那时节，绿树浓荫，芳草萋萋，柳絮四处飞扬。这首词描写离别之情，文意流畅，清新喜人。汤显祖评曰："纤词丽语，转折自如，能品也。"李冰若《栩庄漫记》："离情别恨，触绪纷来。"

---

① 惹：引，这里有带来之意。
② 红豆：又名相思子，生于岭南，种子大如豌豆，朱红色，有的一端黑色，或有黑色斑点。唐王维《相思》："红豆生南国，春来发几枝。愿君多采撷，此物最相思。"
③ 歇：散发。指气味。

定西番

汉使①昔年离别。攀弱柳②,折寒梅,上高台。 千里玉关春雪,雁来人不来。羌笛③一声愁绝,月徘徊。

赏评

遥想当年,在这里送别汉朝的使者,折杨柳,赠梅花,在高台上依依惜别。千里之外,玉门关一带还是春雪纷飞,大雁已归来,而人不曾回来。羌笛悠悠,声声含愁,唯有月影独自徘徊。这首词表现了征人思妇的离愁别怨。汤显祖评曰:"'月徘徊'是'香稻啄残鹦鹉粒'句法。"

---

① 汉使:汉朝的使臣。
② 攀弱柳:指折柳枝,表示赠别。《三辅黄图》:"霸桥,在长安东,跨水作桥,汉人送客至此桥,折柳赠别。"下文中的"折寒梅"同样是赠别之意。
③ 羌笛:笛名,出于羌族,主要分布在今甘、青、川一带。东汉应劭《风俗通义》:"武帝时丘仲之所作也。……其后又有羌笛。"

又

海燕①欲飞调②羽。萱草绿,杏花红,隔帘栊。　　双鬟翠霞金缕③,一枝春艳浓。楼上月明三五④,琐窗中。

燕子准备飞时会先梳理羽毛。帘栊之外,萱草茂盛碧绿,杏花娇艳绯红。女子头上戴着华丽的饰品,好像春天里一枝盛开的鲜花。正是十五月圆之日,女子坐在楼上,望着琐窗之外,别有情思。这首词刻画了一个新妆初罢的少女形象。汤显祖评曰:"(结尾二句)不知秋思在谁家。"

---

① 海燕:指燕子,古人认为燕子从海上来,故名海燕。
② 调:梳理。
③ 翠霞金缕:指各种华丽的首饰。
④ 三五:指农历的十五日,即月圆之日。

又

细雨晓莺春晚。人似玉,柳如眉,正相思。 罗幕翠帘初卷,镜中花一枝。肠断塞门①消息,雁来稀。

细雨蒙蒙,黄莺啼鸣,已到了暮春时节。美人如玉,眉似柳,相思之意正浓。她轻轻卷起帘幕,对镜自照,美艳如花。塞外之人迟迟没有传来音信,让人等得肝肠寸断,而飞来的大雁也越来越少了。这首词表达了女主人公对征人的怀念。俞陛云《唐五代两宋词选释》:"《定西番》三首有'雁来人不来''肠断塞门消息,雁来稀'句,亦借莺雁以寄离情,其意境与《蕃女怨》词相类。"

---

① 塞门:指塞外关口。

杨柳枝

宜春苑①外最长条②,闲袅春风伴舞腰。正是玉人肠绝处,一渠春水赤栏桥③。

宜春苑外杨柳摇曳生姿,迎风轻舞,可与舞女的细腰相媲美。这里正是与君离别的地方,如今再见,令人不禁愁肠欲绝。唯有那一溪春水仍旧在赤栏桥下潺潺流过。这首词借咏柳来表现女子的感物伤怀,写得流利晓畅,情致缠绵。李冰若《栩庄漫记》评道:"风神旖旎,得题之神。"

又

南内④墙东御路傍,须知春色柳丝黄。杏花未肯无情思,

---

① 宜春苑:秦时官苑名,故址在今陕西省长安县南。
② 最长条:指柳条。
③ 赤栏桥:桥名,疑在宜春苑附近。
④ 南内:指唐时的"兴庆宫"。

何事^①行人最断肠。

兴庆宫宫墙东侧的道路旁栽有柳树,想要知道春色是否到来了,看看柳丝的颜色是否嫩黄就明了了。为何行人不理解杏花的情意,却独为柳枝伤心断肠。这首词描写柳丝嫩、杏花开的初春时节,行人的伤别之情。华钟彦《花间集注》:"言柳乃无情之物,非杏花可比。杏花未肯似柳之无情,何为亦令人断肠耶!"

又

苏小^②门前柳万条,毵毵^③金线拂平桥。黄莺不语东风起,深闭朱门^④伴舞腰。

苏小小的宅院前栽种了很多柳树,金线般细长的柳条轻轻地拂着平桥。春风徐徐吹来,黄莺静悄悄地,不曾歌唱。她家的院门紧闭着,只有那柳枝好像舞女的纤腰一般轻轻舞动。这

---

① 何事:何须,何用。
② 苏小:苏小小,南齐时钱塘名妓,其家门前多柳树。
③ 毵(sān)毵:枝条细长的样子。
④ 朱门:旧时富贵人家的大门常漆朱红色,故称朱门。

首词通过动静结合,形象地描绘出了柳丝的婀娜多姿。

又

金缕①毵毵碧瓦沟②,六宫③眉黛惹香愁。晚来更带龙池④雨,半拂栏干半入楼。

嫩黄的细柳与碧绿的琉璃瓦交相辉映,宫女们被随风舞动的新柳引起了春愁。到了傍晚时候,更是下起了细雨,那柳枝仿佛带着皇帝的恩泽,拂栏入楼。这首词描写的是宫中女子望柳生愁的情景。李冰若《栩庄漫记》:"新词丽句,令人想见张绪风流。"

又

馆娃⑤宫外邺城⑥西,远映征帆近拂堤。系得王孙⑦归意

---

① 金缕:指柳枝。
② 碧瓦沟:指琉璃瓦的瓦槽。
③ 六宫:泛指妃嫔。
④ 龙池:唐玄宗即位之前居隆庆坊(或作崇庆坊)后宅内涌泉成池;玄宗称帝后,水势更大,弥漫数里。时人以为吉兆。
⑤ 馆娃:即馆娃宫,春秋时吴国宫殿名。相传吴王夫差为西施所建。
⑥ 邺城:三国时魏都,今河北省临漳县,曹操曾在此建筑铜雀台。
⑦ 王孙:贵族后裔,泛指富贵人家的子弟。这里指游子。

切,不关芳草绿萋萋。

在馆娃宫外及邺城的西侧均种着翠柳,柳影远映着征帆,柳丝近拂着长堤。袅袅的柳丝牵系着游子的心,令他们思归之意更切。而这一切和碧绿的芳草没有关系。这首词描写柳枝带给人的感受,它虽不像芳草蕴含归愁,却同样牵绊住了远游之人。李冰若《栩庄漫记》:"声情绵邈,'系'字甚佳。与白傅永丰一首,可谓异曲同工。"

又

两两黄鹂色似金,袅枝啼露动芳音。春来幸自①长如线,可惜②牵缠荡子③心。

一对对金色的黄鹂停落在柳枝间婉转优美地啼叫着,柳枝上的露珠随着清脆的鸣音滚落。春天到来时,柳枝长长的如细线,可喜的是它还能牵缠着游子的归心。这首词通过书写女子

---

① 幸自:本自。
② 可惜:可喜。
③ 荡子:指游子。

〔明〕仇英 《人物故事图·捉柳花图》(局部)

的所见所闻,触景生情,希望长长的柳丝能把远游的丈夫牵绊住,表达了她对丈夫的思念之情。

又

御柳如丝映九重①,凤凰窗映绣芙蓉。景阳②楼畔千条路,一面新妆待晓风。

赏评

如丝般纤细的柳枝与幽深的皇宫交相辉映,雕刻着凤凰的花窗与绣有荷花的窗帘相映生辉。景阳楼边的条条道路上,柳枝婀娜多姿,好像梳妆过的宫女一样清丽,准备迎接晨风的吹拂。这首词描写的是皇宫中的柳树。丁寿田等《唐五代四大名家词》甲篇:"言清晓柳色清新,如晨妆初罢,以待晓风也。'万木无风待雨来',可为'待'字笺。此句乃承上景阳楼而来,极有境界。"

---

① 九重:指皇宫,言其深远。
② 景阳:指景阳楼。据《南齐书》载,齐武帝置钟于景阳楼上,宫人们闻钟声早起妆饰。

又

织锦机边莺语频①,停梭②垂泪忆征人。塞门三月犹萧索,纵有垂杨未觉春。

 赏评

黄莺在织布机旁连连啼鸣,女子停下了投梭,默默垂泪,想起了出征的丈夫。阳春三月,边关外还是万物萧索,即使那里生长着垂杨树,依旧感觉不到春天的气息。这首词写女子思念出征的丈夫,情真意切,感人甚深。汤显祖评曰:"《杨柳枝》,唐自刘禹锡、白乐天而下,凡数十首。然惟咏史咏物,比讽隐含,方能各极其妙。……此中三、五、卒章,直堪方驾刘、白。"

---

① 频:频繁。
② 梭:织布机上的梭子。

〔唐〕 张萱 《捣练图》（局部）

南歌子

手里金鹦鹉,胸前绣凤凰。偷眼①暗形相②。不如从嫁与③,作鸳鸯。

他手里把玩着金鹦鹉,衣衫上绣着凤凰式样。她偷偷地打量着年轻男子的模样,不如就嫁给他吧,做一对幸福的鸳鸯。这首词描写女子看到风流的少年,心生爱慕,"偷眼暗形相"一句将其大胆又略带羞涩的表情跃然纸上。汤显祖评曰:"短调中能尖新而转换,自觉隽永可思。腐句腐字一毫用不着。"清谭献《复堂词话》:"尽头语,单调中重笔,五代后绝响。"

又

似带如丝柳,团酥④握雪花。帘卷玉钩斜。九衢⑤尘欲

---

① 偷眼:偷偷地看。
② 形相:端详,细看。
③ 从嫁与:不如就这样嫁给(他)。从,任从,随意。
④ 团酥:凝脂,形容丰润柔嫩。
⑤ 九衢:四通八达的道路。

暮,逐香车。

她的腰肢纤细,如弱风扶柳;肌肤丰润,如雪花般洁白。车帘卷起,用玉钩斜挂着,在繁华的道路上驶过。时近暮色,他的心还在追逐着远去的香车。这首词表达了男子对女子的追慕之情。李调元《雨村词话》:"温庭筠《南歌子》'团酥握雪花',言花之白如团苏也,与酥同义。"

又

倭堕①低梳髻,连娟②细扫眉。终日两相思。为君憔悴尽,百花时。

她梳着低低的倭堕髻,眉毛画得娟秀细长。整日里饱受相思之苦。即使处在百花争艳的时节,她却因思君而憔悴不堪,虚度年华。这首词写女子对男子的思念。"百花时"三字点出了动情的春天,人与花相比憔悴不堪,情思倍出。清谭献《词

---

① 倭堕:同"鬌(wǒ)堕",古代的一种发式。古乐府《陌上桑》:"头上倭堕髻,耳中明月珠。"也指头发美好。
② 连娟:形容眉毛画得娟秀细长。

辨》:"'百花时'三字,加倍法,亦重笔也。"

又

脸上金霞①细,眉间翠钿深。欹②枕覆鸳衾。隔帘莺百啭,感君心。

她的脸上被金霞照映着,垂至眉间的翠钿显得更加碧绿。她斜靠着枕头,盖着绣有鸳鸯的锦被。帘子外面的黄莺百啭啼鸣,似乎知道她的思君之情。这首词描写的是女子对男子的相思之情。李冰若《栩庄漫记》:"婉娈缠绵。"

又

扑蕊③添黄子④,呵花满翠鬟。鸳枕映屏山。月明三五夜,对芳颜。

---

① 金霞:指装饰品反射出的光彩。
② 欹:倾斜。
③ 扑蕊:采摘花蕊。
④ 黄子:额黄。

 **赏评**

采摘花蕊来装点眉间额黄,轻轻地吹吹花朵,把它戴在发髻上。十五的月儿正圆,月光透过屏风,洒落在鸳鸯枕上,映照着一副美好的容颜。汤显祖评曰:"'扑蕊''呵花'四字,未经人道过。"

又

转眄^①如波眼,娉婷似柳腰。花里暗相招^②。忆君肠欲断,恨春宵。

 **赏评**

她那双灵动的明眸流转着,好似一汪清澈的秋波;她那纤秀的腰肢,犹如婀娜的柳枝。犹记得与君花中相会,对君的思念之情令人肝肠寸断,只恨这恼人的春宵太难度过。这首词写分别后男子对女子的思念。陈廷焯《云韶集》:"'恨春宵'三字,有多少宛折。"

---

① 眄(miǎn):斜视。一作"盼"。
② 暗相招:指幽会。

〔明〕 佚名 《千秋绝艳图》(局部)

又

懒拂鸳鸯枕,休缝翡翠裙。罗帐罢①炉熏。近来心更切,为思君。

无心拂拭鸳鸯枕上的灰尘,也不想缝补翡翠裙上的破洞。罗帐里也不再燃香熏衣。近来心中的思念之情更加深切,这都是因为思念你呀!这首词描写的是女子思念男子。陆游《渭南文集》:"飞卿《南乡子》八阕,语意工妙,殆可追配刘梦得《竹枝》,信一时杰作也。"

---

① 罢:停止。

河渎神

河上望丛祠①,庙前春雨来时。楚山无限鸟飞迟,兰桡②空伤别离。　何处杜鹃啼不歇?艳红③开尽如血。蝉鬓美人愁绝,百花芳草佳节。

从河上隐约看到了树丛中的古祠,笼罩在蒙蒙的春雨之中。楚山茫茫,鸟儿迟迟没有飞走;兰舟催发,尽是伤心别离。杜鹃在哪里哀啼呢?盛开的杜鹃花仿佛染遍了鲜血。哪怕在这百花争艳、芳草茵绿的季节,梳着蝉鬓的美丽女子依然满是愁意。这首词写女子伤别。陈廷焯《词则·别调集》:"《河渎神》三章,寄哀怨于迎神曲中,得《九歌》之遗意。"

---

① 祠:祠堂,神祠。
② 兰桡:精美的小舟。泛指船。
③ 艳红:指杜鹃花。

又

孤庙对寒潮,西陵①风雨萧萧。谢娘惆怅倚兰桡②,泪流玉箸③千条。 暮天愁听思归乐④,早梅香满山郭。回首两情萧索,离魂何处飘泊。

站在破败的孤庙前,迎着江上阵阵寒流,观望着风雨弥漫的西陵峡。女子倚靠着船沿,十分地惆怅,流下了一串串珠泪。傍晚时分,更害怕听到杜鹃的鸣叫,城外的山上早已遍开梅花。回想起你我的感情冷淡了,这游荡的人会漂泊到何处呢?这首词描写的是女子思人,突出了其思念之切及茫然无依的心绪。汤显祖评曰:"二词颇无深致,亦复千古并传。柏梁、金谷、兰亭,带挈中乘人不少,上驷之冤,亦下驷之幸。聊搁笔为之一噱。"

---

① 西陵:西陵峡,又名夷陵,长江三峡之一。
② 兰桡(ráo):船桨。这里指船边。
③ 玉箸:形容泪珠成行而下。箸,筷子。
④ 思归乐:指杜鹃的叫声。元稹《思归乐》:"山中思归乐,尽作思归鸣。"

又

铜鼓赛神①来,满庭幡盖徘徊。水村江浦过风雷②,楚山如画烟开。　　离别橹声空萧索,玉容惆怅妆薄。青麦③燕飞落落④,卷帘愁对珠阁。

锣鼓喧天,赛神会开始了,满院子的幡盖随风飘扬着。山村江边,好像风行雷过;楚山如画,云雾渐渐散去。离别之时,船桨划水之声听起来分外萧索。她脸上的妆容淡薄,看起来更加忧伤惆怅。三月正是麦子返青、燕子双飞时节,也只能半卷珠帘,对着空阁发愁。这首词描写了女子别易聚难的哀怨之情。李冰若《栩庄漫记》:"上半阕颇有《楚辞·九歌》风味,'楚山'一语最妙。"

---

① 赛神:赛神会,又称"赛会"。唐时风俗,于春秋两季举行,用仪仗、锣鼓等迎神出庙,游街庆祝。
② 过风雷:形容赛会锣鼓喧天、鞭炮齐鸣的壮观场面。
③ 青麦:麦子返青,约在三月。
④ 落落:形容燕子飞行自在的样子。

女冠子

含娇含笑,宿翠残红①窈窕②。鬓如蝉、寒玉簪秋水,轻纱卷碧烟。雪胸鸾镜里,琪树③凤楼前。寄语青娥④伴,早求仙。

女道士露出娇态,带着微笑,额上的翠眉已淡,脸上的胭脂已薄,但看起来仍然美丽。青丝发鬓轻如蝉翼,上面的玉簪寒如秋水,轻纱制成的帷幕如卷碧烟。坐在梳妆台前,镜子中的她肌肤胜雪;站在凤楼前,亭亭玉立的她犹如玲珑玉树。她寄语自己的同门们,好好修炼,争取早日成仙。这首词描写的是一位娇美却不失飘逸气质的女道士。汤显祖评曰:"'宿翠残红窈窕',新妆初试,当更妩媚撩人,情语不当为登徒子见也。"

---

① 宿翠残红:指隔夜残妆。
② 窈窕:形容女子文静美好。
③ 琪树:仙家的玉树。
④ 青娥:指美女。

〔明〕 仇英 《汉宫春晓图》（局部）

又

霞帔①云发,钿镜仙容似雪。画愁眉,遮语回轻扇,含羞下绣帏。　玉楼相望久,花洞②恨来迟。早晚乘鸾去③,莫相遗。

女道士披着彩色的披肩,鬓发如云,镜子中的容颜胜雪。她细细地描画好眉黛,轻摇罗扇,掩藏起自己的心思,带着羞意垂下了绣帘。她驻足楼前,遥望了很久,恼恨女伴还没到来。但愿有一天,我们将骑着鸾凤成仙而去,到那时就再也不会分开了。这首词也是描写女道士的作品。唐圭璋《词学论丛·温韦词之比较》:"如《菩萨蛮》云'蕊黄无限当山额''鬓云欲度香腮雪',《南歌子》云'倭堕低梳髻,连娟细扫眉''脸上金霞细,眉间翠钿深',《女冠子》云'霞帔云发,钿镜仙容似雪',皆写人之容貌也。"

---

① 霞帔:古代妇女的一种披肩服饰。
② 花洞:指女道士修仙之居。
③ 乘鸾去:指成仙。

玉蝴蝶

秋风凄切伤离,行客未归时。塞外草先衰,江南雁到迟。　芙蓉凋①嫩脸,杨柳堕②新眉。摇落③使人悲,断肠谁得知。

萧瑟的秋风吹起,满满都是离别的感伤,而远游在外的人儿还没有回来。塞外的草已枯萎衰败,飞往江南的大雁迟迟没有到来。她娇嫩的脸犹如凋谢的荷花般憔悴,新画的眉毛也像枯萎的杨柳叶般失去了颜色。这秋天里万物凋零的景象真让人伤悲,可是这令人断肠的愁绪又有谁会知道呢?这是一首秋日怀远之词。陈廷焯《云韶集》:"'塞外'十字,抵多少《秋声赋》。"又评:"飞卿词'此情谁得知''梦长君不知''断肠谁得知',三押'知'字,皆妙。"

---

① 凋:凋谢。这里指面容憔悴如凋谢的荷花。
② 堕:下落。这里指眉色淡如枯柳。
③ 摇落:凋残,零落。宋玉《九辩》:"悲哉,秋之为气也!萧瑟兮,草木摇落而变衰。"

清平乐

上阳①春晚,宫女愁蛾浅。新岁清平思同辇,争那②长安路远。　　凤帐鸳被徒熏,寂寞花锁千门。竟把黄金买赋③,为妾将上明君。

赏评

暮春时节,上阳宫中的宫女们眉黛浅淡含愁。新的一年开始了,正是太平日子,大家都盼着能同皇帝同车游览,怎奈这里距离长安十分遥远。彩凤罗帐和鸳鸯锦被熏香了也是枉然,花枝封住了一道道门,也将寂寞深锁在其中。只能像陈皇后那样重金买赋呈递上去,以求与皇帝相见。这是一首宫怨词,将宫女心中的希望与失望之间的矛盾心理刻画得十分细腻,这是与其他宫怨词的不同之处。汤显祖评曰:"《清平乐》亦创自太白,见吕鹏《遏云集》,凡四首。黄玉林以二首无清逸,气韵促

---

① 上阳:指上阳宫,唐时宫殿,故址在今河南洛阳。
② 争那:怎奈。争,怎。
③ 黄金买赋:指汉武帝时,陈皇后失宠,以百斤黄金请司马相如作《长门赋》,呈给武帝后复得宠幸一事。

促，删去，殊恼人。此二词不知应作何去取。"

又

洛阳愁绝，杨柳花飘雪。终日行人恣①攀折，桥下水流呜咽。　　上马争劝离觞②，南浦③莺声断肠。愁杀平原年少④，回首挥泪千行。

赏评

洛阳城里愁思至极，漫天的柳絮如同飞雪飘舞。行人们天天折着杨柳枝惜别，桥下的流水仿佛呜咽着悲歌送别。骑上马，朋友们争相劝饮离别之酒，分别之地的莺啼声声令人肠断。远行的少年啊也伤愁欲绝，频繁地回头，擦不尽涟涟泪水。这首词写离别之情，上阕点明地点和时节，渲染离别的气氛；下阕写离别的场面及不忍离去的心情。丁寿田等《唐五代四大名家词》："此词悲壮而有风骨，不类儿女惜别之作。其作于被贬之时乎？"

---

① 恣（zì）：任意。
② 离觞：饯别之酒。
③ 南浦：南面的水边。泛指送别之地。
④ 平原年少：泛指贵族子弟，这里指远行的人。平原，古地名，战国时赵国都邑，今山东平原县。年少，少年。

〔明〕仇英 《人物故事图·浔阳琵琶》(局部)

遐方怨

凭绣槛①,解罗帏。未得君书,断肠潇湘②春雁飞。不知征马③几时归。海棠花谢也,雨霏霏。

倚着雕花的窗栏,掀开窗帘,望着自潇湘地区飞来的大雁,期盼中的书信仍未到来,不禁愁肠寸断。不知出征的人何时才能归来。海棠花早已凋谢,细雨霏霏,令人伤怀。这首词描写了女子春日凭栏怀人的情形,通过刻画景物,含蓄地表达了女子的惆怅情绪。陈廷焯《云韶集》:"神致宛然。"

---

① 绣槛:指雕有纹饰的栏杆。
② 潇湘:水名,指潇水和湘水。
③ 征马:战马。这里代指出征的人。

又

花半坼①,雨初晴。未卷珠帘,梦残惆怅闻晓莺。宿妆眉浅粉山横,约鬟鸾镜里,绣罗轻。

雨后初晴,花儿刚刚绽放。珠帘尚未卷起,梦境已残,惆怅之中听到了黄莺的歌声。昨夜的装扮已零乱,眉色浅浅犹如小山层叠。对着鸾镜梳着妆,多情的春风轻轻吹起了绣裙。这首词描写女子晨起时的状态,字里行间却透露着她对意中人的相思及惆怅之情。李冰若《栩庄漫记》:"'梦残'句妙,'宿妆'句又太雕矣。'粉山横'意指额上粉,而字句甚生硬。"

---

① 坼:裂开。指花朵半开。

诉衷情

莺语,花舞,春昼午①,雨霏微。金带枕②,宫锦,凤凰帷。　　柳弱蝶交飞③,依依。辽阳④音信稀,梦中归。

春日里黄莺鸣唱,花儿随风摇曳起舞。正午时分,下起了蒙蒙细雨。屋内的床上堆着金带枕和宫锦被,挂着凤凰帐帷。屋外的柳枝柔嫩,蝴蝶上下双飞,那依依不舍的样子令人痴迷。远戍辽阳的夫君寄来的书信稀少,只能在梦里看到他归家。这首词写的是思妇对戍边丈夫的怀念。陈廷焯《词则·别调集》:"节愈促,词愈婉。结三字凄绝。"

---

① 春昼午:春日正午时分。午,十二时辰之一。
② 金带枕:饰有金带的枕头。
③ 蝶交飞:蝴蝶上下飞舞,交互嬉戏。
④ 辽阳:地名,边防要地,今辽宁省辽河以东。

思帝乡

花花,满枝红似霞。罗袖画帘肠断,卓^①香车。回面共人闲语,战篦金凤斜。唯有阮郎^②春尽,不归家。

千万朵花儿盛开,枝头上像是铺满了红霞。女子站立在香车上,轻挽罗袖,卷起车帘,满腹愁绪。回头和人闲聊时,头上雕有金凤的篦子歪斜了。莫非自己的爱人也像阮郎一样有了奇遇,春光逝尽不想回家了?这首词描写的是女子对丈夫的眷恋之情。卓人月《古今词统》卷三徐士俊评:"'卓'字,又见薛昭蕴词'延秋门外卓金轮'。"

---

① 卓:站立。
② 阮郎:阮肇,东汉人。相传他与刘晨入天台山采药,得遇仙女,等回家后,发现已过数百年。此处借指远游未归之人。

梦江南

千万恨,恨极在天涯①。山月不知心里事,水风空落眼前花,摇曳碧云斜。

虽然心中有千万种恨,但最可恨的是心上人远在天涯。山中明月不知道我心中的愁事,水面清风徐徐吹落眼前的花瓣,碧云悠悠随风微微斜行。这首词通过对景物的描写,衬托出人物的心理活动,是一首闺怨词。汤显祖评曰:"风华情致,六朝人之长短句也。"陈廷焯《云韶集》:"低细深婉,情韵无穷。"

---

① 天涯:天边。指心上人在遥远的地方。

又

梳洗罢,独倚望江楼①。过尽千帆皆不是,斜晖②脉脉水悠悠,肠断白蘋洲③。

梳洗打扮后,独自倚靠着望江楼的栏杆远望。一艘艘帆船过去了,期盼的那艘并没有出现。落日的余晖默默地洒在江面上,江水依旧缓缓地流着,一腔的伤愁之情萦绕在了那片白蘋洲上。这首词作者以素描手法,勾画了一幅完整的艺术画面,书写了女子终日期盼远人归来的一片痴情。汤显祖评曰:"'朝朝江上望,错认几人船。'同一结想。"陈廷焯《云韶集》:"绝不着力,而款款深深,低徊不尽,是亦谪仙才也。吾安得不服古人?"

---

① 望江楼:楼名,因临江而得名。
② 斜晖:傍晚的阳光。
③ 白蘋洲:开满了白蘋花的洲渚。白蘋,水草名,夏秋开小白花。此处泛指水中小洲,不是实际地点。

〔清〕 华嵒 《隔水吟窗图轴》（局部）

河 传

江畔,相唤。晓妆鲜,仙景个女①采莲。请君莫向那岸边,少年,好花新满船。 红袖摇曳逐风暖,垂玉腕,肠向柳丝断。浦南归,浦北归,莫知,晚来人已稀。

赏评

江边,采莲女子相互呼唤。她们晨妆鲜艳亮丽,在这美景中的那个采莲女呀,请不要到岸的那边去。那边装满鲜花的船上,坐着一个少年。采莲女的衣袖随着暖风摇曳飘动,垂下如玉的手腕采莲,心却向着少年所在的柳荫飞去。他是从南浦回去,还是从北浦回去呢?不知道。临近傍晚,人越来越少了。这首词描写的是采莲女对少年的倾慕之情。陈廷焯《云韶集》:"犹有古意。"

---

① 个女:那个或那些少女。个,指代词,这,那。

又

湖上,闲望。雨萧萧,烟浦①花桥路遥。谢娘翠蛾愁不销,终朝②,梦魂迷晚潮。　荡子天涯归棹远,春已晚,莺语空肠断。若耶溪③,溪水西,柳堤,不闻郎马嘶。

闲望湖上,细雨潇潇,那花桥弥漫着云雾,更显得路途远长。美人眉间凝愁一直不散,一整天里迷迷糊糊,梦里还痴迷于那阵阵晚潮。浪子远在天涯,归舟遥遥无期,春色已晚,听到那莺语声声,愁肠欲断。若耶溪啊,在溪水的西畔,那柳堤里总听不见郎君归来时的马鸣之声。这首词通过写湖上雨景,抒写了荡子春晚不归时思妇的惆怅之情。陈廷焯《云韶集》:"'梦魂迷晚潮'五字警绝。用蝉联法更妙,直是化境。"

---

① 烟浦:云烟笼罩的水滨。
② 终朝:一整天。
③ 若耶溪:溪名,在今浙江绍兴市若耶山下,相传西施曾在此处浣纱。这里借指思妇住所。

又

同伴,相唤。杏花稀,梦里每愁依违①。仙客②一去燕已飞,不归,泪痕空满衣。 天际云鸟引晴远,春已晚,烟霭渡南苑。雪梅香,柳带长,小娘③,转令人意伤。

招手相唤同伴,共诉心曲。杏花凋谢了,每回梦里都担心着相聚又散。仙鹤一去不复返,燕子也飞走了,还没有回来的消息,泪痕沾染了衣裳。天边云飞鸟翔,更觉得晴空辽远。已是暮春时节,烟云飘过了南苑。女子从早春梅花含香,直盼到柳丝细长,依旧不见爱人踪影,更令人神伤。陈廷焯《白雨斋词话》评:"《河传》一调,最难合拍。飞卿振其蒙,五代而后,便成绝响。"汤显祖评曰:"三词俱少轻情,似不宜于十七八女孩儿之红牙拍歌,又无关西大汉执铁板气概。恐无当也。"

---

① 依违:形容声音的乍离乍合。这里指人的离合,重在离。曹植《七启》:"飞声激尘,依违厉响。"
② 仙客:指鹤。相传仙人多骑鹤,所以称为"仙客""仙禽"。
③ 小娘:指少女。

番女怨

万枝香雪①开已遍,细雨双燕。钿蝉筝②,金雀扇,画梁③相见。雁门④消息不归来,又飞回。

千万枝杏花盛开,形成一片香雪海。细雨蒙蒙中,飞着一对对紫燕。那古筝上的金蝉,扇面上的金雀,与画梁间的燕子再度相见。可是,戍边的人既没有音信也没有归来,这春燕才飞来又飞走了。这首词描写女子春日的怨情。陈廷焯《云韶集》:"'又飞回'三字,更进一层,令人叫绝,开两宋先声。"

---

① 香雪:指杏花。
② 钿蝉筝:饰有金蝉图案的筝。
③ 画梁:彩绘的屋梁。这里指燕子栖息的地方。
④ 雁门:雁门关,在今山西省代县西北,以险著称。此处指边关,边塞。

又

碛①南沙上惊雁起,飞雪千里。玉连环②,金镞箭,年年征战。画楼离恨锦屏空,杏花红。

荒漠中狼烟四起,惊起了一群群飞雁,好像大雪漫卷千里。身披铠甲,挽弓箭,年年征战不断。遥想画楼中的美人也恼恨这战中别离,屏风之后空荡荡的,独自看着杏花开放,分外寂寞。这首词描写征人忆家,表现了相思之情。陈廷焯《词则·别调集》:"起二句,有力如虎。"

---

① 碛(qì):水中沙石。此处指荒漠。
② 玉连环:指征人所穿的铠甲。

荷叶杯

一点露珠凝冷,波影。满池塘,绿茎红艳①两相乱。肠断,水风凉。

 赏评

清晨时分,水面波光粼粼,荷影荡漾,荷叶上露珠滚滚,透着寒意。满池塘盛开的荷花,绿茎红花杂乱相间,难以区分。正观赏得入迷,一阵儿凉风吹来了。这首词描写的是初晓时荷塘的景色。李冰若《栩庄漫记》评:"全词实写处多,而以'肠断'二字融景入情。是以俱化空灵。"

又

镜水②夜来秋月,如雪。采莲时,小娘红粉③对寒浪。惆怅,正思惟④。

---

① 绿茎红艳:指荷的茎和花。这里指荷塘景色。
② 镜水:指水面平静如镜。一指镜湖,在今浙江绍兴会稽山北麓。
③ 红粉:指采莲少女的妆容。
④ 思惟:思念,思量。一作"思想",另作"相思"。

〔明〕 陈洪绶 《荷花鸳鸯图》（局部）

 赏评

　　水面平整如镜，映照着夜空中那轮秋月，月光皎洁如雪。正是采莲的时节，采莲少女妆容精致却只能对着寒冷的池水。心中惆怅，正思量着远方的人儿。这首词描写女子秋夜采莲的情景，凸显女子孤寂、惆怅的心情。

又

　　楚女欲归南浦，朝雨。湿愁红①，小船摇漾入花里。波起，隔西风。

 赏评

　　清晨，采莲少女准备回到南岸边，天空却飘起了蒙蒙细雨。雨水淋湿了荷花，透着一点愁意，小船缓缓地摇进了荷丛里。西风吹来，吹起了波浪，隔开了我和你。这首词描写采莲女遇到了朝雨的情景，表现了一种淡淡的哀愁。汤显祖评曰："唐人多缘题起词，如《荷叶杯》，佳题也。此公按题矣，词短而无深味；韦相尽多佳句，而又与题茫然，令人不无遗恨。"

---

① 愁红：指经过风雨摧残的荷花。红，指荷花。

十二首

皇甫松

一作"嵩",字子奇
自号檀栾子
睦州新安(今浙江淳安)人

生卒年不详

他是工部郎中皇甫湜之子,宰相牛僧孺的外甥。他工诗善词,今存词二十余首,见于《花间集》《唐五代词》。

天仙子

晴野鹭鸶①飞一只,水䓀②花发秋江碧。刘郎③此日别天仙,登绮席,泪珠滴,十二晚峰④高⑤历历⑥。

  天气晴朗,草地上飞起一只白鹭。水䓀花已盛开,秋天的江水更加清澈碧绿了。相传刘晨就是在这样的日子里告别神仙的,坐上饯别的筵席,忍不住泪水涟涟,巫山十二峰高耸挺立,看得更清楚了。这首词主要描写爱人之间的离别之情。陈廷焯《云韶集》:"'飞一只',便妙。结笔得远韵,亦是从'曲中人不见,江上数峰青'化出。"汤显祖评曰:"余有诗云:'推窗历历数晴峰。'恍与此合。"

---

① 鹭鸶:白鹭,春夏多活动于湖沼岸边或水田中。
② 水䓀(hóng):即水荭,一年生草本植物,夏秋开花,红色或白色。
③ 刘郎:即刘晨,相传与阮肇入山采药遇到了仙人。
④ 十二晚峰:指巫山十二峰。
⑤ 高:一作"青"。
⑥ 历历:清楚。

又

踯躅①花开红照水,鹧鸪飞绕青山觜②。行人③经岁始归来,千万里,错相倚,懊恼④天仙应有以⑤。

杜鹃花开了,红艳艳的,映照着池水;鹧鸪成双成对,绕着山口盘旋飞行。刘郎经过了数年终于回来了,自此便相隔千万里之遥,仙女终是托付错了人,这也是她懊恼悔恨的原因吧。这首词写天人相隔,恼恨之情。陈廷焯《云韶集》:"无一字不警快可喜。"

---

① 踯躅(zhí zhú):植物名,即杜鹃花,又名"映山红"。唐白居易《题元十八溪居》:"晚叶尚开红踯躅,秋芳初结白芙蓉。"
② 山觜(zuǐ):即山口。
③ 行人:指刘晨。
④ 懊恼:懊悔烦恼。
⑤ 以:因,缘由。

〔明〕佚名 《千秋绝艳图》（局部）

浪淘沙

滩头细草接疏林,浪恶罾船①半欲沉。 宿鹭眠鸥飞旧浦,去年沙觜②是江心。

岸滩上小草连接着稀疏的树木,渔船被恶浪拍击着,浮浮沉沉的。在这里休息的白鹭沙鸥飞来飞去,还在寻找旧地方,可是去年的江岸已经成了江中沙渚。这首词通过描写自然界的变化,表达了人世沧桑之感。汤显祖评曰:"桑田沧海,一语破尽。红颜变为白发,美少年化为鸡皮老翁,感慨系之矣。"黄叔灿《唐诗笺注》:"不庄不俗,别有风情。"

---

① 罾(zēng)船:渔船。罾,渔网。
② 沙觜:即沙嘴,指沙水相接处。

又

蛮歌豆蔻①北人愁,蒲②雨杉风野艇③秋。浪起鸂鶒④眠不得,寒沙细细入江流。

南方人唱的豆蔻之歌,北方人听了也发愁。蒲草和杉树经历着风吹雨打,小舟独自在这样的秋日里漂荡。风浪涌起,鸂鶒也不能安心地睡觉。那沙洲上的细沙一股股地被卷入江中冲走了。这首词隐含着对个人处境的描写。李冰若《栩庄漫记》:"玉茗翁谓前词有沧桑之感,余谓此首亦有受谗畏讥之意,寄托遥深,庶几风人之旨。"

---

① 豆蔻:多年生草本,夏日开花,花呈黄白色,果实芳香。古人以此代指少女。唐杜牧《赠别二首》之一:"娉娉袅袅十三余,豆蔻梢头二月初。"
② 蒲:香蒲,多年生草本,叶子可以做席、扇子。
③ 艇:小舟。
④ 鸂鶒(jiāo jīng):一种水鸟,即池鹭。

杨柳枝

春入行宫映翠微①,玄宗侍女舞烟丝②。如今柳向空城绿,玉笛何人更把吹。

春回大地,豪华的行宫与碧翠的山色交相辉映。玄宗皇帝让宫廷的歌舞侍女翩翩起舞,那婀娜的腰肢犹如细长的柳枝。如今杨柳又绿了,行宫却没了人迹,还有谁再来吹奏玉笛呢?这首词借咏歌舞以讽刺唐玄宗行乐之事。曹锡彤《唐诗析类集训》:"翠微,山气青缥色。玄宗调玉笛而吹之。此以玄宗宫柳言。"

---

① 翠微:指树木翠绿,使山泛着淡青色。
② 舞烟丝:指侍女起舞时腰肢婀娜样。

又

烂熳春归水国^①时,吴王宫殿^②柳丝垂。黄莺长叫空闺畔,西子^③无因^④更得知。

 赏评

江南水乡又到了春光烂漫时,馆娃宫内外的垂柳吐翠,如丝般轻垂。黄莺不停地鸣叫着,闺房里却杳无人迹。这清脆的啼鸣声,西子却没有办法听到了。这首词咏西施,表达了作者对她的同情之意。曹锡彤《唐诗析类集训》:"吴为水国,唐有吴王宅,在长安禁城东。西子谓吴王美人也。此以吴王宫柳言。"

---

① 水国:江南水乡。泛指吴越一带。
② 吴王宫殿:指吴王夫差所筑的宫殿。这里指他为西施所建的馆娃宫。
③ 西子:春秋时越国美女西施。
④ 无因:无缘。

〔宋〕徐崇矩 《仕女图轴》(局部)

摘得新

酌一卮^①,须教玉笛吹。锦筵^②红蜡烛,莫来迟。繁红^③一夜经风雨,是空枝。

倒满一卮酒,还应吹奏玉笛助兴。精致的筵席上,烛火通明,可不要来得太晚。再美的鲜花经过一夜风雨的洗礼,也会变成空枝的。这首词意在劝人及时行乐,其背后潜藏着隐痛。况周颐《餐樱庑词话》:"语淡而沉痛欲绝。"汤显祖评曰:"'自是寻春去较迟',情痴之感,亦负心之痛也。摘得新者,自不落风雨之后。"

---

① 卮(zhī):酒器。
② 锦筵:精美的筵席。
③ 繁红:指花。也比喻人。

又

摘得新①,枝枝叶叶春。管弦兼美酒,最关人②。平生都得几十度,展香茵③。

采摘一些鲜花,一枝一叶都包含着春意。宴饮时要有演奏助兴,这最能激发人的激情。人这一生能有几十回得以铺上香垫、对酒听曲的机会呢?这首词同第一首一样,均有劝人及时行乐,感叹时光流逝之意。汤显祖评曰:"敲醒世人蕉梦,急当着眼。"

---

① 摘得新:指摘得鲜花。此词牌名得之该句。《词律》卷一:皇甫松词"首句三字'摘得新',因以为名。"
② 关人:关系到人的情怀。唐李白《杨叛儿》:"何许最关人?乌啼白门柳。"
③ 香茵:美艳的坐垫。

梦江南

兰烬①落,屏上暗红蕉。闲梦江南梅熟日②,夜船吹笛雨萧萧。人语③驿边桥。

夜深烛尽,烛光暗淡,屏风上的美人蕉模糊不清。昏昏欲睡间,梦到了江南梅雨时节,我站在船上吹着笛子,与那潇潇的风雨声相合,时而能听见驿桥边上人语声。这首词描写的是对江南的留恋之情。汤显祖评曰:"好景多在闲时,风雨潇潇何害。"

---

① 兰烬:指蜡烛燃烧时形成的灯花。
② 梅熟日:指初夏梅熟之日,即黄梅天。
③ 人语:说话声。唐王维《鹿柴》:"空山不见人,但闻人语响。"

又

楼上寝,残月下帘旌①。梦见秣陵②惆怅事,桃花柳絮满江城。双髻坐吹笙。

我早早上楼就寝,一直等到残月落到帘额之下才睡着。梦到了在金陵时发生的惆怅之事。那时桃花怒放,柳絮飞满了江城,我所喜欢的姑娘独自坐在桃柳之下吹着笙。这首词是作者通过梦境来追忆江南往事的。陈廷焯《云韶集》:"凄艳似飞卿,爽快似香山。"王国维《人间词话》附录:"黄叔旸称其《摘得新》二首为有达观之见。余谓不若《忆江南》二阕,情味深长,在乐天、梦得上也。"

---

① 帘旌:帘额,即帘子上部所缀的装饰。
② 秣陵:即金陵,今江苏南京。

〔清〕沈燧 《月下仕女吹笙图》（局部）

采莲子

菡萏①香莲十顷陂②举棹③,小姑④贪戏采莲迟年少。晚来弄水⑤船头湿举棹,更脱红裙裹鸭儿年少。

荷花盛开,香满十顷池塘,采莲少女因贪玩而忘记了采莲。傍晚时分,因为玩水而弄湿了船头。她还脱下红裙子去网池中的小鸭子。这首词写采莲女子的嬉戏之态。汤显祖评曰:"人情中语,体贴工致,不减觌(dí)面见之。"

---

① 菡萏(hàn dàn):荷花。
② 陂:水塘。
③ 举棹:与下文中"年少",皆为唱词时众人相和之声。
④ 小姑:少女。
⑤ 弄水:玩水。

又

船动湖光滟滟①秋_{举棹},贪看年少信船流_{年少}。无端②隔水抛莲子_{举棹},遥被人知半日羞_{年少}。

 **赏评**

小船划动,水波激滟,一派清秋之色。采莲女子痴情地探看少年郎,任凭小船任意漂流。她没有缘由地隔着水抛出了莲子,当发现被远处的人看见时,害羞了大半天。这首词描写采莲女子大胆而娇羞的神态。况周颐《餐樱庑词话》:"写出闺娃稚憨情态,匪夷所思,是何笔妙乃尔!"

---

① 滟滟:形容水波闪烁摇荡的样子。
② 无端:无故,没有缘由。

四十八首

韦庄

字端己
京兆杜陵（今陕西西安）人
唐末至五代前蜀诗人、词人

约 836—910

他是大诗人韦应物的四世孙。乾宁元年（894年）考取进士后奉使入蜀，后王建称帝建立前蜀政权，韦庄任前蜀宰相。韦庄的词成就斐然，与温庭筠齐名，同为"花间派"代表大家，著有《浣花集》。

浣溪沙

清晓妆成寒食①天,柳球②斜袅间花钿,卷帘直出画堂前。 指点牡丹初绽朵,日高犹自凭朱栏,含颦③不语恨春残。

寒食节这天,她一大早就梳妆好了,倾斜的柳球摇曳,与花钿间隔开。她卷起帘子,来到了庭院前,对着刚盛开的牡丹指指点点。日头渐高,她独自倚靠着栏杆,皱着眉头,没有吭声,心里却恼恨这春天就要过去了。这是一首女子惜春的词作。

---

① 寒食:节令名,清明节前一二日,为纪念介之推,这一天不生火不点灯,只吃冷食。
② 柳球:用柳枝做成的饰品。
③ 含颦:指皱眉的样子。含着愁意。颦,同"嚬",皱眉。

又

欲上秋千四体慵①,拟②交人送又心忪③,画堂帘幕月明风。 此夜有情谁不极④?隔墙梨雪⑤又玲珑,玉容憔悴惹微红。

想去荡秋千,却觉得四肢疲倦无力;打算让人推送,又感到害怕。就这样,画堂的帘子卷了起来,看到月色皎洁,又起风了。这样的良辰美景,谁不尽情享受呢?墙外的梨花洁白似雪且玲珑剔透,可是她的脸色憔悴泛起了微微红晕。这首词写的是女子的伤春之感。汤显祖评曰:"('忪'字)亦凑韵。"

又

惆怅梦余山月斜,孤灯照壁背红⑥纱,小楼高阁谢娘家。 暗想玉容何所似?一枝春雪冻梅花,满身香雾簇⑦朝霞。

---

① 慵:疲倦无力。
② 拟:打算。
③ 忪(zhōng):惶恐,害怕。
④ 不极:不尽(其情)。
⑤ 梨雪:梨花似雪。
⑥ 红:一作"窗"。
⑦ 簇:聚,簇拥。

 **赏评**

梦醒了,他心中十分地惆怅。那一轮山月低斜,孤灯照着影壁,纱窗也紧闭着。这小楼高阁就是他心爱之人的家呀。他暗暗寻思可以用什么来比拟她的美貌呢?她是那一枝春雪中凝冻的洁白梅花吧!浑身香气弥漫,仿佛天边簇拥的朝霞。这首词写一位青年怀念心中所爱女子之情。汤显祖评曰:"以'暗想'句问起,越见下二句形容快绝。"李冰若《栩庄漫记》:"'梨花一枝春带雨''一枝春雪冻梅花'皆善于拟人,妙于形容,视'滴粉搓脂'以为美者,何啻仙凡。"

又

绿树藏莺莺正啼,柳丝斜拂白铜堤①,弄珠江上草萋萋。　　日暮饮②归何处客?绣鞍骢马③一声嘶。满身兰麝醉如泥。

---

① 白铜堤:原为乐府曲名,写为《白铜鞮》或《襄阳白铜堤》。这里指古襄阳的汉水堤名,泛指堤岸。
② 饮:宴饮。一作"欲"。
③ 骢马:青白色相间的马。

〔清〕 陈枚 《月曼清游图册之杨柳荡千》（局部）

绿树成荫,黄莺藏在树里欢快地啼鸣;柳丝细细,轻轻拂拭着岸堤;江流滚滚,洲渚上春草茂密青翠。天要黑了,那饮酒归来的人是谁呢?坐在绣鞍之上,玉骢马一声声嘶鸣着,他浑身泛着兰麝香气,早已醉烂如泥。这首词描写的是醉客归来的情景。汤显祖评曰:"痛饮真吾师。"

又

夜夜相思更漏残,伤心明月凭栏干,想君思我锦衾寒。　　咫尺画堂深似海,忆来唯把旧书①看,几时携手入长安?

每个夜晚,我都因为相思难以入眠,一直到漏断更残。望着那一轮令人伤心的明月,我倚靠着栏杆,想着你在思念我时,或许也会感到锦被冰寒。画堂仅有咫尺之长,感觉却像海一样深。每当回忆起你时,只好把往日的书信翻来看。不知什么时候才能再相见,一起携手去长安。这首词描写男子对女子的相思之情。汤显祖评曰:"'想君''忆来'二句,皆意中意、言外言也。水中着盐,甘苦自知。"

---

① 旧书:指往日来往的书信。

# 菩萨蛮

红楼别夜堪惆怅,香灯半卷流苏^①帐。残月出门时,美人和泪辞。　琵琶金翠羽^②,弦上黄莺语^③。劝我早归家,绿窗人似花。

想起红楼相别的那个晚上,心中惆怅不已,摇曳的烛火映照着半卷着的流苏帐。月残将落,我要出门远行了,爱人含着泪为我送行。临别时,她拨动饰有金翠羽的琵琶,弹奏出如黄鹂鸣叫般婉转动听的曲子。那曲调分明是劝我早些回家,碧纱窗下等待的人如花美眷。这首词写与情人的离别。汤显祖评曰:"词本《菩萨蛮》,而语近《江南弄》《梦江南》等,亦作者之变风也。"

---

① 流苏:指丝线制成的穗子。
② 金翠羽:嵌金点翠的穗状饰品。
③ 黄莺语:黄鹂的叫声。这里用以形容琵琶弹出的声音。

〔清〕 汤禄名 《仕女图》（局部）

又

人人尽说江南好,游人只合江南老。春水碧于天,画船听雨眠。　　垆边①人似月,皓腕凝霜雪。未老莫还乡,还乡须断肠。

人们都说江南风景好,来江南游玩的人都想在这儿颐养天年。春天的江水清澈碧绿胜过蓝天,还可以躺在彩舫中听雨入眠。江南酒家那卖酒的女子如月亮一般美丽好看,沽酒时露出的双臂洁白如雪。年轻之时不要回家乡,回到家乡必定会因思念江南而愁肠寸断。这首词书写的是初到江南时的心情。汤显祖评曰:"('春水'二句)江南好,只如此耶。"谭献《词辨》:"强颜作欢快语,怕断肠,肠亦断矣。"

又

如今却忆江南乐,当时年少春衫薄。骑马倚斜桥,满楼红袖②招。　　翠屏金屈曲③,醉入花丛宿。此度见花枝,白头誓不归。

---

① 垆边:典出汉代卓文君当垆卖酒的事。此句指酒家。
② 红袖:指少女。梁简文帝《采莲赋》:"素腕举,红袖长。"此处指歌伎。
③ 金屈曲:屏风折叠处镀金的搭扣。一说屏风的折叠处反射着金光。

 **赏评**

现在我回忆起了江南的逍遥事,那时候年少风流,春衫飘飘,风度翩翩。我骑着马,停靠在小桥边,满楼的歌伎们都朝我招手相唤。碧翠的屏风曲折迂回,这里就是我醉宿之地。如果现在还有当年的际遇,就算白了头发我也不想回来。这首词追忆在江南时的生活。李冰若《栩庄漫记》:"端己此二首自是佳词,其妙处如芙蓉出水,自然秀艳。"陈廷焯《云韶集》:"风流自赏,决绝语正是凄楚语。"

又

劝君今夜须沉醉,樽前①莫话明朝事。珍重主人心,酒深情亦深。　　须愁春漏短,莫诉②金杯满。遇酒且呵呵③,人生能几何。

 **赏评**

劝您今天晚上务必喝个一醉方休,酒席之上就不要谈论明天的事情啦。感谢主人的深情厚谊,酒喝好了,友情更加深厚

---

① 樽前:指宴席前。樽,古代盛酒的器具。
② 莫诉:不要推辞。
③ 呵呵:笑声。这里指强颜欢笑、勉强作乐。

了。我们应愁时光短促,不要推辞斟满杯的美酒。多喝点美酒,勉强作乐一番,谁知道人生能有多长呢?这首词通过描写酒宴之乐,表现了一种人生如梦、及时行乐的消极思想。汤显祖评曰:"一起一结,直写旷达之思。与郭璞《游仙》、阮籍《咏怀》,将无同调。"

又

洛阳①城里春光好,洛阳才子②他乡老。柳暗魏王堤③,此时心转迷。 桃花春水渌,水上鸳鸯浴。凝恨对残晖,忆君君不知。

赏评

洛阳城里春光明媚,景色优美。我这个漂泊他乡的浪子将老于此地了。眼前的魏王堤柳枝茂密,而我满心凄迷,无限惆怅。看那桃花嫣红,春水碧绿,水中鸳鸯相对沐浴。我这一腔的相思仇恨空对着落日余晖,怀念远方的你呀,你却不知道。这首词写的是作者流浪他乡时生出的感慨之情。汤显祖评曰:"可怜可怜,使我心恻。"张惠言《词选》:"此章致思唐之意。"

---

① 洛阳:古称东都,今河南洛阳县境内。
② 洛阳才子:西汉时洛阳人贾谊,年少有才,长于写作,人称"洛阳才子"。这里指作者本人,他早年曾寓居洛阳。
③ 魏王堤:即魏王池,洛阳名胜之一。

〔清〕 汤禄名 《仕女图》（局部）

归国遥

春欲暮,满地落花红带雨。惆怅玉笼鹦鹉,单栖无伴侣。　南望去程何许,问花花不语。早晚^①得同归去,恨无双翠羽^②。

又要到暮春时节了,落花夹杂着雨点落满地面。看见玉笼中的鹦鹉,我满心惆怅,它独自栖居,还没有伴侣。看看南去之路,不知道有多么远,问花,花也不吭声。哪一天才能一同回去呢?真恨自己没生出双翅膀来。这首词写的是思妇独宿的孤苦。汤显祖评曰:"还不是解语花,不问也得。"

---

① 早晚:何时,哪一天。令狐楚《远别离》诗:"春来消息断,早晚是归时?"《花间集》中用"早晚"一词共三处,均为"何时"之意。
② 翠羽:翅膀。

又

金翡翠①,为我南飞传我意。罨画②桥边春水,几年花下醉。　别后只知相愧③,泪珠难远寄。罗幕绣帏鸳被,旧欢如梦里。

漂亮的青鸟啊,请你向南飞去传递我的心意吧。彩绘的桥边春水如画,还记得几年前我们曾醉倒在花下。久别之后才悔恨不已,漫漫长路难以寄去我相思的泪水。看着这罗帐绣帷和鸳鸯锦被,我们往日的欢情只能在梦里回忆了。这首词写女子对远行丈夫的思念之情。吴梅《词学通论》:"端己《菩萨蛮》四章,惓惓故国之思,最耐寻味。而此词南飞传意,别后知愧,其意更为明显。陈亦峰论其词,谓似直而纡,似达而郁。洵然,虽一变飞卿面目,而绮罗香泽之中,别具疏爽之致。"

---

① 金翡翠:传说中能传信的青鸟。
② 罨(yǎn)画:彩色画。这里形容春水如画。
③ 相愧:相互感到惭愧。此处偏重于自我惭愧之意。

又

春欲晚,戏蝶游蜂花烂漫。日落谢家池馆,柳丝金缕断①。 睡觉绿鬟风乱,画屏云雨散。闲倚博山②长叹,泪流沾皓腕。

春色将暮,蜂蝶在烂漫的花丛中飞舞。太阳西落,余晖照着谢家池馆,折断了细长的柳枝相送。因睡觉导致发鬟凌乱,画屏之上的云雨仿佛也已消散。闲靠着博山炉哀声长叹,泪水涟涟已沾湿了手腕。这首词写女子的伤别之情。李冰若《栩庄漫记》:"'柳丝金缕断','断'字极劣。"汤显祖评曰:"('睡觉'句)好光景。"

---

① 金缕断:指折柳以赠别。金缕,形容柳条细柔。
② 博山:即博山炉,一种香炉。

应天长

绿槐阴里黄莺语,深院无人春昼午。画帘垂,金凤舞①,寂寞绣屏香一炷。　　碧天云,无定处,空有梦魂来去。夜夜绿窗②风雨,断肠君信③否。

绿槐成荫,黄莺躲在枝叶中歌唱。恰是春日正午时分,院子里空无一人。帘子低垂,上面的金凤凰随风起舞,看起来寂寞无比的屏风前燃着一炷清香。我思念的人呀像蓝天上的白云一样行踪不定,只能在梦里往来相见。我整夜整夜在绿窗下听着那风雨声,肝肠寸断,你可知晓吗?这首词写女子怀人。叶嘉莹《迦陵论词丛稿》:"结尾之'夜夜绿窗风雨,断肠君信否'二句,其恳挚深厚,乃可直入人心,无可抗拒,且不仅直入人心而已,更且盘旋郁结,久久而不去。"

---

① 金凤舞:指帘子上的金凤凰因风吹动,宛如起舞。
② 绿窗:指华丽的窗户。
③ 信:相信。这里有体贴、理解之意。

又

别来半岁音书绝,一寸离肠千万结。难相见、易相别,又是玉楼花似雪①。　暗相思,无处说,惆怅夜来烟月②。想得此时情切,泪沾红袖黦③。

才分别半年,你我之间的书信已断绝了,让我那一寸柔肠郁结着万千愁。相见太难,离别却容易,又到了玉楼前梨花似雪的时节。相思之情无处可说,夜来惆怅无比,只能空对着朦胧的月色。想到此时此刻情义更加真切,伤心的泪水忍不住流下,打湿了红袖衫。这首词写别后相思。卓人月《古今词统》引徐士俊云:"以末一字而生一首之色。"

---

① 花似雪:梨花似雪。
② 烟月:指月色朦胧。
③ 黦(yuè):黄黑色,此处指泪痕。

荷叶杯

绝代佳人难得,倾国①,花下见无期。一双愁黛远山眉,不忍更思惟②。 闲掩翠屏金凤,残梦,罗幕画堂空。碧天无路信难通,惆怅旧房栊③。

 赏评

佳人一去,倩影全无,纵有倾城倾国之貌,也没机会花下相见了。不忍去想那一双含愁的眼眸及远山眉黛,却更思念了。闲来无事,掩上饰有金凤凰图案的屏风。梦里醒来,发现罗幕低垂,画堂空空。上天不让人相见,就连书信也难相通。看着这旧窗户,忍不住满怀惆怅。这首词描写男子怀恋佳人。陈廷焯《词则·别调集》评曰:"'不忍更思惟'五字,凄然欲绝!姬独何心能勿肠断耶?"

---

① "绝代"句:语出东汉班固《汉书·孝武李夫人》:"北方有佳人,绝世而独立,一顾倾人城,再顾倾人国。宁不知倾城与倾国,佳人难再得。"这里指当年在花下相见之人。
② 思惟:思念,相思。
③ 房栊:房中窗户,亦作"房笼"。栊,窗棂。

又

记得那年花下，深夜，初识谢娘时。水堂西面画帘垂，携手暗相期①。惆怅晓莺残月，相别，从此隔音尘②。如今俱是异乡人，相见更无因③。

记得那年夜里，我与你初次在花下相遇的情景。临近水池的堂屋西侧的画帘低垂，我们手牵手许下了相会的日期。不知不觉间残月将尽，黄莺唱响了清晨，让人更加惆怅。自从分别之后，音信就断绝了。如今都身在他乡，想见面恐怕更没有机会了。这首词写男子对女子的忆念之情。汤显祖评曰："情景逼真，自与寻常艳语不同。"许昂霄《词综偶评》云："《荷叶杯》二阕，语淡而悲，不堪多读。"

---

① 相期：相会。李白《月下独酌》："永结无情游，相期邈云汉。"
② 隔音尘：指消息断绝。音尘，消息。
③ 无因：缘由。这里指机会。

清平乐

春愁南陌[①],故国音书隔。细雨霏霏梨花白,燕拂画帘金额[②]。 尽日相望王孙,尘满衣上泪痕。谁向桥边吹笛,驻马西望销魂。

春天来了,愁绪遍染南郊,故乡的消息一点也没有。春雨霏霏,淋湿了一朵朵雪白的梨花。燕子飞来,拂过了画帘和匾额。游子们整日里遥望故乡,满是尘埃的衣衫上遍是泪痕。是谁在桥边吹着笛子?驻马聆听,西望长安,心中更加哀愁不已。这是一首游子怀乡之词。李冰若《栩庄漫记》:"下半阕笔极灵婉。"

---

① 南陌:南面的郊野道路。指主人公思乡时所在之地。
② 金额:匾额。一指帘子上方用金线装饰的部分,即帘额。

又

野花芳草,寂寞关山①道。柳吐金丝莺语早,惆怅香闺暗老。 罗带悔结同心②,独凭朱栏思深。梦觉半床斜月,小窗风触鸣琴。

 赏评

野花盛开,芳草茂盛,寂寞地生长在路旁。柳树舒展着嫩黄的柳枝,黄莺早早地就在鸣唱。我满怀惆怅,在闺房里暗自虚度着时光。我真后悔解下罗带与你结成了同心结,如今只能倚着栏杆陷入深深的思念之中。睡梦中醒来,月光落在了半张空床之上,风从小窗吹来,触动了琴弦哀鸣不已。这是一首思妇伤情之词。汤显祖评曰:"坡老咏琴,已脱风幡之案。'风触鸣琴',是风为琴,须更转一解。"陈廷焯《云韶集》:"起笔冷,清绝孤绝。"

---

① 关山:代指远人所行之处。唐王勃《滕王阁序》:"关山难越,谁悲失路之人;萍水相逢,尽是他乡之客。"
② 同心:指同心结,用作男女相爱的象征。南梁萧衍《有所思》:"腰中双绮带,梦为同心结。"

〔清〕 禹之鼎 《仕女图》(局部)

又

何处游女①?蜀国多云雨。云解有情花解语②,窣地③绣罗金缕。 妆成不整金钿,含羞待月秋千。住在绿槐阴里,门临春水桥边。

这些出游的女子是哪里人呢?川蜀之地云雨天气比较多。这里的女子犹如含情之云,又如解语之花,温柔且善解人意。她们穿着锦绣罗裙,裙边垂曳着地。化好了妆却不佩戴首饰,带着些许羞意,等着月亮出来时,在月色下荡秋千。她们家周围遍植绿槐,大门正临着春水泛滥的桥边。这首词描写蜀地女子美丽多情。李冰若《栩庄漫记》:"末二句写景如画。"

---

① 游女:出游的女子。《诗经·周南·汉广》:"汉有游女,不可求思。"
② 花解语:形容女子善解人意。
③ 窣(sū)地:拂地。这里指裙边的金缕曳地。

又

莺啼残月,绣阁香灯灭。门外马嘶郎欲别,正是落花时节。　妆成不画蛾眉,含愁独倚金扉①。去路香尘莫扫②,扫即郎去归迟。

残月西沉,黄莺啼晓,绣阁上的烛火熄灭了。门外马儿嘶鸣,郎君即将离开了。此时正是暮春时节,落花纷纷令人伤愁。她梳妆之后却懒画蛾眉,面带愁容地独自倚靠着房门。千万不要扫去路上的行迹,只怕扫去香尘后,他就会久久不归。这首词写女子送丈夫远行。汤显祖评曰:"('门外'二句)情与时会,倍觉其惨。('去路'二句)如此想头,几转《法华》。"

---

① 金扉:指华丽的门户。汉王延寿《鲁灵光殿赋》:"遂排金扉而北入,霄霭霭而晻暧。"
② 香尘莫扫:指不要扫去行迹,留作暂别之想。唐李白《长干行》:"门前迟行迹,一一生绿苔。苔深不能扫,落叶秋风早。"香尘,指带有郎君气息的尘土。

望远行

欲别无言倚画屏,含恨暗伤情。谢家庭树锦鸡[①]鸣,残月落边城。 人欲别,马频嘶,绿槐千里长堤。出门芳草路萋萋,云雨别来易东西。不忍别君后,却入旧香闺。

赏评

即将分别了,女子倚靠着屏风没有说话,心中忧怨正暗自伤情。谢家庭院里的公鸡飞到树上啼鸣叫晓,那一弯残月落到了城墙之下。人要分别了,马儿连声长嘶,这千里长堤上已是绿槐成荫。出门时路旁的野草茂盛无比,云飞雨散之后人最容易各奔东西。心中不忍与君分别之后,再回到往日相聚的房间中。这首词总体突出一个"别"字,描写女子晨起送别时的凄怆悱恻之情。吴世昌《词林新话》:"端己《望远行》亦蜀中作。'残月落边城',成都在当时为'边城',故云。"

---

① 锦鸡:鸟名,雄鸡身上有五彩斑斓的羽毛。此处指公鸡。

谒金门

春漏促,金烬^①暗挑残烛。一夜帘前风撼竹,梦魂相断续。 有个娇娆^②如玉,夜夜绣屏孤宿。闲抱琵琶寻旧曲,远山眉黛绿。

春夜里,更漏声十分急促;灯烛将灭,又一次次挑起烛芯。整个夜里,春风摇曳着帘子外的翠竹,扰得人清梦断了又续,续了又断,不得安宁。闺房之中,有个娇俏如玉的佳人,夜夜独守着绣屏孤枕难眠。无聊之时,她抱着琵琶弹起往日弹过的曲子,眉黛像翠绿的远山一般,亦带春愁。这首词抒写了女子的孤独与哀怨。汤显祖评曰:"情不知所起,一往而深。'闲抱琵琶寻旧曲',直是无聊之思。"

---

① 金烬:指灯烛燃烧后的残余。唐李商隐《无题》:"曾是寂寥金烬暗,断无消息石榴红。"
② 娇娆:形容女子柔美妩媚。

〔清〕 佚名 《雍亲王题书堂深居图屏之倚门观竹》（局部）

又

空相忆,无计得传消息。天上常娥①人不识,寄书②何处觅。 新睡③觉来无力,不忍把伊④书迹。满院落花春寂寂,断肠芳草碧。

真是徒然的相忆呀,我没有办法获得一点点消息。她就像天上的嫦娥一样没有人认识,想要寄送书信又不知道寄往哪里。刚刚睡醒,觉得浑身无力,不忍心再看到她的字迹。落花满庭院,春光清寂无比。看着碧绿的芳草,我却肝肠寸断,无比忧愁。这首词描写男子对女子的怀想。沈际飞《草堂诗余正集》:"'天上'句,粗恶。'把伊书迹',四字颇秀。'落花寂寂',淡语之有景者。"

---

① 常娥:即嫦娥。
② 书:指信。
③ 新睡:出自唐白居易《长恨歌》:"云鬓半偏新睡觉,花冠不整下堂来。"
④ 伊:她。指所思之人。一作"君"。

# 江城子

恩重娇多情易伤，漏更长，解鸳鸯①。朱唇未动，先觉口脂②香。缓揭绣衾抽皓腕，移凤枕，枕潘郎③。

恩情重、爱意深，这样的感情更容易让人感伤，漫漫长夜觉得更漏声也变长了。轻轻解开鸳鸯佩带，还不曾开口，就闻到了胭脂的香味。缓缓揭开了锦被，伸出雪白的手腕，移开了绣凤枕头，枕在了情郎的胳膊上。这首词描写的是男女的欢合之情。汤显祖评曰："全篇摹画乐境而不觉其流连狼藉，言简而旨远矣。"

---

① 解鸳鸯：解开绣有鸳鸯的佩带。
② 口脂：古代用来防止口唇开裂的唇膏。这里指化妆用的胭脂、口红。
③ 潘郎：即潘岳，西晋人，字安仁，荥阳中牟（今属河南）人，是美貌男子的代称。这里指貌美的情郎。

〔清〕 禹之鼎 《双英图》（局部）

又

鬓鬟狼藉①黛眉长,出兰房②、别檀郎。角声呜咽,星斗渐微茫。露冷月残人未起,留不住、泪千行。

发鬓凌乱,眉黛愁长,走出房间,送别情郎。画角之声呜呜咽咽地响起,星光渐渐淡弱。露水冷寒,残月西落,人们还没起来。留不住心爱的人,忍不住流下了一行行泪。这首词写的是男女欢后别离。李冰若《栩庄漫记》:"韦相《江城子》二首,描写顽艳,情事如绘,其殆作于江南客游时乎?"

---

① 狼藉:杂乱不堪的样子。
② 兰房:妇女居室的美称。

河 传

何处,烟雨,隋堤①春暮。柳色葱茏,画桡②金缕③,翠旗高飐香风,水光融。 青娥殿脚④春妆媚,轻云里,绰约司花妓⑤。江都⑥宫阙,清淮月映迷楼⑦,古今愁。

赏评

这是什么地方?烟雨弥漫着隋堤,已是暮春时分。堤岸上柳树茂盛苍翠,龙舟行来,船桨都饰有彩绘和金丝穗,翠绿的旗子迎风高展,波光粼粼融成一片。挽舟的少女妆容精致,带

---

① 隋堤:隋炀帝开运河时沿河道所筑造的堤坝。
② 画桡:有彩绘的船桨。
③ 金缕:此处指船桨上系着的金丝穗子。
④ 青娥殿脚:指挽舟美女。《开河记》载,隋炀帝自洛阳迁驾大渠,诏江淮诸州,造大船五百只。……龙舟既成,泛江沿淮而下。……于是吴越取民间女年十五六岁者五百人,谓之殿脚女。
⑤ 司花妓:司花女。唐颜师古《大业拾遗记》:"长安贡御车女袁宝儿,年十五……帝宠爱之特厚。时洛阳进合蒂迎辇花……帝命宝儿持之,号曰司花女。"
⑥ 江都:古扬州,今江苏扬州市一带。
⑦ 迷楼:隋炀帝宫名。在今扬州西北。

着媚态,仿佛是那轻云之中绰约美丽的司花女。扬州一带的宫阙被清澈的淮河水环绕,明月映照着那座著名的迷楼,古往今来观者皆愁。这首词描写隋炀帝游江南之事。汤显祖评曰:"'清淮月映'句,感慨一时,涕泪千古。"

又

春晚,风暖,锦城①花满。狂杀游人②,玉鞭金勒③,寻胜驰骤轻尘,惜良晨。　　翠娥④争劝临邛⑤酒,纤纤手,拂面垂丝柳。归时烟里,钟鼓正是黄昏,暗销魂。

暮春时节,和风送暖,锦官城中繁花遍开。游人们欢喜若狂地寻找着美景,挥动着鞭子,驱赶着马车奔驰,扬起了一路尘土。他们真的珍惜时光呀。卖酒女子争相吆喝着临邛美酒。她们挥舞着纤纤玉手,仿佛拂面的柳枝般轻柔。游玩归来时,烟色弥漫,钟鸣鼓响,已是黄昏时候,忍不住暗自伤心起来。

---

① 锦城:即锦官城,因织锦闻名。在今四川省成都市。
② 狂杀游人:这里指景色令游人喜极若狂。
③ 金勒:金色的马络头。
④ 翠娥:指当垆卖酒的女子。
⑤ 临邛(qióng):今四川邛崃县。汉代司马相如与卓文君曾在此地卖过酒。临邛酒,泛指美酒。

这首词写锦官城晚春胜游的情景。况周颐《花间集评注》:"'归时烟里'三句,尤极融景入情之妙。"

又

锦浦①,春女,绣衣金缕。雾薄云轻,花深柳暗,时节正是清明,雨初晴。　　玉鞭②魂断烟霞路,莺莺语,一望巫山雨③。香尘隐映,遥见翠槛红楼,黛眉愁。

锦江岸边,穿着丝绣衣衫、系着金穗的女子正在春游。雾气淡薄,云烟轻盈,花红柳绿,正是清明时分。雨过初晴,那些出行的人们呀,迷醉在这烟霞弥漫的路上,听着黄莺的鸣唱,仿佛一眼望穿了巫山的云雨之景。车马的痕迹渐渐淡去,远远地还能看见翠栏红楼之中,女子眉黛之间的点点忧愁。这首词写蜀中女子的郊游。吴世昌《词林新话》:"端己《河传》三首,'何处'为扬州吊古之作。'春晚'及'锦浦'二首皆在蜀中作。"

---

① 锦浦:泛指锦江岸边。
② 玉鞭:代指乘车骑马的人。
③ 巫山雨:巫山云雨,这里指游乐之处。

 天仙子

怅望前回梦里期,看花不语苦寻思。露桃[1]花里小腰肢、眉眼细、鬓云垂,唯有多情宋玉[2]知。

 赏评

怅然相望,期待着能从梦里相会。我默默看着花朵,心里却苦苦地寻思着。碧桃花林中,那美丽的女子腰肢纤细、眉眼秀雅、云鬟轻垂,这情形恐怕只有多情的宋玉才能够知晓吧。这首词写梦境与回忆,表现了男子对女子的怀念。

又

深夜归来长酩酊[3],扶入流苏犹未醒。醺醺酒气麝兰和、

---

[1] 露桃:碧桃,承雨露而生。唐高蟾《下第后上永崇高侍郎》:"天上碧桃和露种,日边红杏倚云栽。"又指长在露井边上的桃树。唐杜牧《题桃花夫人庙》:"细腰宫里露桃新,脉脉无言度几春。"
[2] 宋玉:战国时楚辞赋家,作品有《神女赋》《高唐赋》《登徒子好色赋》等,多有对美女的精彩描述。这里是作者以宋玉自喻,表示自己能和他一样识别和怜爱美女。
[3] 酩酊:大醉的样子。

惊睡觉,笑呵呵,长道人生能几何①。

赏评

深夜回家时已喝得酩酊大醉,被家人扶进流苏帐子里都没有醒来。醉醺醺的酒气与麝兰之香混合在一起,睡梦里猛然惊醒,笑呵呵地说道:"这样的日子一生中能有几次呀?"汤显祖评曰:"有此和法,便不觉其酒气,虽烂醉如泥,受用矣。"李冰若《栩庄漫记》:"此词写醉公子憨态如掬,与'门外猧(wō)儿吠'一词可合看也。"

又

蟾彩②霜华夜不分,天外鸿声枕上闻,绣衾香冷懒重薰。人寂寂,叶纷纷,才睡依前梦见君。

赏评

夜里分不清月光和霜色。躺在枕头上,能听见遥远的天际传来的鸿雁声。锦被上的香味变淡了,却懒得重新熏。人孤单寂寞,窗外叶落纷纷,恍惚间睡着了,竟如先前那样梦见了你。

---

① 人生能几何:语出曹操《短歌行》:"对酒当歌,人生几何。"
② 蟾彩:指月光,月色。传说月亮上有蟾蜍,所以称月为蟾。《淮南子·精神训》:"日中有踆(qūn)乌,而月中有蟾蜍。"

这首词写的是秋思,全词倒装,写梦醒后所见、所闻、所思。俞陛云《唐五代两宋词选释》:"月冷霜严,雁啼月落,写长夜见闻之凄寂。注重在结句醒而复睡,依旧梦之,可知其'长毋相忘'也。"

又

梦觉云屏依旧空,杜鹃声咽隔帘栊,玉郎①薄幸②去无踪。一日日,恨重重,泪界③莲腮④两线红。

梦醒了,屋内的云屏依旧空寂如昨,帘外的杜鹃叫声凄切,那薄情之人一去便杳无信息。一天天过去,怨恨之情与日俱增,泪水长流,竟使得腮边形成了两道红痕。这首词写女子怀人。李调元《雨村词话》云:"词用'界'字始韦端己,《天仙子》词云:'泪界莲腮两线红'。宋子京《蝶恋花》词效之云:'泪落胭脂,界破蜂黄浅。'遂成名句。"

---

① 玉郎:对男子的爱称。
② 薄幸:负心、薄情。唐杜牧《遣怀》:"十年一觉扬州梦,赢得青楼薄幸名。"
③ 泪界:指泪水流下时的痕迹。界,此处有"印"的意思。
④ 莲腮:形容脸腮美如莲花。清孔尚任《桃花扇·寄扇》:"樱唇上调朱,莲腮上临稿。"

又

金似衣裳玉似身,眼如秋水鬓如云,霞裙月帔^①一群群。来洞口,望烟分,刘阮不归春日曛。

赏评

仙子们的衣裳华丽如金,肌肤洁白如玉,眼睛明亮似秋水,发鬓如云,衣裙上的朝霞、月华簇拥成群。她们站在仙府洞口,远望着弥漫的烟色,期待中的刘郎和阮郎没有回来,而春天的阳光已暖和无比了。这首词写仙子等待刘阮之事。汤显祖评曰:"以上四首俱佳绝,卒章何率意乃尔,岂强弩之末,江淹才尽耶?"李冰若《栩庄漫记》:"此首正合题目,唐五代词词意即用本题者多有之,似非强弩之末也。"

---

① 霞裙月帔:仙女的服饰,上面多织有朝霞、月华图案。一作"霞裾月帐"。

# 喜迁莺

人汹汹①,鼓冬冬②,襟袖五更风。大罗天③上月朦胧,骑马上虚空④。　香满衣,云满路,鸾凤绕身飞舞。霓旌绛节⑤一群群,引见玉华君⑥。

赏评

五更拂晓,人声鼎沸,锣鼓喧天,衣袂襟袖随风而动。晓月朦胧,照着巍峨的皇宫,中举的士子们骑着高头大马上朝面见君王。他们芳香熏衣,祥云铺路,朝服上的鸾凤绕身起舞。一队队彩色的旌旗如天上绚烂的霓虹,一排排绛色仪仗如壮丽的彩霞,指引着士子们去拜见皇帝。这首词写科考的士子金榜题名后去面圣时的欣喜之状。华钟彦《花间集注》:"按端己词

---

① 人汹汹:指人流量大,人声鼎沸。
② 鼓冬冬:唐朝时,京城街道上设有警示鼓,叫作"冬冬鼓"。这里指鼓声喧哗。
③ 大罗天:指道教中最高的一层天。这里喻指朝廷。
④ 上虚空:指进宫上朝。
⑤ 霓旌绛节:指华丽的仪仗。
⑥ 玉华君:道教中的天帝。此处指皇帝。

二首,皆咏登科事。"

又

街鼓动,禁城开,天上探人①回,凤衔金榜出云来②,平地一声雷。 莺已迁,龙已化③,一夜满城车马。家家楼上簇神仙④,争看鹤冲天⑤。

赏评

街上鼓声雷动,皇城城门缓缓而开,应试科举的士子们出来了。那金榜正如凤鸟从云彩中衔来一般,使得那锣鼓敲得如平地响起了雷声。莺已飞迁,龙已化成,一夜之间满城的车马都云集而来。挨家挨户的阁楼上都簇拥着佳人美女,争相观看那一飞冲天的状元郎。这首词写科举放榜盛况及士子们得意的神态。汤显祖评曰:"读《张道陵传》,每恨白日鬼话,便头痛欲睡。二词亦复类此。"李冰若《栩庄漫记》:"韦相此词所咏,虽涉神仙,究指及第而言,未得以鬼话目之。"

---

① 天上探人:指去朝廷打探放榜消息的人。徐夤(yín)《放榜日》:"喧喧车马欲朝天,人探东堂榜已悬。"
② "凤衔"句:凤鸟衔着金榜从云彩中出来。这里指奉诏放榜。
③ 莺已迁,龙已化:均表示科考及第。
④ 神仙:代指豪族家里的佳人美女。
⑤ 鹤冲天:道教中羽化登仙。这里指科考登第。

思帝乡

云髻坠,凤钗垂。髻坠钗垂无力,枕函①欹。翡翠屏深月落,漏依依。说尽人间天上②,两心知。

云髻飘飘欲坠,凤钗在鬓边低垂,浑身无力慵懒地斜倚在枕头上。残月西落,照着的翡翠屏风昏暗起来,更漏声听起来十分缓慢。对着人间和天上说出誓言,相爱之情你我心中自知。这首词写女子相思难眠。俞陛云《唐五代两宋词选释》:"调倚《思帝乡》,当是思唐之作,而托为绮词。身既相蜀,焉能求谅于故君?结句言此心终不忘唐,犹李陵降胡,未能忘汉也。"

---

① 枕函:中间可以藏物的枕头。
② 人间天上:表示誓约之词约束的范围。

又

春日游，杏花吹满头。陌上①谁家年少，足风流。妾拟②将身嫁与，一生休③。纵被无情弃，不能羞！

春日里少女踏青郊游，清风徐来，杏花落满了头。田间小径上是谁家的少年郎，风度翩翩，潇洒风流。我想要是能够嫁给他，这一生也就满足了。即使被无情地抛弃了，也绝不羞愧后悔。这首词描写了一个热情奔放的少女对心仪男子的追求。李冰若《栩庄漫记》："爽隽如读北朝乐府'阿婆不嫁女，那得孙儿抱'诸作。"

---

① 陌上：指道路上。陌，田间东西方向的道路。
② 拟：想要，打算。
③ 一生休：指一生足矣。

 诉衷情

烛烬香残帘未卷,梦初惊。花欲谢,深夜,月胧明。 何处按歌声[①],轻轻。舞衣尘暗生,负春情。

蜡烛燃尽,香已成灰,还半卷着门帘,我在睡梦中突然惊醒。已经是深夜,看到那开放的花朵将要凋零,月色也朦朦胧胧不甚明亮。从哪里飘来了一阵歌声,轻轻袅袅,恍然若梦。看着舞衣之上已落满的灰尘,真是辜负了这一片春情。这首词描写舞女被遗弃的哀怨。李冰若《栩庄漫记》:"音节极谐婉。"

---

① 按歌声:跟着节拍唱歌。按,依着节拍弹奏。

又

碧沼红芳烟雨静,倚兰桡。垂玉珮,交带①,袅纤腰。　　鸳梦隔星桥②,迢迢。越罗香暗销,坠花翘③。

碧绿的水池中落花片片,烟雨茫茫,一片寂静,画舫之上有个美人正倚靠着船桨沉思。她腰间悬挂着玉佩,系着彩色的束带,使细腰显得更加袅娜。即使在梦中,她和情郎之间也隔着一座星桥,遥不可及。多么伤心呀,就连身上罗衣的香气都减淡了,发髻上花翘也摇摇欲坠。这首词刻画了一个女子碧波泛舟而自怜的形象。陈廷焯《词则·别调集》:"'鸳梦'五字,有仙气,亦有鬼气。"

---

① 交带:左右缠绕的彩带。
② 星桥:指鹊桥。李商隐《七夕》:"鸾扇斜分凤幄开,星桥横过鹊飞回。"
③ 花翘:鸟尾状的头饰。

上行杯

芳草灞陵①春岸，柳烟深，满楼弦管，一曲离声肠寸断。　今日送君千万②，红缕玉盘金镂盏③。须劝，珍重意，莫辞满。

灞陵一带春意盎然，芳草碧绿，柳色如烟弥漫。楼阁里传来弦管之声，一支送别曲凄凉婉转，令人愁肠寸断。今日在此送君去千里万里之外，饯别筵席上摆满了美酒佳肴，劝君珍惜送别的情意，而不要推辞杯中酒满。这首词写的是灞陵送别的场面。陈廷焯《云韶集》卷一："'劝君更尽一杯酒，西出阳关无故人。'同此凄艳。"

---

① 灞陵：古地名，长安城东十里（今陕西西安东），为西汉文帝刘恒的陵寝，又叫霸陵。汉代以来，人们在此折柳赠别。王粲《七哀诗三首》其一："南登霸陵岸，回首望长安。"
② 千万：指路途遥远。一说指情意绵长。
③ "红缕"句：指盘子里盛着佳肴，杯子里装着美酒。红缕，指菜肴色红、细如丝。金镂盏，刻有花纹的金杯。

又

白马玉鞭金辔,少年郎,离别容易,迢递①去程千万里。 惆怅异乡云水,满酌一杯劝和泪②。须愧,珍重意,莫辞醉。

 赏评

少年郎手持玉鞭,骑着配有金辔鞍的白马,准备远行。离别很容易,此去路途之远,有千万里之遥。心中忧愁着异国他乡的山山水水,斟满了一杯酒,含着泪劝说饮下。因深情相送而内心生愧,为珍重你我之间的情意,不要害怕喝醉。这首词同样写别情。

---

① 迢递:形容遥远。
② 劝和泪:含泪劝酒。

〔明〕 刘琰 《骑马游山图》(局部)

女冠子

四月十七,正是去年今日。别君时,忍泪佯①低面,含羞半敛眉②。　　不知魂已断,空有梦相随。除却③天边月,没人知。

今天是四月十七,也是去年的这一天,与你离别时,为了忍住泪水而假装低下头,带着羞意而半皱着眉头。却不知道分别之后,我魂销肠断,只能在梦里与你相见。我的相思之情除了天边的月亮,没有人知晓呀。这首词写女子追忆别时情景及别后相思。汤显祖评曰:"直书情绪,怨而不怒,《骚》《雅》之遗也。但嫌与题义稍远,类今日之博士家言。"

---

① 佯:假装。
② 敛眉:皱眉。
③ 除却:除了。

又

昨夜夜半,枕上分明梦见。语多时,依旧桃花面[①],频低柳叶眉。　　半羞还半喜,欲去又依依。觉来知是梦,不胜[②]悲。

昨天半夜里,我分明在梦里见到了你。我们说了好多话,发现你还是像从前一样化着桃花妆,频频低垂着弯弯的柳叶眉。你看上去有些羞涩,又有些欢喜,准备离去时依依不舍。醒来时,我才知道是大梦一场,不觉涌起了悲伤的情绪。这首词写男子相思成梦,醒后而悲的情形。李冰若《栩庄漫记》:"韦相《女冠子》'四月十七'一首,描摹情景,使人惆怅。而'昨夜夜半'一首稍为不及,以结句意尽故也。若士(汤显祖)谓与题意稍远,实为胶柱之见。唐词不尽本题意,何足为病?"

---

① 桃花面:古代女子的一种装饰,使用红粉搽脸,看起来艳若桃花,又叫"红妆"。《妆台记》云:"隋文帝宫中梳九真髻红妆,谓之桃花面。"又云:"美人妆面,既傅粉,复以胭脂调匀掌中,施之两颊,浓者为酒晕妆,浅者为桃花妆。"
② 不胜:不能忍受。

〔清〕 冷枚 《春阁倦读图》（局部）

更漏子

钟鼓寒,楼阁暝,月照古桐金井①。深院闭,小庭空,落花香露红。 烟柳重,春雾薄,灯背水窗②高阁。闲倚户,暗沾衣,待郎郎不归。

钟鼓上寒气凛然,楼台亭阁晦暗不明,月光照在金井边那棵梧桐树上。庭院深深紧闭院门,小小的院落空寂无声,落花凝着露珠撒了一地。烟柳重重、春雾淡薄,高阁临水窗前的烛火渐渐熄灭了。她慵懒地倚着门,眼泪悄悄地落下,沾湿了衣裳。她痴痴地等待情郎归来,却迟迟不见他回。这首词描写女子整夜等待丈夫或情郎的情景。陈廷焯《云韶集》:"'落花'五字,凄绝秀绝。结笔楚楚可怜。"

---

① 金井:有雕栏的井。李白《赠别舍人弟台卿之江南》:"梧桐落金井,一叶飞银床。"
② 水窗:临水之窗。白居易《秋房夜》:"水窗席冷未能卧,挑尽残灯秋夜长。"

酒泉子

月落星沉,楼上美人春睡。绿云倾①,金枕腻,画屏深。　子规啼破相思梦,曙色东方才动。柳烟轻,花露重,思难任②。

 **赏评**

月落星沉,闺阁中的女子正在春睡。她的头发浓密光润,倾泻如云,枕头华丽光滑,画屏在暗处反着淡光。子规的声声哀啼将她从美梦中唤醒,此时东方渐渐亮了。柳枝在雾色中舒展着,花朵上露珠晶莹剔透,唯有那离思之情让人难以承受。这首词刻画了一幅美人春睡图,实为写美人相思之情。汤显祖评曰:"不做美的子规,故当夜半啼血。"

---

① 绿云倾:指美人的发髻歪斜了。李白《邯郸南亭观妓》:"清筝何缭绕,度曲绿云垂。"杜牧《阿房宫赋》:"绿云扰扰,梳晓鬟也。"
② 思难任:指离恨情思难以承受。曹植《杂诗》:"离思故难任。"

# 木兰花

独上小楼春欲暮,愁望玉关芳草路。消息断、不逢人,却敛细眉归绣户。 坐看落花空叹息,罗袂①湿斑红泪滴。千山万水不曾行,魂梦欲教何处觅。

**赏评**

独自登上小楼,发现春天即将远去,看到玉门关外道路旁的芳草就愁闷不已。与丈夫消息全断,又难遇归人,只好眉头紧锁着回到绣楼中。坐着看那落花飘零,叹息不已,罗袖上还留着她擦拭眼泪的痕迹。那千山万水不曾去过,即便是在梦中,又该到哪里去找寻呢?这首词凄婉感人,描写思妇对征人的怀念。汤显祖评曰:"与'梦中不识路''打起黄莺儿'可并不朽。"李冰若《栩庄漫记》:"'千山''魂梦'二语,荡气回肠,声哀情苦。"

---

① 罗袂:丝制的衣袖。曹植《洛神赋》:"抗罗袂以掩涕兮,泪流襟之浪浪。"

〔清〕佚名 《雍亲王题书堂深居图屏之裘装对镜》（局部）

# 小重山

　　一闭昭阳①春又春、夜寒宫漏永,梦君恩。卧思陈事暗消魂、罗衣湿、红袂有啼痕。　　歌吹②隔重阍③,绕庭芳草绿,倚长门④。万般惆怅向谁论?凝情立、宫殿欲黄昏。

　　冷居在昭阳深宫中、过了一春又一春。漫漫长夜,宫中滴漏不曾停下来,恍惚中梦到了与君之前的恩情。我静卧着回想往事,独自伤心泪下。衣衫湿透了,红袖上也留下了泪痕。独倚着长门,听着重重宫门外传来了笙歌弦乐之声,感慨曾经热闹繁华的此地只有满院萋萋而生的芳草。可心中这万般惆怅之情向谁诉说呢?凝情而立,宫殿又将被黄昏淹没了。这一首宫

---

① 昭阳:即昭阳宫,汉代宫殿名。这里泛指宫女所居之处。
② 歌吹:指唱歌与吹奏乐器。泛指音乐。杜牧《题扬州禅智寺》:"谁知竹西路,歌吹是扬州。"
③ 重阍(hūn):重重宫门。
④ 长门:汉代宫名。汉孝武皇帝陈皇后曾被关进长门宫,后以百斤黄金请司马相如作《长门赋》,复得宠。后以"长门"借指失宠女子所居宫院。杜牧《长安夜月》:"独有长门里,蛾眉对晓晴。"

怨词，上阕写入宫往事，下阕以景托情。汤显祖评曰："（'红袂'句）向作'新揾旧啼痕'，语更超远。'宫殿欲黄昏'，何等凄绝！宫词中妙句也。"

十九首

薛昭蕴

一作薛昭纬,号澄州
河东(今山西永济)人
唐末仕蜀,官至礼部侍郎

生卒年不详

　　他才华出众,词风格清绮精绝,雅近韦相,《浣溪沙》为其代表作。孙光宪《北梦琐言》卷四:"薛澄州昭纬,即保逊之子也。恃才傲物,亦有父风。每入朝省,弄笏而行,旁若无人。好唱《浣溪沙》词。"

浣溪沙

红蓼①渡头秋正雨,印沙鸥迹自成行,整鬟飘袖野风香。 不语含颦深浦里,几回愁煞棹船郎②,燕归帆尽③水茫茫。

秋雨绵绵,渡头边上蓼花红艳,沙滩上印着一行行鸥鸟的足迹。在这秋风寒雨中站着一位盛装的女子,衣衫飘飘。她站在水边,愁眉不展,低头不语。船上那远行人几番回头,忧愁不已。燕子飞走了,船也不见了踪影,只剩下了茫茫江水汩汩而流。这首词描写水乡秋色风情。汤显祖评曰:"天空鸟飞,水落石出,凡景皆然。"

---

① 红蓼(liǎo):一年生草本植物,多生于水边,花色淡红。
② 棹船郎:撑船人。这里指远行的人。
③ 帆尽:指船已走远,不见影迹。

又

钿匣^①菱花^②锦带垂,静临兰槛卸头^③时,约鬟低珥算归期。　　茂苑^④草青湘渚阔,梦余空有漏依依,二年终日损芳菲^⑤。

嵌金宝盒中,菱花镜上的锦带飘垂着。佳人静静地面对着栏杆卸着妆,束绾鬓髻,低垂耳环,默默地计算着心上人的归期。茂苑中草色青青,湘水上沙洲远阔,梦里面空有滴漏的声音连续不断,这两年里白白地耗损了青春。这首词写女子盼爱人归。

又

粉上依稀有泪痕,郡庭花落欲黄昏,远情深恨与谁论。　　记得去年寒食日,延秋^⑥门外卓金轮^⑦,日斜人散暗消魂。

---

① 钿匣:嵌金的盒子。
② 菱花:菱花镜。
③ 卸头:卸妆。
④ 茂苑:长洲茂苑,在今江苏吴县太湖北。
⑤ 芳菲:指青春年华。
⑥ 延秋:指延秋门,唐代宫廷的门名。《长安志》载:苑中宫亭凡二十四所。西面二门,南曰"延秋门",北曰"玄武门"。
⑦ 卓金轮:停着精美的车子。卓,停,立。金轮,代指车子。

〔清〕 陈枚 《月曼清游图册之庭院观花》(局部)

 赏评

脸上依稀还留有泪痕,空望着满院的落花出神。又到了黄昏时分,这远情深恨能向谁诉说呢?还记得去年寒食节时,延秋门外停着许多车马,等到日落时才纷纷散去。回想起来,不觉愁思百结,黯然销魂。这首词写女子相思。俞陛云《唐五代两宋词选释》:"纪初别,泪痕界粉,起句便从对面着笔,则'日斜人散',销魂者不独一人也。"

又

握手河桥柳似金,蜂须轻惹百花心,蕙风兰思①寄清琴。　　意满便同春水满,情深还似酒杯深,楚烟湘月两沉沉。

 赏评

小桥连接着河岸,柳枝新嫩柔软,蜜蜂飞来飞去采着花蜜,如蕙如兰般的女子将情思寄托于琴声之中。那满腔的情意如春水一般溢出,那深厚的情感像酒杯之深,待楚烟轻淡,月沉湘水时,心情也凄迷了。这首词写男女的欢会与别离。汤显祖评

---

① 蕙风兰思:比喻美人的情思与风度。蕙、兰,皆为香草。

曰:"俗笔。"李冰若《栩庄漫记》:"'蜂须轻惹百花心',巧丽极矣,未经人道语。然只合入词,入诗则流于纤矣。"

又

帘下三间出寺^①墙,满街垂柳绿阴长,嫩红轻翠间浓妆。　瞥地^②见时犹可可^③,却来闲处暗思量,如今情事隔仙乡。

放下帘子,关上门户,走出了院墙。看见满街的垂柳枝叶茂盛细长,在繁花柳色之间走来一些盛装出行的女子。匆匆一瞥,觉得还不错,空闲时还暗暗地想着,如今这些事早已抛到九霄云外去了。这首词写到一女子后的短暂思恋。汤显祖评曰:"瞥见都易错过,耐得思量,定不折本。"李冰若《栩庄漫记》:"'嫩红轻翠间浓妆',设色艳冶,如一幅画。"

---

① 寺:汉代以来,三公所居谓之府,九卿所居谓之寺。这里是庭院之意。寺墙,即院墙。
② 瞥地:用眼一扫而过。
③ 犹可可:还不在意。可可,不在意。这里指猛然见到时没有引起她的注意。

〔清〕 佚名 《才女图卷》（局部）

又

江馆清秋缆客船①,故人相送夜开筵,麝烟兰焰簇花钿。　正是断魂迷楚雨,不堪离恨咽湘弦②,月高霜白水连天。

赏评

清秋时节,江馆旁用缆绳系着的客船待发。朋友前来送别,宴席一直持续到夜里。麝烟缭绕,烛火辉煌,佳人簇拥着,一派欢歌。烟雨迷蒙,恰是离别之时。心中不堪离别之痛,湘瑟也呜咽着满是不舍。明月高升,霜色愈白,与水天连成了一片。这首词写江馆送别。李冰若《栩庄漫记》:"一结便有怅恨不尽之意,可谓善于融情入景。"

又

倾国倾城恨有余,几多红泪泣姑苏③,倚风凝睇④雪肌肤。　吴主山河空落日,越王宫殿半平芜,藕花菱蔓满重湖⑤。

---

① 缆客船:系着缆绳待发的客船。缆,缆绳,作动词用。
② 湘弦:湘瑟。传说湘水女神善于鼓瑟,这里借喻悲思。
③ 姑苏:姑苏台,在今江苏苏州。
④ 凝睇(dì):凝聚目光而视。这里指斜视,脉脉含情的样子。
⑤ 重湖:指湖泊一个挨一个,相连成片。

 **赏评**

倾国倾城的美貌却饱含着绵绵之恨,姑苏台上美人的眼泪尚未流尽,我站在风中深情地凝望,仿佛看到了她们如雪般的肌肤。吴王的江山早已落幕,空留日头不变。越王的宫殿也已变成半荒芜的原野。这一切都比不上那一片片满是藕花红菱的湖泊。这是一首咏史词,寄寓了对唐王朝衰微的感慨。汤显祖评曰:"与'只今惟有西江月'诸篇,同一凄婉。"

又

越女淘金春水上,步摇云鬓珮鸣珰,渚风江草又清香。　　不为远山凝翠黛,只应含恨向斜阳,碧桃花谢忆刘郎。

 **赏评**

越地的淘金女在春水中淘着金粒,发髻上的步摇摆动,金玉耳珠叮当作响。春风吹来,带着江草的清香。不是因为画了远山眉而皱眉,只因带着怅恨之意看着夕阳西下,那碧桃花又落了,而情郎还没有回来。这是一首描写淘金女思念情郎的词。陈廷焯《词则·闲情集》:"《浣溪沙》数阕,委婉沉至,音调亦闲雅可歌。"

喜迁莺

残蟾落,晓钟鸣,羽化觉身轻。乍无春睡有余酲①,杏苑②雪初晴。　　紫陌③长,襟袖冷,不是人间风景。回看尘土④似前生,休羡谷中莺⑤。

残月西落,晨钟初响,登科之后觉得浑身轻松。还未到春睡时候,可余醉难醒,杏园里也许是雪后初晴吧。禁城中的道路远长,衣襟袖口透着冷意,好像已不在人间了。回首望去,仿佛看到了前生的景象,就不要羡慕莺迁之喜了。这首词描写科考之后中举者身价百倍的境遇。汤显祖评曰:"句不呆。"

---

① 酲(chéng):喝醉了神志不清。
② 杏苑:杏园,在长安东南曲江边上。唐时新进士多游宴于此,也是登科后皇帝赐宴之地。
③ 紫陌:禁城中的道路。
④ 尘土:指人间,尘世间。
⑤ 谷中莺:语出《诗经·小雅·伐木》:"伐木丁丁,鸟鸣嘤嘤;出自幽谷,迁于乔木。"后用"莺迁"表示地位上升。

〔北宋〕 赵佶 《文会图》（局部）

又

金门①晓,玉京②春,骏马骤轻尘。桦烟③深处白衫新,认得化龙身。　　九陌喧,千户启,满袖桂香④风细。杏园欢宴曲江滨,自此占芳辰。

赏评

在金马门等到了诏令,此时的京都正是春天,骑着骏马疾驰,带起阵阵轻尘。桦烟缭绕,穿着白色新衫的进士们意气风发,应具有化龙之身姿。城中道路上喧哗热闹,家家户户都打开了门。微风徐来,衣袖似有桂花香溢。皇帝赐宴于曲江边上的杏园中,从这时起就占取了最美好的时光。这首词描写的是科举后胜利者得到的优厚境遇,反映了人们对科举的热恋与追求。

---

① 金门:即金马门,汉代宫中的门名。
② 玉京:指皇都,京都。
③ 桦烟:桦烛燃烧产生的烟。桦树的皮厚而轻软,可以卷蜡为烛,谓之"桦烛"。桦烟深处,指朝廷考场。
④ 桂香:比喻中举。古人称科举及第为"折桂"。因传说月中有桂,故又称"蟾宫折桂"或"月中折桂"。

又

清明节,雨晴天,得意正当年。马骄泥软锦连乾①、香袖半笼鞭②。花色融,人竞赏,尽是绣鞍朱鞅③。日斜无计更留连,归路草和烟。

清明时节,雨过天晴,正是登科及第的好年纪。马儿神气地走在松软的地面上,它身上的饰品绵延相连,而骑马的人衣袖中半笼着马鞭。繁花似锦,人们争相欣赏,到处都是绣鞍朱鞅。日落西山,却让人更加流连忘返。回去时,如茵的青草已被烟雾笼罩了。这首词是写举子们踏青的场景。汤显祖评曰:"此首独脱套,觉腐气俱消。"又评"马骄"句:"似惜锦障泥。"

---

① 连乾:马的饰品。《晋书·王济传》:"尝乘一马,着连乾障泥。"
② 半笼鞭:因袖长而鞭被笼住一截,故言"半笼"。
③ 鞅:马脖子上的皮套子,轭头一类。

小重山

春到长门春草青,玉阶华露①滴,月胧明。东风吹断紫箫声,宫漏促,帘外晓啼莺。 愁极梦难成,红妆流宿泪,不胜情。手挼②裙带绕阶行,思君切,罗幌③暗尘生。

春天到了,长门宫里草色青青,花露凝重滴落在玉阶上,月色也朦朦胧胧的。夜风吹起,传来断断续续的箫声。宫中漏壶点点滴落,颇感急促,帘外的黄莺已鸣叫起来。愁到极点难以入眠,妆容惨淡满是泪痕,心中更是无限感慨。手中揉搓着裙带绕阶而行,十分想念你啊,丝罗帷幌上悄悄地落满了尘埃。这首词写宫女春怨。陈廷焯《词则·别调集》:"尚有古意。"李冰若《栩庄漫记》:"词无新意,笔却流折自如。"

---

① 华露:花露。
② 挼(ruó):揉搓。
③ 罗幌:丝罗帷幌。

〔明〕 唐寅 《吹箫仕女图》（局部）

又

秋到长门秋草黄,画梁双燕去,出宫墙。玉箫无复理霓裳①,金蝉②坠,鸾镜掩休妆③。　忆昔在昭阳,舞衣红绶带,绣鸳鸯。至今犹惹御炉香,魂梦断,愁听漏更长。

秋天到了,长门宫里草色枯黄,画梁间的燕子双双离去,飞出了宫墙。玉箫久不吹奏,难以为《霓裳羽衣曲》伴奏了。发髻上金蝉摇摇欲坠,鸾镜收在了镜盒中,不再照那娇美的妆容。回想起在昭阳殿的时候,舞衣翩翩,红带飘飘,上面绣着七彩的鸳鸯。至今丝带上还沾有御炉中缕缕清香。因相思魂消梦断,夜夜愁听这悠长的漏滴声啊。这也是一首闺怨词,描写陈皇后失宠之事。

---

① 霓裳:指《霓裳羽衣曲》,古乐曲名。今曲已佚亡。
② 金蝉:一种首饰。
③ 休妆:美好的妆容。休,善、美之意。

离别难

宝马晓鞴①雕鞍,罗帷乍别情难。那堪春景媚,送君千万里。半妆②珠翠落,露华寒。红蜡烛、青丝曲③、偏能钩引泪阑干。 良夜促,香尘绿④,魂欲迷,檀眉⑤半敛愁低。未别心先咽,欲语情难说。出芳草、路东西。摇袖立,春风急,樱花⑥杨柳雨凄凄。

清晨,为马匹备好笼辔雕鞍。阁楼中,二人告别时难舍难离。在这春光明媚之时,送君远行,悲痛难忍。女子已无心装扮,珠翠摇摇欲坠、花露凝寒。红烛滴泪、别曲难尽,偏偏引

---

① 鞴(bèi):为马备鞍辔。
② 半妆:指半面妆。《南史·梁元帝徐妃传》:"妃以帝眇一目,每知帝将至,必为半面妆以俟,帝见则大怒而出。"这里指无心打扮。
③ 青丝曲:指弦琴弹奏的曲调。青丝,与"红蜡"相对,喻指弦乐曲。
④ 香尘绿:指燃烧过的香灰呈暗绿色。
⑤ 檀眉:香眉。
⑥ 樱花:花名。《蕙风词话》:"中国樱花,不繁而实;日本樱花,繁而不实。"

得泪流满面。良宵苦短,香尘浅绿,魂思迷乱,愁眉含魇低垂着。还没分别,心中先呜咽了,想要说话却难以开口。送君上路时,只见路两侧的芳草萋萋。女子频频挥手。春风太急了,吹落樱花纷纷,吹动杨柳飘飘,雨意更觉凄凄惨惨了。这首词写别情。汤显祖评曰:"咽心之别愈惨,难说之情转迫。'平生无泪落,不洒别离间',应是好看话。"

相见欢

罗襦绣袂香红[1],画堂中。细草平沙蕃马[2],小屏风。 卷罗幕,凭妆阁,思无穷。暮雨轻烟魂断,隔帘栊。

女子身穿散着芳香而红艳的罗裙绣袂,站立在画堂之中。她凝视着小屏风上的景色,纤细青草,漫漫黄沙,还有那奔跑的蕃马。良久,她卷起帘子,凭阁远眺,思绪万千。隔着帘栊,只见暮雨潇潇,轻烟袅袅,令人魂断。这首词写女子的愁情。陈廷焯《云韶集》:"即端己所云'断肠君信否'。"杨慎《丹铅总录》卷十二:"唐人好画蕃马于屏,《花间词》云'细草平沙蕃马,小屏风'是也。"

---

[1] 香红:芳香而红艳。
[2] "细草"句:指屏风上的景物。蕃马,指吐蕃的马。

醉公子

慢绾①青丝发,光砑②吴绫袜。床上小熏笼③,韶州新退红④。叵耐⑤无端处,捻得从头污。恼得眼慵开⑥,问人闲事来。

散乱地绾着头发,穿着光滑的吴地绫袜。床上放着小熏笼,铺着韶州新出产的退红料褥子。可恶的是没有什么原因,就弄脏了全身。他恼恨地睁开慵懒的醉眼,故意问一些无关的闲事。这首词写的是一位醉公子的窘态。汤显祖评曰:"昔西王母宴群仙,戴砑光帽,簪花舞,'光砑'二字本此。"华钟彦《花间集注》卷三:"此词就题发挥。"

---

① 绾:盘结。
② 光砑(yà):即砑光,以石碾磨纸、革、布等物,使之光滑。砑,碾。
③ 熏笼:即熏炉。古时熏香取暖用的小炉子。
④ "韶州"句:指床上用品用韶红所染。韶州,地名,在今广东曲江一带。退红,韶州产的一种红色染料。
⑤ 叵(pǒ)耐:可恶。
⑥ 眼慵开:慵懒地睁开醉眼。

〔清〕 汪中 《得趣在人》（局部）

女冠子

求仙去也,翠钿金篦尽舍,入崖峦①。雾卷黄罗帔,云雕白玉冠。　野烟溪洞冷,林月石桥寒。静夜松风下,礼天坛②。

修仙去了,翠钿金篦一类的首饰全都舍弃,前往山中道观修炼。肩上披着的黄色罗绸飞卷如雾,头上戴的白玉冠如云彩雕刻。山间云烟缭绕,溪旁山洞清冷,林间月色皎洁,石桥也透着阵阵寒意。在这样安静的夜里,松风吹来,她登上了高坛拜天。这首词写女道士求仙的情形。汤显祖评曰:"隽雅不及韦相,而直叙道情,翻觉当行。次首恨有俗句。"陈廷焯《云韶集》卷一:"'野烟'十字,颇似中唐五律。语有仙气。"

---

① 入崖峦:山崖峰峦。这里指山中道观。崖,一作"岩"。
② 礼天坛:登坛拜天。这里指道家的一种仪式。

又

云罗雾縠①,新授明威法箓②,降真函。髻绾青丝发,冠抽碧玉簪。　往来云过五③,去住岛经三④。正遇刘郎使,启瑶缄⑤。

她身着如云般的绫罗,披着如薄雾般的纱,被授予惩罚邪恶的符箓,并赐下了典籍文书。她头上发髻高绾,道冠上插着碧玉簪。来来往往驾着五色彩云,经常前往蓬莱、方丈和瀛洲三座仙岛。正遇上了刘郎所遣的使者,悄悄拆开了他送来的信笺。这首词写女道士"成仙"之事。汤显祖评曰:"历祖中数目句字。"卓人月《古今词统》卷四徐士俊评曰:"押'三'字奇稳。"

---

① 縠(hú):一种丝织品,有皱纹的纱。
② 法箓(lù):指天神所授予的符命或道家的图籍。
③ 云过五:指五色彩云。《云笈七签》:"元洲有绝空之宫,在五云之中。"
④ 岛经三:指三岛。传说是神仙居住的地方,又称"三神山"。《史记·秦始皇本纪》:"齐人徐市等上书,言海中有三神山,名曰蓬莱、方丈、瀛洲、仙人居之。"
⑤ 瑶缄:对他人信函的美称。

谒金门

春满院,叠损①罗衣金线。睡觉水精帘②未卷,檐前双语燕。　斜掩金铺③一扇,满地落花千片。早是相思肠欲断,忍教④频梦见。

满园春光明媚,她和衣而眠,折损了罗衣上的金线。睡醒了,水晶帘没有卷起来,耳边传来了屋檐下燕子的呢喃声。通过虚掩着的那一扇门望去,院子里落花满地。早就因为相思而肝肠欲断,怎么能忍心只教我频频与你在梦中相见呢!这首词描写女子春日相思之情。陈廷焯《云韶集》:"曰'相思',曰'断肠',曰'梦见',皆成语也。看他分作二层,便令人爱不释手。遣词用意当如此。"

---

① 叠损:折坏。指和衣而睡,折皱了衣服。
② 水精帘:即水晶帘。
③ 金铺:指门上兽面形铜制的环钮,用以衔环,称为"铺首"。这里指门。《汉书·扬雄传》:"排玉户而飏金铺兮。"
④ 教:使。

二十七首

牛峤

字松卿,一字延峰
陇西(今甘肃陇西南)人
唐宰相牛僧孺之孙

生卒年不详

  他于乾符五年(878年)登进士。历官拾遗、补阙、尚书郎,王建镇西川,辟为判官。王建称帝,拜他为给事中。他博学工词,尝自言窃慕李贺长歌,举笔辄效之,故李冰若说他"大体皆莹艳缛丽,近于飞卿"。今存词三十二首,均见《花间集》。本书选其二十七首。

柳 枝

解冻风①来末上青②,解垂罗袖拜卿卿。无端袅娜临官路,舞送行人过一生。

春风徐来,柳枝长出鹅黄嫩芽,开始返青了。它低垂着随风飘荡,好像女子拂袖相拜。为什么要在大路旁婀娜多姿地摇曳,迎送行人度过了自己的一生呢?这首词名为咏柳,实为写人。汤显祖评曰:"《杨枝》《柳枝》《杨柳枝》,总以物托兴。前人无甚分析,但极咏物之致,而能抒作者怀,能下读者泪,斯其至矣。'舞送行人'等句,正是使人悲悗。"

又

吴王宫里色偏深,一簇纤条万缕金。不愤③钱塘苏小小,引郎松下结同心。

----

① 解冻风:指春风。
② 末上青:指柳梢抽条返青。
③ 不愤:不服气,不平。

 **赏评**

　　吴王宫中的柳色看起来比别处要深,一簇簇纤细的柳枝如同阳光下的万缕金丝。不服气钱塘的苏小小,偏偏与情郎在松树下缔结了同心。这首词借柳咏情。杨慎《升庵诗话》:"按古乐府《小小歌》有云:'妾乘油壁车,郎乘青骢马。何处结同心,西陵松柏下。'牛诗用此意,咏柳而贬松。唐人所谓'尊题格'也。后人改'松下'作'枝下',语意索然矣。"

又

　　狂雪①随风扑马飞,惹烟无力被春欺。莫教移入灵和殿②,宫女三千又妒伊。

 **赏评**

　　柳絮如雪花般随风而动,追逐着马儿飞舞。柳枝沾染了烟色,显得娇弱无力,被春风吹得摇曳不定。希望不要把柳树移种在灵和殿内,免得其风流惹得那三千宫女又嫉妒起来。这首词描写了柳絮的轻盈,又含有词人的身世之感,表达其不愿到那些"是非之地"去的想法。

---

① 狂雪:比喻柳絮纷飞如雪。
② 灵和殿:齐武帝宫殿名,齐武帝曾在殿前种植柳树。

〔明〕佚名 《千秋绝艳图》（局部）

女冠子

绿云高髻,点翠匀红时世①。月如眉。浅笑含双靥,低声唱小词②。　眼看唯恐化③,魂荡欲相随。玉趾④回娇步,约佳期。

她青丝高髻,插着点翠,化着入时的妆容。眉弯如月,微微一笑露出两个酒窝,低声轻唱着小词。仔细看着她,唯恐她登仙而去。魂思飘荡,也想着随她而去。她回步依恋,顾盼生情,再约佳期。这首词写女子与男子的约会。李冰若《栩庄漫记》:"'眼看''魂荡'二语,较'胡天''胡帝'更进一层。"姜方锬《蜀词人评传》:"《女冠子》'绿云高髻'一阕之写闺情,自是花间上品。"

---

① 时世:时世妆,妆扮入时。
② 小词:宋词的分类之一,即后世所称的令、引、近。
③ 化:指羽化成仙而去。
④ 玉趾:美足。

又

锦江烟水,卓女烧春^①浓美。小檀霞^②。绣带芙蓉帐,金钗芍药花^③。　额黄侵腻发,臂钏透红纱。柳暗莺啼处,认郎家。

锦江烟水如画,蜀地女子柔美多情,卖的烧春酒香味浓美。她们衣装紫红艳丽,如彩霞一般。住在精美的芙蓉帐中,头插着金钗、戴着芍药花。额黄侵染了秀发,手上的镯子透过红纱露了出来。在那柳色深深、黄莺啼叫之处,就是情郎之家。这首词写女子服饰浓美,前去赴约。汤显祖评"绣带"句:"六朝丽句"。又评"柳暗"句:"好结句。"沈际飞《草堂诗余别集》:"情到至处,勿含蓄。"

---

① 卓女烧春:指卓文君当垆卖酒。这里泛指蜀地美女。烧春,酒名。
② 小檀霞:指装饰紫红艳丽,如彩霞般。檀,紫红色。
③ 芍药花:男女相别,以芍药花传情。

〔明〕 唐寅 《王蜀宫妓图》(局部)

又

星冠霞帔,住在蕊珠宫①里。佩丁当②。明翠摇蝉翼,纤珪③理宿妆。 醮坛④春草绿,药院⑤杏花香。青鸟传心事,寄刘郎。

她们头戴星冠,身披霞帔,住在如蕊珠宫的地方。她们佩戴着的珠玉叮当作响,头上的翠钗如蝉翼般晃动,纤纤玉手清理着残妆。祭坛之上春草绿意盎然,药园里杏花香溢扑鼻。将心事化成书信,请青鸟传递给情郎。这首词写女道士的生活。汤显祖评曰:"前后丽情,多属玉台艳体,忽插入道家语,岂为题目张本耶?"

---

① 蕊珠宫:传说中天上的仙宫。这里指女道士住的地方。
② 丁当:一作"玎珰",形容金、玉等碰撞的声音。
③ 纤珪:纤纤玉手。
④ 醮坛:道士祈祷时用的祭坛。
⑤ 药院:仙家种药材的园圃。

# 梦江南

红绣被,两两间①鸳鸯。不是鸟中偏爱尔,为缘②交颈睡南塘。全胜薄情郎。

赏评

那一床红锦被上,绣着一对对相望的鸳鸯。鸟儿之中不是最偏爱你,只是因为你们在池塘中交颈而眠,亲密相伴,这胜过了世间的那些薄情郎。这首词借物咏怀,表达了女子对负心人的怨恨。沈雄《古今词话·词评》上卷引姜夔夔云:"牛峤《望江南》,一咏燕,一咏鸳鸯,是咏物而不滞于物者也。词家当法此。"

---

① 间:隔开。此处有对称之意。
② 为缘:是因为。

〔明〕 王醴 《雪梅鸳鸯图》（局部）

# 感恩多

两条红粉泪,多少香闺意①。强攀桃李枝,敛愁眉。陌上莺啼蝶舞,柳花飞。柳花飞,愿得郎心,忆家还早归。

脸上挂着两行盈盈粉泪,这饱含着多少相思之情呀。使劲地攀折着桃李枝条,低垂着双眉。原野上黄莺啼叫,蝴蝶双舞,柳絮漫天飞。柳絮飞呀飞呀,希望能唤回丈夫的心,想家了就早点回来。这首词写香闺念远。汤显祖评曰:"起语一问一答,便有无限委婉。"

---

① 香闺意:指闺中人的相思之情。

又

自从南浦别,愁见丁香结①。近来情转深,忆鸳衾。　　几度将书托烟雁,泪盈襟。泪盈襟,礼月②求天,愿君知我心。

赏评

自从在南浦相别之后,我最怕见到含苞待放的丁香花。最近思念之情更加深重,回想起那绣着鸳鸯的锦被。多少次都想拜托鸿雁把书信送去,忍不住泪洒衣襟。泪水滑落,湿透了衣襟,我祭拜月亮,祈求上天,希望你能知道我的心思啊。这首词写女子怀人。李冰若《栩庄漫记》:"二词情韵谐婉,纯以白描见长。"

---

① 丁香结:丁香花的花蕾。多比喻愁思凝结不解。李商隐《代赠》:"芭蕉不展丁香结,同向春风各自愁。"
② 礼月:拜月。

# 应天长

玉楼春望晴烟灭,舞衫斜卷金条脱①。黄鹂娇啭声初歇,杏花飘尽龙山②雪。 凤钗低赴节③,筵上王孙愁绝④。鸳鸯对衔罗结,两情深夜月。

赏评

站在玉楼上远望,春光明媚,晴空之上云烟已散去了。玉楼之内,舞女的舞衫随舞飞扬,胳膊上的镯子也飞了出去。黄鹂婉转动听的歌声停了下来,杏花飘落犹如龙山的雪花一般。使用凤钗轻轻打着节拍,宴席上贵公子们激情高昂。鸳鸯成对,罗带结成同心结,两情相悦,同赏深夜月色。这首词描写舞女痴情之意。汤显祖评曰:"峭壁孤松,寒潭秋月,庶足比二词之高洁。"

---

① 条脱:古代臂饰,指手镯。
② 龙山:山名,又名和龙山或凤凰山,在今辽宁省朝阳县东。此处泛指北方。又解:龙山在今湖北江陵县西北,因山势蜿蜒如龙而得名。
③ 赴节:按节拍而敲击。
④ 愁绝:原指愁到了极点。这里指感情激荡。

又

双眉淡薄藏心事,清夜背灯娇又醉。玉钗横,山枕腻,宝帐鸳鸯春睡美。　　别经时①,无限意,虚道②相思憔悴。莫信彩笺书里,赚人③肠断字。

双眉淡淡未描,暗藏着心事,清冷的夜里熄灭了灯又喝得大醉。玉钗横斜,枕头光滑,躺在宝帐中,盖着鸳鸯被,美美地春睡。别后过了一段时间,无限惆怅,空说相思让人憔悴。千万不要相信那彩笺书信里骗人的断肠词句。这首词写女子被欺骗感情后的觉醒,寄予了词人对其的同情。沈雄《古今词话·词评》上卷引陆游云:"牛峤《定西番》为塞下曲,《望江怨》为闺中曲,是盛唐遗音。及读其'翠娥愁,不抬头''莫信彩笺书里,赚人肠断字',则又刻细似晚唐矣。"

---

① 别经时:别后经历的一段时间。
② 虚道:空说。
③ 赚人:骗人。赚,诓骗。

〔明〕 唐寅 《红叶题诗仕女图》（局部）

更漏子

春夜阑①,更漏促,金烬暗挑残烛。惊梦断,锦屏深,两乡②明月心。　　闺草碧,望归客③,还是不知消息。辜负我,悔怜君,告天天不闻。

 赏评

春夜将尽,更漏滴声急促,灯中兰膏燃尽了,轻轻地挑了挑烛芯。梦中之事想不起来了,屏风看起来无比昏暗,身居两地却明月同心。闺阁外青草碧绿,盼望着情郎归来,却还是没有消息传来。辜负了我的情意,真后悔怜惜你,向苍天倾诉吧,苍天也不管不闻。这首词写女子春宵怀人。汤显祖评曰:"女娲补不到,天有离恨天。世间缺陷事不少,天也管不得许多。"李冰若《栩庄漫记》:"松卿善为闺情,儿女情多,时疏于荡,下开柳屯田一派,特笔力不至沓赘,为可诵耳。"

---

① 春夜阑:春夜将尽,夜深。
② 两乡:两地,两处。
③ 归客:指所思念的丈夫。

又

南浦情,红粉泪,争奈①两人深意。低翠黛,卷征衣,马嘶霜叶飞。　　招手别,寸肠结,还是去年时节。书托雁,梦归家,觉来江月斜。

昔日南浦送别,忍不住泪流满面,怎奈两人情深义重。她低着头,皱着眉,轻轻拉着丈夫的战衣。马儿长嘶疾驰而去,带起霜叶纷飞。人已走远,仍在招手相送,忍不住肝肠寸断,这还是去年之时。想请鸿雁捎带书信,梦里见到丈夫归来了,醒来时发现江月即将落下去了。这首词写女子对征人的思念。李冰若《栩庄漫记》:"'马嘶霜叶飞'五字,足抵一幅秋闺晓别图。"

---

① 争奈:怎奈。

望江怨

东风急,惜别花时手频执①,罗帏愁独入。马嘶残雨春芜②湿,倚门立。寄语薄情郎,粉香和泪泣。

春风劲吹之时,恰是花开时节,你我依依惜别,忍不住频频牵手。人去楼空,我真怕独入闺阁。远处传来马儿嘶鸣之声,春雨已淋湿了路边的青草。我倚着门久久伫立,心中有许多话想对薄情的郎君说,忍不住泪水和着香粉流了下来。这首词描写了女子与情郎相别时的离愁别恨。汤显祖评曰:"'一庭疏雨湿春愁''马嘶残雨春芜湿',皆集中秀句。'湿'字俱下得天然。"俞陛云《唐五代两宋词选释》:"三十五字中,次第写来,情调凄恻。"许昂霄《词综偶评》:"有急弦促柱之妙。"

---

① 手频执:多次牵手。表示依依惜别之情。
② 春芜:春草。

〔明〕 佚名 《千秋绝艳图》（局部）

菩萨蛮

舞裙香暖金泥凤①，画梁语燕惊残梦。门外柳花飞，玉郎犹未归。　　愁匀红粉泪，眉剪春山翠。何处是辽阳，锦屏春昼长。

舞裙飞动，散发着浓浓的香气，上面那金泥涂印的凤凰仿佛展翅欲飞。画梁间双燕呢喃细语，惊醒了一场春梦。门外柳絮漫天飞舞，情郎仍未回来。带着愁意上妆，泪水和着红粉流了下来，紧锁的双眉好像远处的春山一样翠绿。那辽阳到底在何方呢？画屏里的春天可真的长呀。这首词写女子春日思念戍边的丈夫。李冰若《栩庄漫记》："松卿《菩萨蛮》'舞裙香暖'一首，词意明晰，层次井然。盖首句形容服饰之丽，次句燕语惊梦。以下由梦醒凝望而见柳花，次联忆远人之未归，因而念及远人所在之地，愈增相思，倍觉春昼之长也。全词流丽动人。"

---

① 金泥凤：用金粉涂印的凤凰图案。金泥，以金粉饰物，用于书画彩漆。

又

柳花飞处莺声急,晴街春色香车立。金风小帘开,脸波①和恨来。 今宵求梦想,难到青楼②上。赢得一场愁,鸳衾谁并头。

柳絮漫天飞舞,黄莺歌声急促婉转。春光明媚,向阳的街角停着一辆香车。车子上绣着金凤的帘子掀开了,车内女子的眼神带着些许愁恨。今夜只能在梦里相会了,那高门大院的青楼是难登上去的。白白惹了一场伤愁,不知道谁与她同盖那床鸳鸯锦被。这首词写男子偶见车中美人的情思。李冰若《栩庄漫记》:"'眼(脸)波和恨来',传神栩栩欲活。"

又

玉钗风动春幡③急,交枝红杏笼烟泣。楼上望卿卿,窗寒新雨晴。 熏炉蒙翠被,绣帐鸳鸯睡。何处有相知,羡

---

① 脸波:眼色。
② 青楼:指富贵人家的楼阁。曹植《美女篇》:"青楼临大路,高门结重关。"
③ 春幡:立春日剪出的类似彩胜一类的饰品。《岁时风土记》载:立春之日,士大夫之家,剪彩为小幡,谓之春幡,或悬于家人之头,或缀于花枝之下。

他初画眉①。

 **赏评**

春风吹来,玉钗轻摇,春幡迎风颤动。杏花盛开,烟雾笼罩,凝露如泣。站在楼上遥望远方的情郎,窗边春寒,春雨初晴。屋里熏炉香意缭绕,熏烤着翠被,锦帐之中好睡鸳鸯。知心人在哪里呢?真羡慕那张敞为之画眉之人。这首词写女子祈盼相知之人的心愿。汤显祖评曰:"填词白描,须有微致。若全篇平衍,几同嚼蜡矣。"

又

画屏重叠巫阳翠,楚神尚有行云意。②朝暮几般心,向他情漫③深。　　风流今古隔,虚作瞿塘客。④山月照山花,梦回灯影斜。

---

① 画眉:化用汉代张敞为妻子画眉的典故。比喻夫妻恩爱。
② "画屏"二句:化用巫山神女的典故。巫阳,巫山之阳。楚神,巫山神女。行云,流动的云,也指男女欢合。
③ 漫:徒,空。
④ "风流"二句:化用唐李益《江南曲》"嫁得瞿塘贾,朝朝误妾期",诉说心中之怨。瞿塘,即瞿塘峡,在今重庆奉节东,长江三峡之首。

〔明〕 仇英 《云游仕女图》(局部)

画屏之上山峦重叠,巫阳山一片翠色,巫山的女神尚有行云布雨之意。想我朝朝暮暮几多情意,却白白地献给了他。神女与楚王的故事已成为过去,如今我也像瞿塘商客的妻子一般,独守空房。山中月色凄凉,空照着漫山野花。梦里惊醒,而灯火阑珊,摇曳欲灭。这首词写闺中人对情郎的怨思。吴任臣《十国春秋》卷四十四:"(牛峤)尤喜制小辞,《女冠子》云:'绣带芙蓉帐,金钗芍药花。'《菩萨蛮》云:'山月照山花,梦回灯影斜。'皆峤佳句也。"

又

风帘燕舞莺啼柳,妆台约鬓①低纤手。钗重髻盘珊②,一枝红牡丹。　　门前行乐客,白马嘶春色。故故③坠金鞭,回头应眼穿。

风掀门帘,帘外燕子双飞,柳上黄莺婉转啼鸣,帘内佳人

---

① 约鬓:整鬓。约,整理,捆缚。
② 髻盘珊:即盘桓髻,盘绕的发髻。晋崔豹《古今注·杂注》:"长安妇人好为盘桓髻。"
③ 故故:屡屡,频频。

对镜梳妆,纤纤玉手整理着发髻。绾成盘桓髻,插上玉钗,犹如一枝娇艳的红牡丹。门前经过的游玩男子,骑着白马,遍赏着春色。故意让马鞭一次次掉落,回过头来想多看佳人的姿色。这首词写少男对少女的爱慕之情。李冰若《栩庄漫记》:"情景如在目前。"沈际飞《草堂诗余续集》:"《绣襦记》开场好词。"

又

绿云鬓上飞金雀,愁眉敛翠春烟薄。香阁掩芙蓉,画屏山几重。 窗寒天欲曙,犹结同心苣①。啼粉污罗衣,问郎何日归。

头上青丝绾髻,金雀钗颤动如飞。眉黛含愁凝翠,又仿若春烟袅袅。闺阁里挂着芙蓉帐,画屏上山峦叠嶂,一重又一重。窗边沁入寒气,天色要黑了。点燃蜡烛,灯芯上爆出了两朵灯花。盈盈粉泪流下,染污了衣衫,细语呢喃,想知道郎君什么时候才回来。这首词写女子空闺念远。汤显祖评曰:"芳草生兮萋萋,王孙归兮不归,问他何益?"陈廷焯《云韶集》卷一:

---

① 同心苣:用苇秆编成的火炬。这里指烛芯上结出两朵灯花。《后汉书·皇甫嵩传》:"嵩乃约敕军士,皆束苣乘城。"

"秋至。结二句写得又娇痴,又苦恼。"

又

玉楼冰簟①鸳鸯锦,粉融香汗流山枕。帘外辘轳②声,敛眉含笑惊。　　柳阴烟漠漠,低鬟蝉钗落。须作一生拚③,尽君今日欢。

闺楼上,铺着凉席,她搭着鸳鸯锦被沉睡,香汗频频,融合着脂粉流在了枕头上。帘外传来了辘辘的车轮声,她低敛的眉黛舒展开,露出了笑意,一下子惊醒了。远处那片柳荫轻烟漠漠,游春的女子发髻低垂,遗落了蝉钗。愿拚弃一生,满足郎君的今日欢乐。这首词写男女私情。陈廷焯《白雨斋词话》:"闲情之作,虽属词中下乘,然亦不易工。"王国维《人间词话删稿》:"词家多以景寓情。其专作情语而绝妙者,如牛峤之'须做一生拚,尽君今日欢'。……此等词,求之古今人词中,曾不多见。"

---

① 冰簟:凉席。
② 辘轳(lù lu):井上汲水的装置。此处指车轮声。
③ 拚(pàn):抛弃、舍弃。

酒泉子

记得去年,烟暖杏园花正发。雪飘香,江草绿,柳丝长。 钿车纤手卷帘望,眉学^①春山样。凤钗低袅翠鬟上,落梅妆^②。

记得去年这个时候,杏园里弥漫着暖暖烟雾。花儿含苞待放,柳絮纷飞带香,江草萋萋,柳枝袅袅细长。宝车徐徐而行,一只纤纤玉手掀开车帘观望。只见她仿画着远山眉,凤钗斜插在翠鬟之上,还化了梅花妆。这首词写男子对女子的追恋。汤显祖评曰:"远山眉,落梅妆,石华袖,古语新裁,令人远想。"

---

① 学:仿照。
② 落梅妆:古代女子的一种面部妆饰,又叫"寿阳妆""梅花妆"。《太平御览》载:南朝宋武帝之女寿阳公主,人日卧含章殿檐下,梅花飘落著其额,成五出之花,拂之不去,因仿之为梅花妆。

定西番

紫塞①月明千里,金甲冷,戍楼寒,梦长安。 乡思望中天阔,漏残星亦残。画角数声呜咽,雪漫漫。

明月照着千里边塞,将士的战衣冰冷,戍楼寒意凛冽,梦里回到了长安。思乡之情甚浓时,仰望浩渺的苍天,只听得漏声残滴,又见残星稀落。城头上响起了几声呜呜咽咽的画角声,那纷飞的大雪慢慢地落下。这首词描写边塞风光,表现征人的乡愁。李冰若《栩庄漫记》:"塞外荒寒,征人梦苦,跃然纸上。此亦一穷塞主乎?"《蜀词人评传》引郑振铎评曰:"《定西番》一词情调特异。"

---

① 紫塞:长城。泛指北方边塞。

玉楼春

春入横塘①摇浅浪,花落小园空惆怅。此情谁信为狂夫②,恨翠愁红③流枕上。　　小玉窗前嗔④燕语,红泪滴穿金线缕。雁归不见报郎归,织成锦字封过与⑤。

赏评

春风吹过池塘,掀起层层细浪。小园落花纷纷,徒让人心生惆怅。谁会相信我的情都是为了狂夫呢?眉中凝恨,泪水直流到了枕头上。站在精致的窗户前,听到燕子的欢叫而生气,泪水和着脂粉日夜滴落,把金丝线织成的衣服都湿透了。大雁回来了,却不曾见郎君归来。织成的锦字书已封好,准备寄给他。这首词写女子的怨恨之情。汤显祖评曰:"隽调中时下隽句,隽句中时下隽字,读之甘芳下齿。"

---

① 横塘:亦称"南塘"。古堤塘名。此处指较大的水塘。
② 狂夫:古代女子对丈夫的称呼。
③ 恨翠愁红:指眉和泪水。
④ 嗔:生气。
⑤ 封过与:封好了寄给他。封过,已经封好。与,给他。

〔清〕 潘振镛 《仕女图》(局部)

 西溪子

捍拨①双盘金凤,蝉鬓玉钗摇动。画堂前,人不语,弦解语。弹到昭君怨②处,翠蛾愁、不抬头。

怀中抱着饰有金凤图案捍拨的琵琶,蝉鬓和玉钗随着身形摇动。就在画堂之前,她不说话,琴弦诉说着心中事。她弹到《昭君怨》时,翠眉凝愁,默默地低下了头。这首词写琵琶女难言的幽怨。陈廷焯《云韶集》卷一:"短句颇不易作。此作字字的当,有意有笔,能品也。"

---

① 捍拨:指弹拨乐器上的饰物,用以防护琴身。
② 昭君怨:琵琶曲名,描写昭君出塞之事。王昭君,名嫱,汉元帝宫女,奉诏和番,嫁给了呼韩邪单于。

江城子

鹡鸰飞起郡城东,碧江空,半滩风。越王宫殿,蘋叶藕花中。帘卷水楼鱼浪起,千片雪,雨濛濛。

一群鹡鸰从郡城东边飞起,掠过水天一色的江面,带起了半滩江风。旧时越王的宫殿已不见,如今是一片蘋草荷花。水边阁楼高卷着珠帘,鱼儿在水面上翻腾,搅动起如千万片雪花般的细浪,消融在这蒙蒙细雨之中。这首词是吊古伤今之作。汤显祖评曰:"起句率意。"李冰若《栩庄漫记》:"松卿词笔在《花间》亦属中流,但时有隽语。如此词'越王宫殿'一语,不悲而神伤,自饶名贵。"

〔明〕 仇英 《人物故事图·竹院品古》（局部）

又

极浦^①烟消水鸟飞,离筵分首^②时,送金卮。渡口杨花,狂雪任风吹。日暮天空波浪急,芳草岸,雨如丝。

远远的江浦之上烟消云散,水鸟扑棱棱地飞了起来。筵席结束,到了分别之时,手持着金酒杯相送。渡口边上杨花如雪,任凭春风狂吹。暮色时分,天阔波涌,拍打着芳草岸边,又下起了蒙蒙细雨。这首词写渡口饯行。李冰若《栩庄漫记》:"升庵《词品》谓'暮'字应为'蓦',不知所据何本。今传各本则均作'暮'矣。愚谓'日暮'字自佳,若作'日蓦',便不成语。"

---

① 极浦:远浦,饯别之地。
② 分首:分别。

二十四首

张泌

字子澄
《花间集》列于牛峤、毛文锡之间
称为"张舍人"

生卒年不详

南唐时别有张泌(一作"佖")者,初官句容尉,后主征为监察御史,官内史舍人,后随后主归宋,入史馆,迁郎中,见后主之卒。前人多以为即《花间》词作者。另有说是晚唐诗人张泌。陈尚君《花间词人事辑》认为张泌与唐末词人张曙为同一人。其词录于《花间集》共二十七首,词风清俊委婉。本书选其二十四首。

浣溪沙

钿毂^①香车过柳堤,桦烟分处马频嘶,为他沉醉不成泥。　　花满驿亭香露细,杜鹃声断玉蟾低,含情无语倚楼西。

　　豪华的马车行走在柳堤上。桦烟缭绕之处,传来声声马儿嘶鸣。因为他的离去而酒醉,心中却很清醒。驿站内群芳开遍,花凝细露。杜鹃声声悲啼,明月西沉。脉脉含情,静静地倚靠栏杆西望不语。这首词写送别,上阕写人已远去,为他沉醉;下阕写驿站环境,刻画女主人公的哀愁。卓人月《古今词统》卷四徐士俊评:"'桦烟'字奇。"

---

① 钿毂:饰有金饰的车轮。毂,车轮的中心部分,有圆孔,可以插轴。亦用为车轮的代称。屈原《九歌·国殇》:"操吴戈兮被犀甲,车错毂兮短兵接。"

又

马上凝情忆旧游,照花淹竹小溪流,钿筝①罗幕玉搔头②。 早是出门长带月③,可堪分袂④又经秋,晚风斜日不胜愁。

骑在马上,深情地回忆起往日之游,那条映照着花丛浸润翠竹的小溪流旁,驻扎着座座罗幕,只见玉钗晃动,闻得筝鸣声声。想当初披星戴月地出门了,可怎堪离别又过了一年。晚风萧瑟,斜阳惨淡,令人不胜悲愁。这首词乃旅途抒怀之作。李冰若《栩庄漫记》:"以'忆旧游'领起,全词实处皆化空灵,章法极妙。"陈廷焯《云韶集》:"流水对。工丽芊绵,深深疑疑。"

又

独立寒阶望月华⑤,露浓香泛小庭花,绣屏愁背一灯

---

① 钿筝:金饰的筝。筝,弹拨乐器,状如琴,战国时流行于秦地,故又称"秦筝"。
② 玉搔头:指玉钗。
③ 长带月:指经常披星戴月地出门。
④ 分袂:分手,分别。
⑤ 月华:月光。

斜。　　云雨①自从分散后,人间无路到仙家,但凭魂梦访天涯。

独自站在寒凉的台阶上,望着如水的月光。露意浓浓,庭院里花香四溢。她忧愁地背对着绣屏,看着烛火渐渐熄灭。自从刘郎与仙子分别之后,人间再也找不到通往仙人洞府的道路,只有凭借梦萦游遍天涯海角了。这首词写男子对女子的思念。王国维《人间词话·附录》:"昔沈文悫(què)深赏(张)泌'绿杨花扑一溪烟'为晚唐名句。然其词如'露浓香泛小庭花',较前语似更幽艳。"

又

依约②残眉理旧黄,翠鬟抛掷一簪长,暖风晴日罢朝妆。　　闲折海棠看又捻,玉纤无力惹余香,此情谁会③倚斜阳。

---

① 云雨:指两人的情意。
② 依约:隐约。
③ 会:理解,了解。

〔明〕 佚名 《千秋绝艳图》（局部）

残眉隐约淡淡,懒理昨日额黄。发髻凌乱倾斜,坠下来约一簪之长。春风和煦,晴日当空,懒得梳洗打扮。闲得无事,折一枝海棠花欣赏着,又轻轻地捻着花瓣,纤纤玉手无力地拨弄着其他花朵,此中情意谁会了解呢?只能独自空望着斜阳。这首词写女子终日闲愁。李冰若《栩庄漫记》:"写春困情态,入木三分。"

又

翡翠屏开绣幄①红,谢娥无力晓妆慵,锦帷鸳被宿香浓②。 微雨小庭春寂寞,燕飞莺语隔帘栊,杏花③凝恨倚东风。

翡翠屏风摆开,猩红绣帘掀开。女子娇弱无力,懒懒地梳着妆。那锦帐内、鸳鸯被中还留着浓浓的香气。细雨蒙蒙,春归小院,寂寞无比。隔着帘栊,瞧见燕子双飞,又听到黄莺婉

---

① 绣幄:帐幕,篷帐。
② 宿香浓:指经过一夜后香味浓。
③ 杏花:这里是拟人化的写法,比拟女子。

转鸣叫,那一树杏花含愁带恨地斜倚于东风之中。这首词写女子春伤寂寞之情。况周颐《餐樱庑词话》:"张子澄句'杏花凝恨倚东风',又'断香轻碧锁愁深',妙在'凝'字、'碧'字。若换用他字便无神韵,'碧'字,尤为人所易忽。"

又

枕障①熏炉隔绣帷,二年终日两相思,杏花明月始应知。　　天上人间何处去,旧欢新梦觉来时,黄昏微雨画帘垂。

枕屏里熏炉的香雾缭绕,弥漫在绣帐中。两年来,我天天都在思念你,杏花和明月自始至终都知道我的心思。为了寻你,我走遍了天上人间,终于相见了,醒来才发现又是梦一场。到了黄昏时分,细雨纷飞,画帘依旧默默地低垂着。这是一首悼念爱人之词。汤显祖评曰:"第三个年头,自有知者。'杏花明月',知我怜我,未必笑我。"许昂霄《词综偶评》:"不言而神伤。"

---

① 枕障:枕屏。

又

花月香寒悄夜①尘，绮筵幽会暗伤神，婵娟依约画屏人。　　人不见时还暂语，令②才抛后爱微颦，越罗巴锦③不胜春。

月夜静悄悄的，花香袭人。筵席之上对你有心却难表情愫，不由得暗自伤神。那佳人呀依稀像画屏中人。看不到她时，就停止了交谈。念出酒令后，她因喜欢而微微皱眉。那越罗巴锦也比不过这春意柔情呀。这首词写男女初会。姜方锬《蜀词人评传》："泌词以《江城子》而得名，复有《浣溪沙》以纪艳。"

又

偏戴花冠白玉簪，睡容新起意沉吟④，翠钿金缕镇眉心。　　小槛日斜风悄悄，隔帘零落杏花阴，断香轻碧⑤锁愁深。

---

① 悄夜：静夜。
② 令：酒令。
③ 越罗巴锦：吴越的绫罗，巴蜀的锦。这里指华贵的衣服。
④ 沉吟：犹豫不决。
⑤ 断香轻碧：指花落叶绿。

 **赏评**

头上戴的花冠微斜,上面插着白玉簪。午睡初起,睡意蒙眬,意带犹豫。那翠靥点腮,金穗摇曳在眉间。日头西落,风儿轻吹,独自徘徊在小槛处。隔着门帘看那杏花零落满地,那落花绿叶之间,锁着浓浓的春愁。这首词写女子午睡醒来时的神情。汤显祖评曰:"锁得住的,还不是愁。人言愁,我始欲愁,只为锁他不住。"

又

晚逐香车入凤城[①],东风斜揭绣帘轻,慢回娇眼笑盈盈。 消息未通何计是,便须佯醉且随行,依稀闻道太狂生[②]。

 **赏评**

傍晚时分,跟随着香车进入了京城。一阵儿春风吹来,将车帘轻轻地掀了起来。看到了她回首时的容貌,娇美的眸子带着盈盈笑意。采用什么办法让她知道我的心思呢?于是假装成醉酒的狂徒,跟跟跄跄地随车前行。隐约间听到车中人嗔骂

---

① 凤城:京城。
② 太狂生:太狂妄了,此处指车中美人嗔骂语。生,语气助词,没有实际意义。

"这人好轻狂"。这首词写少年郎的癫狂举动。李冰若《栩庄漫记》:"子澄笔下无难达之情,无不尽之境,信手描写,情状如生,所谓冰雪聪明者也。如此词活画出一个狂少年举动来。"

又

小市东门欲雪天,众中依约见神仙,蕊黄香画贴金蝉。　　饮散黄昏人草草①,醉容无语立门前,马嘶尘烘②一街烟。

赏评

天要下雪了,在闹市的东门处,依稀在人群中看到一位神仙般的女子。她涂着额黄,画着眉黛,戴着蝉形金钗。黄昏时分,饮酒的人们匆匆散去,醉酒的客人默默无语站在门前,那马儿一声嘶鸣奔驰而去,卷起的尘土犹如一阵烟,弥漫了整条街。这首词写小市东门的景况。李冰若《栩庄漫记》:"一'烘'字形容闹市极似,再无他字可代,此之谓工于炼字。"

---

① 草草:忙忙碌碌的样子。《诗经·小雅·巷伯》:"骄人好好,劳人草草。"这里有匆忙之意。
② 尘烘:尘土飞扬。

〔明〕陈洪绶 严湛 《麻姑献寿图》（局部）

临江仙

烟收湘渚秋江静,蕉花露泣愁红。五云双鹤去无踪,几回魂断,凝望向长空。　　翠竹暗留珠泪怨①,闲调②宝瑟波中,花鬟月鬓绿云重。古祠深殿③,香冷雨和风。

湘江水岸烟雾飘散,秋江上一片宁静。带露的美人蕉仿佛美人哀泪泣愁。五色彩云和双双白鹤已去影无踪,几回回魂断,凝望着长空。那翠竹之上留下了湘妃的斑斑泪痕,那湘水浪中仿佛响起了幽怨的瑟声,仿佛看到了那如花似月、鬓云浓重的湘妃。而今湘妃祠内,粉消香冷,苦雨凄风相伴依旧。这首词咏娥皇女英的故事。汤显祖评曰:"语气委婉,不即不离,水仙之雅调也。"李冰若《栩庄漫记》:"'蕉花露泣愁红',凄艳之句。全词亦极缥缈之思,不落凡俗。"

---

① "翠竹"句:化用湘妃(娥皇与女英)的故事。
② 闲调:指湘妃弹奏宝瑟的事。调,弹奏。
③ 古祠深殿:指湘妃祠。

女冠子

露花烟草,寂寞五云三岛,正春深。貌减潜销玉[①],香残尚惹襟。　　竹疏虚槛静,松密醮坛阴。何事刘郎去,信沉沉。

花儿凝着露水,轻烟笼罩着芳草,寂寞弥漫在那五彩祥云缭绕的仙岛,春意正浓。她一天天憔悴,面容暗暗消减,只有淡淡香气还留在衣襟上。几竿稀疏的竹子静立在门槛外。松林茂密,醮坛就设在那树荫下。不知道刘郎因为何事离开了,音信杳无,令人空劳牵挂。这首词刻画了女道士的思凡之心。沈际飞《草堂诗余别集》卷一:"幽而动。"又云:"鹿虔扆词'竹疏斋殿迥,松密醮坛阴',更工。全首不逮。"

[①]"貌减"句:容貌渐渐憔悴、清瘦。

河 传

渺莽①云水,惆怅暮帆,去程迢递。夕阳芳草,千里万里,雁声无限起。　　梦魂悄断烟波里,心如醉。相见何处是,锦屏香冷无睡,被头多少泪。

赏评

云水渺茫,一片空阔,惆怅之间,暮帆已不见踪迹,离去的路程太遥远了。夕阳西下,余晖照在草地上,千里路,万里路,响起了一声声雁鸣。她梦到了那浩荡的烟波,突然就惊醒了,心仿佛醉了一般沉重。在何地能够重逢呢?画屏里香炉已冷,她毫无睡意,被头上不知沾染了多少泪滴。这首词写离情,上阕写景,下阕写情,情由景生。汤显祖评曰:"可怜。《河传》高调。"李冰若《栩庄漫记》:"起句飒然而来,不亚《别》《恨》二赋首语,可谓工于发端,而承以'夕阳''千里'三句,苍凉悲咽,惊心动魄矣。"

---

① 渺莽:烟波辽阔无际的样子。南朝宋鲍照《望水》诗:"河伯自矜大,海若沉渺莽。"

酒泉子

春雨打窗,惊梦觉来天气晓。画堂深,红焰小,背兰釭。 酒香喷鼻①懒开缸,惆怅更无人共醉。旧巢中,新燕子,语双双。

夜来春雨敲打着窗户,从梦里惊醒了,感觉天也快亮了。画堂里依旧幽深黑暗,火焰渐小,便熄灭了油灯。酒缸里酒香四溢,直扑鼻端,心中惆怅郁闷,却没有人同饮共醉。去年的旧巢穴中,住着新飞来的燕子,一对对、一双双,正呢喃细语。这首词描写主人公触景怀人。汤显祖评曰:"抚景怀人,如怨如慕,何减《摽梅》诸什。"

---

① 喷鼻:香气进入鼻子中。

又

紫陌青门①,三十六宫②春色。御沟③辇路暗相通,杏园风。 咸阳沽酒宝钗空④,笑指未央归去。插花走马⑤落残红,月明中。

京城的大路上,城楼的城门处,这一座座宫殿中,到处都是春景美色。那护城河与辇道相连接,杏园里春风细细。身在咸阳沽酒痛饮,用尽了宝钗玉器,手指着未央宫,大笑而去。头上插着鲜花,马儿疾驰,卷起片片落花,消失在这皎洁的月色中。这首词写京都盛景。上阕写景,下阕写欢情,大有"春风得意马蹄疾,一日看尽长安花"之意。

---

① 青门:城门名。《三辅黄图》载,长安城东出南头第一门曰"霸城门",民见门色青,名曰"青城门"或"青门"。这里泛指皇城的城门。
② 三十六宫:形容宫殿多。骆宾王《帝京篇》:"秦塞重关一百二,汉家离宫三十六。"
③ 御沟:护城河。
④ 空:尽,无。
⑤ 走马:驰马。指疾驰。

〔明〕 沈周 《杏花图》（局部）

生查子

相见稀,喜相见,相见还相远。檀画荔枝红①,金蔓蜻蜓软②。　　鱼③雁疏,芳信断,花落庭阴晚。可惜玉肌肤,消瘦成慵懒。

相见的次数稀少,唯喜相逢之时,只是相见之后却要再次分别。化着檀色妆容,头上插着金丝发簪,如蜻蜓般飞舞。鱼儿稀少,雁儿难见,断了书信联系,花落庭院,春色将暮。可怜冰肌玉骨,日渐消瘦,无比慵懒。这首词写女子相思。汤显祖评曰:"信笔而往,无一浮蔓,非只止口头禅也。"

---

① "檀画"句:形容妆色。
② "金蔓"句:金丝所制的首饰,状如飞舞的蜻蜓。
③ 鱼:指借鱼传信。《乐府诗集·饮马长城窟行》:"客从远方来,遗我双鲤鱼。呼儿烹鲤鱼,中有尺素书。"

〔清〕 金廷标 《仕女簪花图》(局部)

柳　枝

腻粉琼妆透碧纱①，雪休夸。金凤搔头堕鬓斜，发交加②。　倚着云屏新睡觉③，思梦笑。红腮隐出枕函花④，有些些⑤。

脂粉细腻，美人梳妆打扮得如琼似玉，透过碧纱窗，可见肌肤比雪还白。金凤钗斜插在发髻之上，如瀑的秀发错杂相交。她刚刚从酣睡中醒来，倚靠着屏风，想起了梦中事，不禁笑了起来。她那桃腮之上隐隐约约印上了一些枕头套子上的花痕。这首词描写美人睡态。汤显祖评曰："此《柳枝》之变体也。'红腮'一语，自见巧思。"李冰若《栩庄漫记》："'思梦笑'三字，一篇之骨。"

---

① 碧纱：碧纱窗。
② 交加：错杂。
③ 新睡觉：刚刚从酣睡中醒来。
④ 枕函花：枕套上的花样。
⑤ 些些：些许，少许。

# 南歌子

柳色遮楼暗,桐花落砌①香。画堂开处远风凉,高卷水精帘额,衬斜阳。

 赏评

柳色新新,遮挡了光线,使得阁楼里十分昏暗。桐花纷飞,台阶上也沾染了落花的香意。画堂的门开着,春风徐来,清凉无比。水晶帘高高地卷了起来,正衬着落日余晖。这首词描绘了一幅清美的景物画。汤显祖评曰:"有韵致。"许昂霄《词综偶评》:"此初日芙蓉,非镂金错采也。"

又

岸柳拖烟绿,庭花照日红。数声蜀魄②入帘栊,惊断碧窗残梦、画屏空。

---

① 砌:台阶。
② 蜀魄:指杜鹃。《华阳国志·蜀志》载:"杜宇称帝,号曰望帝,……禅位于开明,帝升西山隐焉。时适二月,子鹃鸟鸣。故蜀人悲子鹃鸟鸣也。"

堤岸上嫩绿的柳枝摇曳着，弥漫着烟雾。庭院里繁花似锦，经阳光照射更加红艳。数声杜鹃的悲啼穿过了帘栊，惊醒了碧窗下美人的残梦，睁眼望去，画屏处依然人影空空。这首词主要写景，"画屏空"反映了人的空虚状态。李冰若《栩庄漫记》："意亦犹人，词特清疏。"

又

锦荐①红鸂鶒，罗衣绣凤凰。绮疏②飘雪北风狂，帘幕尽垂无事，郁金香③。

华丽的垫席上绣着对对红鸂鶒，锦绣罗衣上绣着高贵的凤凰。雕窗外北风呼啸，卷裹着飞雪。帘子轻垂着，闲来无事，独自饮起了郁金香美酒。这首词写雪天饮酒，笔墨浓艳，但情意平淡，没有出彩之处。

---

① 荐：垫席。
② 绮疏：雕饰花纹的窗户。
③ 郁金香：花名。《唐会要》记载，贞观二十一年，伽毗国献郁金香。这里指美酒的香气。李白《客中行》："兰陵美酒郁金香，玉碗盛来琥珀光。"

# 江城子

碧栏干外小中庭,雨初晴,晓莺声。飞絮落花,时节近清明。睡起卷帘无一事,匀面了①,没心情。

 赏评

碧翠的栏杆外,精巧的庭院中,雨过初晴,早莺婉转啼鸣。飞絮蒙蒙,落花纷飞,又要到清明节了。睡醒后,卷起帘子,无所事事,梳妆罢了,也没什么心情。汤显祖评曰:"'无一事',不消匀面;'匀面了,没心情',连匀面也是多的。"李冰若《栩庄漫记》:"'飞絮落花,时节近清明',流丽之句,却寓伤春之感。"

---

① 匀面了:指化妆罢了。了,结束,完毕。

又

浣花溪①上见卿卿,脸波明,黛眉轻。绿云高绾,金簇小蜻蜓。好是②问他来得么?和笑③道:莫多情。

我在浣花溪上遇见了你。只见你眼波流转分明,黛眉淡淡,绾着高高的发髻,戴着金丝盘结成的蜻蜓状簪子。我情不自禁地问道:"能与我约会吗?"你含笑拒绝道:"不要如此多情。"陈廷焯《词则·闲情集》:"妙在若会意、若不会意之间,惜语近俚。"卓人月《古今词统》卷三引徐士俊云:"二词风流调笑,类李易安。"

---

① 浣花溪:一名濯锦江,又名百花潭,在今四川成都。
② 好是:最是,真是。
③ 和笑:含笑。

河渎神

古树噪①寒鸦,满庭枫叶芦花。昼灯②当午隔轻纱,画阁珠帘影斜。　门外往来祈赛客③,翩翩帆落天涯。回首隔江烟火,渡头三两人家。

赏评

古树上鸦声噪鸣,庭院里飘舞着枫叶和芦花。正是中午时分,轻纱帘帐后供神的灯还亮着,斜斜的灯影投照在画阁珠帘上。寺门外来来往往的都是求神还愿的香客,那远去的帆船消失在茫茫天际。回首望去,隔江炊烟袅袅,那渡口处依稀看得见三两户人家。李冰若《栩庄漫记》:"'回首隔江烟火,渡头三两人家',可作画景。与首二句同一萧然,其为秋也。"

---

① 噪:虫禽的鸣叫。
② 昼灯:白天所点的灯,多在庙宇、祠堂等内使用。
③ 祈赛客:指求神保佑的人。赛,报答。

蝴蝶儿

蝴蝶儿,晚春时,阿娇[①]初着淡黄衣,倚窗学画伊[②]。 还似花间见,双双对对飞。无端和泪拭燕脂[③],惹教双翅垂。

晚春时分,蝴蝶儿款款飞。少女穿着淡淡的黄色衣衫,靠着窗户学画蝴蝶。好像在花丛里看到了它们,一对对翩翩飞舞。无缘无故哭了起来,轻轻擦拭着胭脂泪痕,竟惹得蝴蝶流连,垂下了翅膀。这首词描写少女描画蝴蝶时的情思。汤显祖评曰:"妩媚。"俞平伯《唐宋词选释》:"这词不写真的蝴蝶,而写画的蝴蝶;画上的蝴蝶却处处当作真蝴蝶去写,又关合作画美人的情感。"

---

① 阿娇:汉武帝时陈皇后,名阿娇,"金屋藏娇"说的便是她与汉武帝幼时的故事。此处指美丽的少女。
② 伊:他。此处指蝴蝶。
③ 燕脂:胭脂。

二十八首

毛文锡

字平珪
高阳(今属河北)人
一作南阳(今属河南)人

生卒年不详

  他本是唐进士,入蜀后为翰林学士、文思殿大学士,拜司徒,后贬为茂州司马。随王衍降后唐,不久,复仕后蜀,与欧阳炯等人以词翰供奉内廷。他的词,浅率庸腐居多,像《醉花间》那样疏朗深婉的词较少。他著有《前蜀纪事》《茶谱》,《花间集》存其词三十一首。本书选其词二十八首。

虞美人

鸳鸯对浴银塘暖,水面蒲梢短。垂杨低拂曲尘波,蛟丝结网露珠多,滴圆荷。　　遥思桃叶①吴江碧,便是天河隔。锦鳞红鬣影沉沉②,相思空有梦相寻,意难任③。

池塘水暖清澈,一对对鸳鸯畅游嬉戏着,水面上露出了香蒲的嫩芽。杨柳低垂,轻拂着淡黄色的烟波。蛛丝结网,上面挂着晶莹的露珠,滴落在圆圆的荷叶上。遥想着故人,那吴江水依旧碧绿清澈,像天河一样隔开了我们。鱼儿沉入水底,一封信也没送来。空有相思之意,只能在梦中相寻,到底意难平。这首词写男子思念情人,上阕写景,下阕点出相思之情、怀人之深。

---

① 桃叶:晋王献之爱妾之名。此处指所怀之人。
② "锦鳞"句:指书信难通,杳无音信。红鬣(liè),即桃花鱼,生活在淡水中。锦鳞红鬣,这里借指"书信"。
③ 任:承担。

又

宝檀金缕鸳鸯枕,绶带①盘宫锦②。夕阳低映小窗明,南园绿树语莺莺,梦难成。 玉炉香暖频添炷③,满地飘轻絮。珠帘不卷度沉烟,庭前闲立画秋千,艳阳天。

檀红色的鸳鸯枕上缀着金丝穗,华美的绶带系着华丽的帘幕。夕阳西下,光线映照着小窗。南园里的绿树上,一对黄莺呢喃细语。我再也睡不着了。玉炉香暖,我频频添着燃香。柳絮轻柔,在庭院里飘荡。屋里烟尘弥漫,我却没卷起珠帘。庭前的秋千闲立着,静静如画。真是辜负了这个好天气啊。这首词写春闺怨情。汤显祖评曰:"富丽。"

---

① 绶带:指系帷幕或印纽的带子。
② 宫锦:原指宫中所织的绸缎。此处指五彩帷幕。
③ 炷:掺有香料的燃料。

〔清〕 丁观鹏等 《汉宫春晓图》（局部）

喜迁莺

芳春景,暖①晴烟,乔木见莺迁。传枝②偎叶语关关③,飞过绮丛间。 锦翼鲜,金毳④软,百啭千娇相唤。碧纱窗晓怕闻声,惊破鸳鸯暖。

芳春景美,晴空中飘着些许暗淡的烟雾。乔木之上,看见了飞来的黄莺。它们穿过树枝,或偎在叶间关和鸣,或绕着丛林飞来飞去。它们羽翼鲜艳,金色的毳毛柔软,百啭千娇,相互召唤。我最害怕碧纱窗外晨光遍洒,又传来鸟鸣声,惊破了我在温暖的鸳鸯被中做的美梦。这首词通过对林间黄莺的描写,透露了思妇的情怀。汤显祖评曰:"竟依题发挥,不必从道箓司挂印耶?"

---

① 暖:晦暗。
② 传枝:在树枝中穿过。
③ 关关:指鸟鸣声,一般指雌雄和鸣。
④ 毳(cuì):鸟兽的细毛。

〔宋〕佚名 《岁朝图》(局部)

赞成功

海棠未坼,万点深红,香包①缄②结一重重。似含羞态,邀勒③春风。蜂来蝶去,任绕芳丛。 昨夜微雨,飘洒庭中。忽闻声滴井边桐,美人惊起,坐听晨钟。快教折取,戴玉珑璁④。

赏评

海棠含苞待放,点点深红,花骨朵儿上花瓣一片片紧紧簇拥着。它们仿佛带着羞意,逗引着春风。蜂蝶飞来飞去,围绕着花丛起舞。昨天夜里下起了蒙蒙细雨,飘飘洒洒地落在庭院中。忽然传来了雨滴敲打井边梧桐叶的声音,佳人从梦中惊醒了,猛地坐起来,听到了晨钟声。连忙教人折来花枝,和玉钗并戴起来。王国维《人间词话·附录》:"叶梦得谓:'文锡词以质直为情致,殊不知流于率露。诸人评庸陋词者,必曰:此仿毛文锡之《赞成功》而不及者。'其言是也。"

---

① 香包:指花骨朵儿。
② 缄:封闭。
③ 邀勒:邀引,邀请。
④ 珑璁:金属或玉石等碰撞的声音。

西溪子

昨日西溪游赏,芳树奇花千样,锁春光。金樽满,听弦管,娇妓舞衫香暖。不觉到斜晖,马驮归①。

昨天到西溪游玩宴饮,只见花草树木种类繁多,仿佛美好的春光都被锁在这里了。斟满酒,听着丝弦管乐,观赏着舞女翩翩起舞。不知不觉间就日落西山了,被马儿驮着回家了。这首词写春日游宴,沉醉而归的情形。汤显祖评曰:"有兴。"姜方锬《蜀词人评传》:"善于用字。"华钟彦《花间集注》卷五:"毛司徒词一首,就题发挥。"

---

① 马驮归:被马驮着回家。这里写宴游醉归。

# 中兴乐

豆蔻花繁烟艳深,丁香软结同心。翠鬟女,相与共淘金。　红蕉叶里猩猩语,鸳鸯浦,镜中鸾舞[①]。丝雨隔,荔枝阴。

豆蔻花开了,花繁如烟。丁香花浓香四溢,软结同心。少女们相约着在溪边淘金。美人蕉叶下传来了猩猩的啼叫,沙洲旁鸳鸯嬉戏,淘金女的影子倒映在如镜的水面上,似鸾凤起舞。突然下起了毛毛细雨,她们连忙躲到了荔枝树下避雨。这首词写南方风光,意境颇佳。李冰若《栩庄漫记》:"全首写风土,如入炎方所见,不嫌其质朴也。惟'镜中鸾舞'句,凭空插入,殊为减色。"

---

① 镜中鸾舞:这里指溪水如镜,淘金女活泼嬉戏,其影入水中,如鸾凤起舞。

更漏子

春夜阑,春恨切,花外子规啼月。人不见,梦难凭,红纱一点灯。　　偏怨别,是芳节①,庭下丁香千结。宵雾散,晓霞辉,梁间双燕飞。

春夜静悄悄的,春恨绵绵不绝,花丛外杜鹃声声啼叫,似在悲月。相思之人不见踪影,相思梦也难成,此时的我犹如红纱帐里的那一盏残灯。最恨在这时分别,春暖花开之际,庭院里丁香花开,每一朵都似同心结。夜雾渐渐飘散,朝霞渐渐灿烂,梁间呢喃的燕子双双飞出了巢穴。这首词写春夜怀人。陈廷焯《云韶集》:"'红纱一点灯',真妙。我读之不知何故,只是瞠目呆望,不觉失声一哭。我知普天下世人读之,亦无不瞠目呆望失声一哭也。"又:"'红纱一点灯',五字五点血。"李冰若《栩庄漫记》:"文锡词质直寡味,如此首之婉而多怨,绝不概见,应为其压卷之作。"

---

① 芳节:百花盛开的时节,指春天。

〔清〕 任颐 《桃花双燕图》（局部）

接贤宾

香鞯镂襜①五花骢②,值春景初融。流珠喷沫躞蹀③,汗血流红。　少年公子能乘驭,金镳④玉辔珑璁。为惜珊瑚鞭不下,骄生百步千踪。信穿花,从拂柳,向九陌追风。

 **赏评**

正是春天景色融晴之时,备好香鞯宝鞍,骑着五花马出行。马儿来回奔跑,汗滴如珠,鼻喷着白沫,若是汗血宝马早已流下血汗。少年公子们能够驾驭马儿,为它们戴上金御口玉笼辔。因珍惜宝马而舍不得挥下华贵的珊瑚鞭,任由它骄傲地昂首阔步而行。信步穿越花丛,从容走过柳行,在大道之上飞奔追风。这是一首咏马词。汤显祖评曰:"以蒲梢渥洼之余芬,挼入词料,亦自无寒酸气味。"李冰若《栩庄漫记》:"着意刻画而缺生气。"

---

① 香鞯(jiān)镂襜(chān):指马鞍用具。
② 五花骢:即五花马,青白色的花马,又称"菊花青马"。
③ 躞蹀(xiè dié):小步走动的样子。
④ 镳(biāo):马御口。

赞浦子

锦帐添香睡,金炉换夕薰。懒结芙蓉带,慵拖翡翠裙。正是桃夭柳媚,那堪①暮雨朝云。宋玉高唐意,裁琼②欲赠君。

华丽的帐子中,添些香料好入睡,金炉里已换掉了夜晚使用的香料。因慵懒不振,不想系上芙蓉带,翡翠裙在地面上拖曳着。现在正是桃红柳绿的好时节,怎么能忍受那暮雨朝云的变化呢?如果你能像宋玉那样高唐赴约,我一定会摘下玉佩送给你。这首词写女子睡起所怀。李冰若《栩庄漫记》:"繁丽颇似飞卿。"

---

① 那堪:怎堪,反诘语气。
② 裁琼:摘下美玉。裁,取下。琼,美玉。《诗经·卫风·木瓜》:"投我以木桃,报之以琼瑶。匪报也,永以为好也。"

甘州遍

春光好,公子爱闲游,足风流。金鞍白马,雕弓宝剑,红缨①锦褵②出长秋③。　　花蔽膝,玉衔头。寻芳逐胜欢宴,丝竹不曾休。美人唱,揭调④是甘州⑤,醉红楼。尧年舜日⑥,乐圣永无忧。

春光明媚,少年郎喜欢到处闲游,十分地潇洒风流。他们骑着金鞍白马,背着雕弓,挎着宝剑,头戴高冠,腰系锦裙,出了长秋门。花草遮掩了膝盖,树叶飘落在玉冠上。他们欣赏着美景,探寻着胜地,欢聚宴饮,丝竹音乐不曾停下来过。美人高声唱着《甘州》曲,沉醉在红楼之中。在这太平盛世里,

---

① 红缨:红色的冠带。此处指冠帽。
② 锦褵:锦织的围腰。褵,指衣衫前的遮布之类。《诗经·小雅·采绿》:"终朝采蓝,不盈一襜。"
③ 长秋:汉长安有长秋门。泛指旅游胜地。
④ 揭调:高调,开腔。
⑤ 甘州:唐代教坊曲名。
⑥ 尧年舜日:比喻太平盛世。

享乐在圣朝而永远没有忧患。这首词写公子游春寻芳之事。汤显祖评曰:"丽藻沿于六朝。然一种霸气,已开宋元间九宫三调门户。"

又

秋风紧,平碛雁行低,阵云齐。萧萧飒飒,边声四起,愁闻戍角与征鼙①。青冢②北,黑山③西。沙飞聚散无定,往往路人迷。铁衣冷,战马血沾蹄,破番奚④。凤凰诏⑤下,步步蹑丹梯⑥。

秋风正紧,沙漠中的雁群飞得很低,队形如绵延的阵云,排列整齐。萧瑟的秋风中,夹杂着马鸣、车轮之声,更愁听到戍边的号角和战鼓的声音。青冢北面,黑山西面,飞沙时时聚散,没有规律,常常让人迷路。战士们穿着冰冷的铠甲,战马

---

① 征鼙(pí):战鼓。白居易《长恨歌》:"渔阳鼙鼓动地来,惊破霓裳羽衣曲。"
② 青冢:王昭君之墓,在今内蒙古呼和浩特市南二十余里处。传说塞外草枯黄,唯此冢独青,因而得名。
③ 黑山:又名杀虎山,在今内蒙古自治区和林格尔以北。
④ 番奚:多指西北方少数民族。
⑤ 凤凰诏:天子的文告。
⑥ 丹梯:又称丹墀,宫殿前涂饰红色的石阶。

的蹄子上沾染着敌人的鲜血,攻破了番奚。接到了皇帝的诏书,准备着踏上丹墀受赏。这首词描写了边塞荒凉,征人寒苦。陈廷焯《词则·放歌集》:"结以功名,鼓战士之气。"李冰若《栩庄漫记》:"描写边塞荒寒,景象颇佳。词亦无死声。佳作也。"

 纱窗恨

新春燕子还来至,一双飞。垒巢泥湿时时坠,涴①人衣。后园里看百花发,香风拂、绣户金扉。月照纱窗,恨依依。

 赏评

春天到了,燕子又回来了,成双成对地飞着。它们在梁间垒着巢,湿泥不时地掉下来,弄脏人的衣服。来到后花园里,看到百花争艳,一阵儿香风吹过,吹进了闺阁门窗之中。直至月亮照在纱窗上时,愁绪在心中隐隐泛起。这首词写春燕、春花、春月等,意境浅薄。李冰若《栩庄漫记》:"意浅词支。"

---

① 涴(wò):弄脏。

又

双双蝶翅涂铅粉^①，咂^②花心。绮窗绣户飞来稳^③，画堂阴。　　二三月爱随飘絮，伴落花，来拂衣襟。更剪轻罗片^④，傅^⑤黄金。

一对对白蝴蝶飞来，翅膀上像涂了铅粉，落在花蕊中吸食花蜜。从精美的窗户中飞进了屋里，在画堂的阴处停了下来。二三月时，蝴蝶最喜欢追逐飞絮，也喜欢伴着落花飞舞，还会轻拂人的衣襟。有的蝴蝶更像剪开的轻罗绸缎的碎片，涂染了黄金色。这首词咏蝴蝶，刻画得真切形象。汤显祖评曰："'咂'字尖，'稳'字妥，他无可喜句。"

---

① 铅粉：又称"铅华"，搽脸的白粉。铅，银白色的金属，粉如其色。
② 咂：吸。这里指蝴蝶采蜜。
③ 稳：停下。
④ 罗片：形容蝴蝶的翅膀如剪下的绸片。
⑤ 傅：涂上。

柳含烟

隋堤柳,汴河①旁,夹岸绿阴千里。龙舟风舸木兰香,锦帆张。因梦江南春景好,一路流苏羽葆②。笙歌③未尽起横流④,锁春愁。

赏评

　　隋堤上,汴河旁边,遍种柳树。两岸绿荫绵延千里,龙船散发着木兰的芳香,鲜艳的彩帆迎风舒展。因隋炀帝梦中看到江南的风景美好,所以一路上乘舟去江南赏景。可惜欢乐歌舞还没结束,大乱就降临了,锁住了一片春愁。这首词借咏柳讽刺了隋炀帝的荒淫误国。上阕写隋炀帝下江南的极尽奢华,下阕写由繁盛转为破亡的历史教训。

---

① 汴河:即汴水,又名通济渠。隋炀帝游江都时经此道,今久废。
② 羽葆:指仪仗中的华盖,多用羽毛连缀而成。
③ 笙歌:泛指音乐,这里指欢乐的场面。
④ 起横流:指水不顺道而流,这里指天下大乱。

又

　　河桥柳,占芳春。映水含烟拂路。几回攀折赠行人,暗伤神。　　乐府吹为横笛曲①,能使离肠断续。不如移植在金门②,近天恩③。

　　河边桥头的柳树,占尽了春色。柳映春水,仿佛笼罩着淡淡烟色,柳枝轻拂着路面。多少次被折断赠送给远行之人,徒留送行之人独自神伤。乐府中,那横笛吹奏的一曲曲《折杨柳》,令人的别情离绪不时泛起。真不如把它们移植到皇宫内,感受一下皇恩啊。这首词写折柳送别,似饱含着不遇之感。汤显祖评曰:"《柳枝》之外咏柳之种类极多,今南词中亦尽有佳句。若追先进,当从始音。"

---

① 横笛曲:指《折杨柳》一类的乐曲。
② 金门:汉代官中的"金马门"。这里代指皇宫。
③ 天恩:皇恩。

又

章台柳,近垂旒^①。低拂往来冠盖。朦胧春色满皇州^②,瑞烟^③浮。　　直与路边江畔别,免被离人攀折。最怜京兆^④画蛾眉,叶纤时。

赏评

章台的柳枝细长,好像垂下的飘带一样,轻轻低拂着来来往往的行人马车。满城尽是朦朦胧胧的春色,天上也飘着朵朵祥云。不如种植在路边和江畔,免得被离别的人攀折。最喜欢京兆尹张敞为妻画的眉毛,细细弯弯犹如柳叶一般。这首词咏唐代诗人韩翃与妓柳氏的故事,表达了对柳氏命运的极大同情。

---

① 旒(liú):旗子上的飘带。
② 皇州:皇城,京都。
③ 瑞烟:祥云。
④ 京兆:京兆尹张敞。

醉花间

休相问,怕相问,相问还添恨。春水满塘生,鸂鶒还相趁①。 昨夜雨霏霏,临明寒一阵。偏忆戍楼人②,久绝边庭③信。

不要问,怕人问,问了徒增愁恨。春水涨满了池塘,一对对鸂鶒追逐嬉戏着。昨天夜里细雨纷纷,天明前觉得一阵阵寒气相侵。偏偏想起了远去戍边的他,很久很久没有收到他从边关寄来的信了。这首词写思妇对征人的思念。陈廷焯《云韶集》:"此种起笔,合下章自成章法,自是一时兴到之作,婉约无比。后人屡屡效之,反觉数见不鲜矣。"

---

① 相趁:相互追逐嬉戏。
② 戍楼人:指边防城楼上的将士。泛指征戍之人。
③ 边庭:指边塞。

又

深相忆,莫相忆,相忆情难极。银汉是红墙,一带遥相隔。金盘珠露滴①,两岸榆花白。风摇玉珮清②,今夕为何夕。

深深地回忆,不要回忆,回忆起来心情难以控制。那宽广的银河好像高高的红色宫墙,阻隔了有情人的相见。依稀梦到那金盘承接着雨露,河两岸的榆钱已白了。风儿吹起,听到了玉佩清越的碰撞声,现在到底是什么时候呢?这首词写女子对情人的思念。汤显祖评曰:"创语奇隽,不嫌高调。"俞陛云《唐五代两宋词选释》:"言红墙遥隔,明知相忆徒劳,然风露良宵,安能忘却?则不相忆者,实相忆之深也。"

---

① "金盘"句:汉武帝迷信神仙,于神明台上作承露盘,立铜仙人舒掌以接甘露,以为饮之可以延年。
② 清:清越的响声。

〔明〕佚名 《仕女图册》(局部)

浣沙溪

春水轻波浸绿苔，枇杷洲①上紫檀②开。晴日眠沙鸂鶒稳，暖相偎。　罗袜生尘游女过，有人逢着弄珠③回。兰麝飘香初解佩，忘归来。

春水漾起的轻波浸润着岸边的绿苔，琵琶洲上紫檀树已经开花了。天气晴朗，鸂鶒趴在沙滩上相依偎着静静睡觉，十分温暖。出游的女子经过时，罗袜上带着水雾。有人与返回的游女相逢。他闻着那飘荡的兰麝香气，徘徊着，忍不住解下了腰间玉佩，忘记了回家。这首词写男子于郊外对游女一见钟情。全词意境清丽，引人遐想。

---

① 枇杷洲：应为琵琶洲，旧址在今江西余干县南信江中。
② 紫檀：树名。
③ 弄珠：泛指偶遇的少女。

浣溪沙

七夕年年信不违,银河清浅白云微,蟾光鹊影伯劳^①飞。　每恨蟪蛄^②怜婺女^③,几回娇妒下鸳机^④,今宵嘉会两依依。

七夕佳节年年如约而至,只见天上银河浅浅白云飘飘,月色皎洁,鹊桥影沉,伯劳鸟比翼双飞。每次听到那蟪蛄啼鸣,就忍不住怜惜织女。多少次因他人成双成对而心生嫉妒,停止了织布。而今天晚上终于可以与牛郎相会,相依相偎诉说相思之苦。这首词写牛郎织女七夕相会的故事,含蓄地描写男女幽会。李冰若《栩庄漫记》:"意浅辞庸,味如嚼蜡。"

---

① 伯劳:鸟名。
② 蟪蛄:蝉的一种,黄绿色,夏秋啼鸣。
③ 婺女:星名,又称"女宿",二十八宿之一。《史记·天官书》:"婺女,其北织女。"此处代指织女。
④ 鸳机:织布机。

# 月宫春

水晶宫①里桂花开,神仙探几回。红芳金蕊绣重台②,低倾玛瑙杯。 玉兔银蟾争守护,姮娥姹女③戏相偎。遥听钧天④九奏⑤,玉皇亲看来。

月宫里的月桂花开了,神仙们前来观赏了多次。红花吐露着金蕊,还有朵朵重瓣花儿盛开,因痴迷于它们的美丽而倾倒了玛瑙酒杯。玉兔和银蟾相互争夺着守护,嫦娥等仙子们嬉戏着相依相偎。远远地听到了中天传来九奏之乐,玉帝也前来欣赏了。这首词描写的是词人幻想的月宫之景,表达了作者对美好生活的向往。

---

① 水晶宫:此处指月宫。
② 重台:指花复瓣。
③ 姹女:指月宫中的仙子。
④ 钧天:中天。《吕氏春秋·有始》:"中央曰钧天。"钧,平的意思。
⑤ 九奏:奏乐九曲,也称"九成"。《周礼·春官》:"九奏乃终,谓之九成。"《尚书·益稷》:"箫韶九成,凤皇来仪。"这里指隆重的乐曲。

恋情深

滴滴铜壶寒漏①咽,醉红楼月。宴余香殿会鸳衾,荡春心。　真珠帘下晓光侵,莺语隔琼林②。宝帐欲开慵起,恋情深。

铜壶的水滴声声滴落,仿佛寒夜在呜咽。佳人醉酒在红楼月下。宴席结束,回到了闺房中,盖上了鸳鸯被,满是相思之情。晨光透过了珍珠帘子,树林里也传来了黄莺的鸣叫声。准备收起帐帷,慵懒着起床,只因梦里的恋情深刻无比。这首词上阕写宴罢入寝,下阕写天晓后觉情深。沈雄《古今词话·词品》:"'宝帐欲开慵起,恋情深。'毛文锡以调名结句。"

---

① 寒漏:指寒天漏壶的滴水声。借指寒夜。
② 琼林:比喻披雪的树林。

又

玉殿春浓花烂漫,簇神仙伴。罗裙窣地^①缕黄金,奏清音。　　酒阑歌罢两沉沉,一笑动君心。永愿作鸳鸯伴,恋情深。

华丽的厅堂中春意正浓,繁花烂漫,聚集着一群神仙般的女子。她们的罗裙在地上拖曳着,上面系着金黄色的丝带。宴席上演奏着清越动听的乐曲。喝完了酒,停下了歌舞,气氛沉静下来。她们轻轻一笑,打动了君心。希望能与你永远像鸳鸯一样做伴,情深义重。这首词写男女宴饮的情景。李冰若《栩庄漫记》:"缘题敷衍,味若尘羹。毛词之所以为毛也。"

---

① 窣(sū)地:在地上拖曳。窣,低拂,下垂。

〔清〕 焦秉贞 《仕女图之松阁笙歌》（局部）

 诉衷情

桃花流水漾纵横,春昼彩霞明。刘郎去、阮郎行,惆怅恨难平。 愁坐对云屏①,算归程。何时携手洞边迎,诉衷情。

 赏评

春日里彩霞分明,桃花顺着流水四处漂荡。刘郎走了,阮郎也离去了,心中充满了惆怅,恨意难平。她满面愁容,坐对着云屏,默默计算着他归来的日期。什么时候才能在洞边迎接他,手牵着手共诉相思之情呢?这首词写刘阮遇仙之事,表达女子对情人的怀恋。华钟彦《花间集注》:"按此咏天台神女事。"

---

① 云屏:以云母装饰的屏风。李商隐《为有》:"为有云屏无限娇,凤城寒尽怕春宵。"

又

鸳鸯交颈绣衣轻,碧沼藕花馨①。偎藻荇②,映兰汀③,和雨浴浮萍。 思妇对心惊,想边庭。何时解佩掩云屏,诉衷情。

赏评

她的衣衫轻扬,上面的鸳鸯相互依偎。池塘水碧,荷花飘香。它们紧偎着水草,映对着兰汀,和浮萍一起在雨中沐浴。女子看着这一切,触动了内心,想到了正在戍边的丈夫。什么时候才能解佩相偎,云屏遮掩,共诉衷肠呢?这首词写女子对征夫的思念。汤显祖评曰:"无定河边,空闺梦里,不止寻常闺怨。"李冰若《栩庄漫记》:"此二词亦如《恋情深》之嵌字格,虽较匀净,终为庸滥之音。"

---

① 馨:芳香远播。《尚书·君陈》:"黍稷非馨,明德惟馨。"
② 藻荇:泛指水草。荇,荇菜,多年生草本植物。《诗经·周南·关雎》:"参差荇菜,左右流之。"
③ 兰汀:长有香草的水滨。汀,水边平地。

# 应天长

平江波暖鸳鸯语,两两钓船归极浦①。芦洲一夜风和雨,飞起浅沙翘雪鹭②。　渔灯明远渚,兰棹今宵何处。罗袂从风轻举,愁杀采莲女。

江水平静温暖,鸳鸯嬉戏呢喃,三三两两的渔船向着远岸而去。芦花沙洲经历了一夜风雨摧残,白鹭伸着长颈从浅浅的沙滩处飞了起来。渔火照亮了远处的小洲,你的船今晚会停在哪里呢?衣袖随着风儿飘扬,离别之愁愁杀了采莲的女子。这首词写采莲女与情人别后的情思。况周颐《餐樱庑词话》:"毛诗简质而情景具足,后人但能歌柳词耳。'知者亦不易',诚哉是言。"

---

① 极浦:目光望不到的水边。
② 翘雪鹭:指白鹭长颈高翘。

〔明〕 郑石 《芙蓉白鹭图》（局部）

巫山一段云

雨霁①巫山上,云轻映碧天。远峰吹散又相连,十二晚峰前。 暗湿啼猿树,高笼过客船。朝朝暮暮楚江边,几度降神仙。

雨停天开,巫山上白云飘飘,碧空如洗。远处的山峰被云雾遮掩,风吹雾散,感觉山脉时断时连,那十二峰露了出来。雾气弥漫,悄悄打湿了树木,猿猴在上面哀啼;山峰耸立,轻舟从其下飞过。朝朝又暮暮,楚江边上降临过几次神仙呢?这首词写巫山之景,亦暗含着佳人之怨。汤显祖评曰:"'一自高唐赋成后,楚天云雨尽堪疑。'信然。"李冰若《栩庄漫记》:"'远峰吹散'二句,甚有烟云缥缈之致,可称佳句。惜下半阕又过于着实耳。"

---

① 雨霁:雨后天晴。霁、指雨停、风雪停、云雾散开也称"霁"。《尚书·洪范》:"曰雨、曰霁。"

临江仙

暮蝉声尽落斜阳,银蟾影挂潇湘。黄陵庙①侧水茫茫。楚山红树,烟雨隔高唐。　　岸泊渔灯风飐碎,白蘋远散浓香。灵娥鼓瑟韵清商②,朱弦凄切,云散碧天长。

蝉鸣声渐渐消歇,太阳落山了。月亮出来了,挂在了潇湘江面的上空。黄陵庙边的江水茫茫一片。楚山的红树笼罩在烟雨之中,隔断了高唐迷梦。江风摇碎了岸边渔船上的灯影,白蘋远远飘散着浓浓的香味。仿佛能听到湘妃在弹奏着凄绝的怨曲,那朱弦凄切的悲鸣回荡在蓝天白云之中。这首词取材于湘妃的传说,融入了湘妃祠前的景色,格调别具。陈廷焯《词则·别调集》:"就调名使事,古法本如此。结超远。"

---

① 黄陵庙:即湘妃祠,在今湖南湘阴北湘水入洞庭湖之处。
② 清商:商声,古五音之一。这里指音调哀怨。

十首

牛希济

> 五代前蜀词人
> 陇西(今甘肃)人
> 牛峤之侄,人称牛学士

生卒年不详

　　他是牛峤之侄,在前蜀累官至翰林学士、御史中丞。前蜀灭亡后,随后主入洛,因《奉诏赋蜀主降唐》诗,为明宗所欣赏,拜雍州节度副使。他的词风清新,写景、写情能真切表达深厚的感情。李冰若在《栩庄漫记》中称赞他的词:"词笔清俊,胜于乃叔,雅近韦庄,尤善白描。"现存词十四首(见《唐五代词》)。本书选其词十首。

临江仙

峭碧①参差十二峰,冷烟寒树重重。瑶姬②宫殿是仙踪,金炉珠帐,香霭③昼偏浓。 一自楚王惊梦断,人间无路相逢。至今云雨带愁容,月斜江上,征棹动晨钟。

山势陡峭,一片青色,巫山十二峰看起来高低不齐。云烟清冷,树木凋残,远远望去一重接着一重。在巫山神女的宫殿里寻觅仙踪,只见金炉燃烧着,珠帐华丽,香雾弥漫,白日里更加浓郁。自从楚王梦中与神女相会后,人间再也没有可以与之相遇的道路了。直到如今,云涌雨下时仍然让人面带愁容。月亮西斜,照耀着江面,客船在晨钟声中出发了。这首词咏巫山神女,流露出凭吊的凄凉之意。李冰若《栩庄漫记》:"全词咏巫山女事。妙在结二句,使实处俱化空灵矣。"

---

① 峭碧:指因山势陡峭而呈现出青黑之色。
② 瑶姬:指美女。这里指巫山神女。
③ 霭:本指云气,这里指烟。

又

谢家①仙观寄云岑②,岩萝③拂地成阴。洞房不闭白云深,当时丹灶,一粒化黄金。　石壁霞衣犹半挂,松风长似鸣琴。时闻唳鹤起前林,十洲高会④,何处许相寻?

谢真人的道观位于山巅之上,那里岩萝遍地,茂密成荫。在那白云缭绕之处,洞府敞开着,还留着当时炼丹的炉灶,里面的每一粒丹砂都可炼化成黄金。石壁斑驳陆离,仿佛仙女的霞衣挂在上面;松涛阵阵,仿佛悠悠的琴声。不时地听到前面林中传来鹤唳声,她已与仙人们在十洲聚会,到哪里能找到呢?这首词咏谢真人之事。李冰若《栩庄漫记》:"词作道教语而妙在'石壁霞衣犹半挂,松风长似鸣琴',用一'犹'字,一'似'字,便觉虚无缥缈,不落板滞矣。"

---

① 谢家:谢真人,传说得道于谢女峡。
② 云岑:云巅,高山。岑,小而高的山峰。
③ 岩萝:山崖上所生的藤萝。
④ 十洲高会:指仙人在十洲会聚。《十洲记》:"汉武帝既闻王母说八方巨海之中有祖洲、瀛洲、玄洲、炎洲、长洲、元洲、流洲、生洲、凤麟洲、聚窟洲。有此十洲,乃人迹所稀绝处。"

又

渭阙宫城①秦树凋,玉楼独上无憀②。含情不语自吹箫,调清和恨,天路逐风飘。　　何事乘龙人忽降③,似知深意相招。三清④携手路非遥,世间屏障,彩笔画娇饶⑤。

秦时宫殿周围的树木已凋残,独自登上高楼,更觉寂寞无聊。含情脉脉地吹起了玉箫,那曲调凄清,带着怨意,随风飘向了天际。因何事而乘龙降落?他们怀着深情相约成仙而去。携手共赴三清仙境,路也不觉得遥远了。从此人世间的屏风之上,常用彩笔绘上弄玉与萧史成仙的画。这首词写萧史和弄玉的爱情故事。汤显祖评曰:"七调独此不称。"

---

① 渭阙宫城:指秦的宫城,因地近渭水而得名。
② 无憀:即无聊。
③ "何事"句:化用萧史乘龙、弄玉乘凤双双成仙的典故。
④ 三清:指仙人居住的地方。道家三清指玉清、上清、太清,乃仙家之境。
⑤ 娇饶:即妖娆。这里指美人。

又

江绕黄陵春庙闲,娇莺独语关关。满庭重叠绿苔斑,阴云无事,四散自归山。 箫鼓声稀香烬冷,月娥①敛尽弯环。风流皆道胜人间,须知狂客,拚死为红颜。

江水环绕着黄陵庙,自在奔流。林间枝头,黄莺独自鸣唱不停。庭院里层层叠叠地长满青苔。乌云自在游荡,四处散开,仿佛回到了山中。箫鼓声若有若无,香炉中的灰烬已凉了,天边那一牙弯月也要落下了。都说那风流韵事要数人间多,你要知道,曾有狂客为了红颜知己拚死一搏。这首词咏湘妃之事。李冰若《栩庄漫记》:"'须知狂客,拼(拚)死为红颜',可谓说得出,妙在语拙而情深。然以咏二妃庙,又颇觉其不伦。"

---

① 月娥:指月亮。

又

素洛①春光潋滟②平,千重媚脸③初生。凌波罗袜势轻轻,烟笼日照,珠翠半分明。　　风引宝衣疑欲舞,鸾回凤翥④堪惊。也知心许⑤恐无成,陈王辞赋⑥,千载有声名。

春光明媚,清澈的洛水水波平静,一张千娇百媚的面容从水中露了出来。她径行于水波之上,步履轻盈,荡起细细的涟漪。云烟弥漫,阳光普照,头上的珠翠钗子闪闪发光。风吹衣衫徐徐飘动,仿佛要跳舞,又如鸾鸟回旋、凤凰飞翔,令人震惊。也许明白心愿恐怕实现不了,多亏了陈王曹植写的《洛神赋》,使其名传千古。这首词专咏洛神。汤显祖评曰:"洛神写照,正在阿堵中。惊鸿游龙数语,已为描尽。"

---

① 素洛:清澈的洛水。
② 潋滟:水波荡漾的样子。
③ 千重媚脸:形容洛神千娇百媚的美丽面容。
④ 鸾回凤翥(zhù):鸾鸟回旋,凤凰飞翔。翥,向上飞。
⑤ 心许:心愿。
⑥ 陈王辞赋:指曹植写的《洛神赋》。陈王,指陈思王,即曹植,"思"是曹植死后的谥号。《洛神赋》是他入朝回封地时,途经洛水时有感而作。

〔唐〕 周昉 《蕉荫仕女图》（局部）

又

柳带摇风汉水滨,平芜两岸争匀。鸳鸯对浴浪痕新。弄珠游女①,微笑自含春。　　轻步暗移蝉鬓动,罗裙风惹轻尘。水晶宫殿岂无因?空劳纤手,解佩赠情人②。

汉水岸边,柳枝随风摇摆。两岸均匀分布着丛生的草木。水中的鸳鸯对对嬉戏,水面荡起层层波痕。佩戴着宝珠的女子,微微笑着,面含春色。她缓步走着,头上的蝉鬓微微颤动,罗裙款款,带起些许轻尘。神仙居住的水晶宫殿里难道没有姻缘?徒劳纤纤细手,解下玉佩赠送给了意中人。这首词咏汉皋神女。

---

① 弄珠游女:指佩戴宝珠的女子。《韩诗外传》:"郑交甫将南适楚,遵彼汉皋台下,乃遇二女,佩两珠,大如荆鸡之卵。"
② 情人:意中人,指郑交甫。

又

洞庭波浪飐晴天,君山①一点凝烟。此中真境属神仙,玉楼珠殿,相映月轮边。　　万里平湖秋色冷,星辰垂影参然②。橘林霜重更红鲜,罗浮山③下,有路暗相连。

洞庭湖波浪滔天直击万里晴空,君山仿佛是凝在烟波中的一个小点。这里的美景真是神仙境界,楼阁玉砌,宫殿连珠,与明月相辉映。万顷平湖透着秋色的清冷,天边闪烁着时隐时现的星辰。橘林经过霜打更加红艳,听说罗浮山下,有暗道与仙境相连通。这首词咏罗浮仙子。汤显祖评曰:"'冷'字下得妙,便觉全句有神。"又:"休文语丽而思深,名高八咏照映千古。似此七词,亦尽有颉颃休文处。"

---

① 君山:又名湘山、洞庭山等,洞庭湖中的小岛。李白《陪侍郎叔游洞庭醉后三首·其三》:"刬却君山好,平铺湘水流。巴陵无限酒,醉杀洞庭秋。"
② 参然:星光闪烁,时隐时现的样子。
③ 罗浮山:山名,被道家列为第七洞天,位于今广东省。

生查子

春山烟欲收，天澹①稀星小。残月脸边明，别泪临清晓。　语已多，情未了，回首犹重道②：记得绿罗裙，处处怜芳草。

春山之上，烟雾正开始收敛。天色渐明，寥落的几颗晨星也渐渐黯淡下去。残月西斜，照着脸庞；上面挂着一串串伤别的泪珠，直到天亮。话已说得很多，情意却难以割舍，回过头来再次说道："记得我穿的绿罗裙啊，以后看到绿草也要想到我，从而去怜惜它啊！"这首词写夫妻清晨离别。李冰若《栩庄漫记》："'记得绿罗裙，处处怜芳草'，词旨悱恻温厚而造句近乎自然，岂飞卿辈所可企及？'语已多，情未了，回首犹重道'，将人人共有之情和盘托出，是为善于言情。"

---

① 天澹：一作"天淡"。
② 重道：反复说。

中兴乐

池塘暖碧浸晴晖,濛濛柳絮轻飞。红蕊①凋来,醉梦还稀。 春云空有雁归,珠帘垂。东风寂寞,恨郎抛掷,泪湿罗衣。

池塘里的水变暖了,碧波映着晴空,散乱的柳絮轻轻飞舞。红花凋残了,酒醉入梦却机会不多。春云飘飘,空有大雁归来,珠帘依旧垂着。春风吹来,尽是寂寞,怨恨情郎无情抛弃,双泪直流,湿了衣衫。这首词写春闺怀人。汤显祖评曰:"'池塘暖碧浸晴晖',又有春云柳絮,已具四难之半,那得更生他想。"

---

① 红蕊:红花。

谒金门

秋已暮,重叠关山歧路。嘶马摇鞭何处去,晓禽霜满树。 梦断禁城钟鼓,泪滴枕檀无数。一点凝红①和薄雾,翠娥②愁不语。

正是暮秋时节,前往关山的道路重重叠叠。征马嘶鸣,你挥鞭前往何处?清晨的鸟儿啼鸣,秋霜挂满了树身。梦里听到了禁城的钟鼓声,醒来时枕头上满是泪水。薄薄晨雾中透露出一点如血殷红的日头,可美人却因悲愁不曾吭声。这首词写闺梦念远。李冰若《栩庄漫记》:"'嘶马'二句,好一幅秋林晓行图,惜下阕不称。"

---

① 一点凝红:指朝阳。
② 翠娥:美人。指思妇。

十七首

欧阳炯

益州华阳(今四川成都)人
五代后蜀词人
曾任翰林学士,官至散骑常侍

约896—971

他品性坦率,工于词,善吹长笛,其词婉约轻和,为赵崇祚所编《花间集》作序。况周颐《历代词人考略》云:"欧阳炯词,艳而质,质而愈艳,行间句里,却有清气往来。大概词家如炯,求之晚唐五代,亦不多觏。"《花间集》收录其词十七首。

浣溪沙

落絮残莺半日天①,玉柔花醉只思眠,惹窗映竹满炉烟。 独掩画屏愁不语,斜欹瑶枕髻鬟偏,此时心在阿谁②边。

柳絮纷飞,黄莺轻啼,已至正午时分。美人沉醉倦怠只想着睡觉,翠竹摇动,竹影映在窗户上,香炉里飘起袅袅青烟。她故意拿画屏遮掩着,悲愁不语。斜靠着枕头,发髻都压偏了,此时此刻的她,心儿飞向了谁呢?这首词描写了美人午睡后的倦怠神情。李冰若《栩庄漫记》:"'玉柔花醉',用字妍丽。"

---

① 半日天:中午时分。
② 阿谁:谁,哪个。《三国志·庞统传》:"向者之论,阿谁为失?"

又

天碧罗衣拂地垂,美人初着更相宜,宛风[1]如舞透香肌。 独坐含颦[2]吹凤竹[3],园中缓步折花枝,有情无力泥人[4]时。

 赏评

天蓝色的罗绸衣裙轻拂着地面,美人穿上更加适宜得体。柔风吹来,直抵肌肤,衣衫飘飘起舞。独自静坐,皱着眉吹奏着凤箫。在园中漫步,无聊地折着花枝。心有真情,却无能为力,又喝得烂醉如泥。这首词写美人的姿态。

---

[1] 宛风:柔风,软风。
[2] 颦:一作"嚬"。
[3] 凤竹:泛指笙箫一类的管乐。
[4] 泥人:烂醉如泥,也形容人柔弱、痴迷的样子。

〔清〕 冷枚 《雪艳图》（局部）

又

相见休言有泪珠,酒阑重得叙欢娱,凤屏鸳枕宿金铺①。 兰麝细香闻喘息,绮罗纤缕见肌肤,此时还恨薄情无②。

相见时不要说曾眼中含泪,酒意已深,再谈欢娱之情,留宿于闺房凤屏之内、鸳鸯枕之上。香炉里兰麝飘香,耳听得醉酒佳人微微的喘息声。罗衫纤缕,透着如玉般的肌肤。此时此刻,还恨我薄情吗?这首词写情人久别重逢,偿还相思债。况周颐《蕙风词话》:"自有艳词以来,殆莫艳于此矣。"李冰若《栩庄漫记》:"欧阳炯《浣溪沙》'相见休言有泪珠'一首,叙事层次井然,叙情淋漓尽态,而着语尚有分寸,以视柳七黄九之粗俗不堪,自有上下床之别。"

---

① 金铺:门上衔门环的铺首。此处代指闺房。
② 无:否,表示疑问。

三字令

春欲尽,日迟迟,牡丹时。罗幌①卷,翠帘垂。彩笺书,红粉泪,两心知。 人不在,燕空归,负佳期。香烬落,枕函欹。月分明,花淡②薄,惹相思。

 **赏评**

春天要过去了,阳光温暖充足,正是牡丹花开时节。罗帷卷了起来,挂上了翠玉珠帘。我读着彩笺书信,脸上粉泪盈盈,你我之间的情意彼此知晓。你不在这儿,燕子空归旧巢,白白辜负了这良辰吉日。香炷的灰烬落了下来,床上的枕头斜放着。窗外月色分明,月下花儿稀少,更惹起了我对你的思念之情。这首词描写女子相思。汤显祖评曰:"逐句三字转而不窘,不垩,不崛头,亦是老手。"

---

① 罗幌:罗绸制作的帷幕。幌,帷幔。杜甫《月夜》:"何时倚虚幌,双照泪痕干。"
② 淡:一作"澹"。

南乡子

嫩草如烟,石榴花发海南天①。日暮江亭春影绿,鸳鸯浴。水远山长看不足。

碧绿的芳草连成一片如烟如织,南方红似火的石榴花开放了。天色暗了下来,江亭边的水中倒映着春天景物绿色的影子,鸳鸯在水中嬉戏。细水长流,青山绵延,这样的景色怎么也看不够呀。这首词描绘了江南春景。

又

画舸停桡②,槿花③篱外竹横桥。水上游人沙上女,回顾,笑指芭蕉林里住。

---

① 海南天:泛指我国南方。
② 停桡:停船。一作"亭桡",指船边栏杆。桡,船桨。《淮南子·主术》:"夫七尺之桡,而制船之左右者,以水为资。"
③ 槿花:木槿花,花红白色,多植以为篱。

彩船上的人停止了划桨。木槿花篱笆外,横着一座竹桥。船上的人询问岸上的姑娘家住何处。姑娘回过头来,笑着指了指芭蕉林深处。这首词描写南方乡村小景。李冰若《栩庄漫记》:"俨然一幅画图。"卓人月《古今词统》引徐士俊评:"隐隐闻村落中娇女声。"

又

岸远沙平,日斜归路晚霞明。孔雀自怜金翠尾,临水,认得行人惊不起。

远远的岸边,沙滩平坦,落日照着归路,晚霞灿烂无比。孔雀临水自赏,打开了七彩斑斓的尾羽。身后传来行人的脚步声,谁知它认得行人,竟然波澜不惊。这首词写南方傍晚景色。陈廷焯《云韶集》:"遣词用意,俱有别致。"俞平伯《唐宋词选释》:"孔雀临水看见有人来,吓了一跳,又似乎认得他,依然不动,还在那里照影自怜。读'惊'字略断,句法曲折,写孔雀姿态如生。"

〔明〕 殷宏 《春柳聚禽图》（局部）

又

洞口谁家,木兰船系木兰花。红袖女郎相引去[①],游南浦,笑倚春风相对语。

洞口住的哪户人家呀?院前停着一艘木兰船,系在木兰花下。身着襦裙长袖的女子们相约着去水边游玩。春风徐徐,传来了女子们的嬉笑声。这首词写南方少女的欢情。

又

二八[②]花钿,胸前如雪脸如莲。耳坠金环穿瑟瑟[③],霞衣窄,笑倚江头招远客。

戴着花钿的少女,胸口肌肤如雪,面如荷花娇艳。她戴着镶金嵌玉的耳环,身上的彩衣苗条合体,站在江边,笑着招呼远来的客人。这首词写南方少女美丽多情。

---

① 相引去:相互邀约而去。
② 二八:十六岁。古人常用"二八佳人"来形容少女美丽。
③ 瑟瑟:绿宝石,珠玉的一种。《叠雅》:"瑟瑟,碧珠也。"

又

路入南中[1],桄榔[2]叶暗蓼花红。两岸人家微雨后,收红豆,树底纤纤抬素手。

路过岭南地区,只见桄榔叶片暗绿,水中蓼花紫红。一场细雨过后,家家户户忙着采收红豆,树下面翻扬着一双双雪白的纤纤细手。这首词写南方的一个劳动场景。陈廷焯《云韶集》:"好在'收红豆'三字,触物生情,有如此境。"

又

袖敛鲛绡[3],采香深洞笑相邀。藤杖枝头芦酒滴,铺葵席,豆蔻花间趖晚日[4]。

采香的老人袖口披着手帕,笑着相互招呼着探访一处深洞。

---

① 南中:指南国。王勃《蜀中九日》:"人情已厌南中苦,鸿雁那从北地来。"
② 桄(guāng)榔:树名,棕榈科常绿乔木。
③ 鲛绡:传说鲛人所织的绡。此处指手帕。
④ 趖(suō)晚日:指太阳西落。趖,走。

他们的藤杖上端挂着酒葫芦,酒水溢了出来。铺上蒲葵叶当作席子,漫步在豆蔻花丛之间,太阳西落了还没有回去。这首词写南方老人采香之乐。

又

翡翠鸂鶒,白蘋香里小沙汀。岛上阴阴秋雨色,芦花扑①,数只渔船何处宿。

碧蓝色的鸂鶒鸟停在了小沙洲中,周围的白蘋花花香四溢。远远望去,小岛上幽暗不明,秋雨绵绵如织,芦花如雪随风扑面,那些渔船今晚会停靠在哪里呢?这首词是南方秋雨水滨的写照。汤显祖评曰:"短词之难,难于起得不自然,结得不悠远。诸词起句无一重复,而结语皆有余思,允称合作。"唐圭璋《词学论丛·唐宋两代蜀词》:"其《南乡子》八首,写炎方风物,又一洗绮罗香泽之态,而能朴质真切,别有意致。"

---

① 芦花扑:芦花雪白,如柳絮般风吹四散,故曰"扑"。

献衷心

见好花颜色,争笑东风。双脸上,晚妆同。闭小楼深阁,春景重重。三五夜,偏有恨,月明中。　　情未已,信曾通,满衣犹自染檀红。恨不如双燕,飞舞帘栊。春欲暮,残絮尽,柳条空。

赏评

看那春花娇艳似锦,竞相绽放笑迎春风。脸上的晚妆就像花儿一样红艳,惹人怜爱。紧闭了小楼深阁,避开那一处处春景。偏偏遇上十五月圆,满是离恨别情,透过月光洒进窗中。情思难断,曾信中诉情,如今衣上泪迹斑斑,犹如染了檀红色。恨自己不如双飞的燕子,能自由地在窗前飞行。春天就要过去了,柳絮也已飘尽,柳条叶满再也无力传情。这首词描写女子春怨。汤显祖评曰:"画家七十二色中有檀色,浅赭色所合,妇女晕眉色似之。唐人诗词惯喜用此。此其一也。"李冰若《栩庄漫记》:"'三五夜''月明中',忽加入'偏有恨'三字,奇绝。"

贺明朝

忆昔花间初识面,红袖半遮,妆脸轻转。石榴裙带,故将纤纤玉指偷捻①,双凤金线。　　碧梧桐锁深深院,谁料得两情,何日教缱绻②。羡春来双燕,飞到玉楼,朝暮相见。

　　回忆起当年与你花丛间初次相见,衣袖半遮着脸,轻轻地转过了头。那时的你穿着火红的石榴裙,纤纤玉指悄悄地揉搓着那织绣双凤的金线。梧桐树高大碧绿,树荫遮住了深深庭院,谁能猜想到对方的心思?什么时候才能感情融洽,难舍难分呢?真羡慕春天时归来的双燕,飞到了玉楼的巢穴里,朝朝暮暮都能相见。这首词写男子对情人的怀念。茅暎《词的》卷三:"寒鸦日影,千古相思。"

---

① 捻:用手指揉搓。一作"撚"。
② 缱绻:指感情难舍难分。韩愈《赠别元十八协律六首》:"临当背面时,裁诗示缱绻。"

又

忆昔花间相见后,只凭纤手,暗抛红豆。人前不解,巧传心事。别来依旧,辜负春昼。　　碧罗衣上蹙^①金绣,睹对对鸳鸯,空裛^②泪痕透。想韶颜^③非久,终是为伊,只恁^④偷瘦。

回忆起当年与你在花丛中相见后,只凭着纤纤玉手,暗暗地抛弄着红豆。人前假装不明白,却巧妙地传递出自己的心思。分别后依然如旧,白白辜负了春日时光。轻轻折叠着碧罗衣衫,弄皱了上面的金丝绣图,看着那一对对鸳鸯,泪水湿透了衣服。想着美好的容颜不会长久存在,终是为了你,竟这样地日渐消瘦。这首词写女子对男子的思念。汤显祖评曰:"无甚雕巧,只是铺排妥当,自无村妆羞涩态。"

---

① 蹙:收缩。这里指衣服折叠后出现了褶子。
② 裛(yì):通"浥",沾湿。
③ 韶颜:美丽的容颜。
④ 只恁:竟然如此。恁,这样。

〔唐〕周昉 《簪花仕女图》(局部)

江城子

晚日金陵岸草平,落霞明,水无情,六代①繁华,暗逐逝波声。　空有姑苏台②上月,如西子镜,照江城③。

夕阳斜照着故都金陵,萋萋芳草与江岸连平。晚霞铺满江天,江水东去滚滚无情。当年六朝的繁华,已暗随江水消逝在涛声之中。只有那挂在姑苏台上空的明月,仿佛西施的梳妆明镜,依旧照着千古江城。这是一首怀古词。李冰若《栩庄漫记》:"此词妙处在'如西子镜'一句,横空牵入,遂尔推陈出新。"

---

① 六代:指东吴、东晋,以及南朝时宋、齐、梁、陈,定都都在金陵。李白《留别金陵诸公》诗:"六代更霸王,遗迹见都城。"
② 姑苏台:吴王夫差所筑,在今江苏苏州市西南姑苏山上。
③ 江城:指金陵。

凤楼春

凤髻绿云丛,深掩房栊。锦书通,梦中相见觉来慵,匀面泪,脸珠融。因想玉郎何处去,对淑景谁同。　　小楼中,春思无穷。倚栏颙望,暗牵愁绪,柳花飞起东风。斜日照帘,罗幌香冷粉屏空。海棠零落,莺语残红。

女子绾着凤髻,秀发蓬松细腻,紧紧关上了房门。看着寄来的书信,梦里与君相见,醒来时觉得十分倦怠,匀面时脸上的泪珠消融了。因为惦念着郎君去往何处,在那里有谁同赏美景。独在小楼中,春思之情无穷尽。倚靠着栏杆久久凝望,心中却暗生愁绪,静看着柳絮随着春风飞舞。斜阳照着珠帘,罗帷中香灰已凉,画屏中人影亦空。海棠花飘零飞落,黄莺鸣叫,悲啼落红。这首词写闺中春思。汤显祖评曰:"'海棠零落,莺语残红',好景真良易过。风雨忧愁各半,念之使人惘然。"陈廷焯《云韶集》:"'因想'者,因梦而有想也。泪痕血点。"

二十首

和凝

字成绩
郓州须昌（今山东东平）人
五代时文学家、法医学家

898—955

  他历仕五代后梁、后唐、后晋、后汉、后周五朝。好文学，长于短歌艳曲，时号为"曲子相公"。除诗词等文学作品外，他著有《疑狱集》，其中包含许多司法案例。李冰若《栩庄漫记》："和成绩词自是《花间》一大家。其词有清秀处，有富艳处，盖介乎温、韦之间也。"

小重山

春入神京①万木芳。禁林莺语滑②,蝶飞狂。晓花擎③露妒啼妆④。红日永,风和百花香。　烟锁柳丝长。御沟澄碧水,转池塘。时时微雨洗风光。天衢远,到处引笙簧。

赏评

春天到了,京城里万象更新,树木葱翠。皇家林苑中黄莺流利清脆地啼鸣着,蝴蝶自在地飞舞着。清晨,花朵凝露,好像一副令人嫉妒的啼妆妆容。白昼变长了,风中飘散着百花香气。青烟蒙蒙,笼罩着细长的柳枝;碧水澄澄,从皇宫的河道中流转入了池塘中。时不时下一阵儿细雨,洗去一番尘埃,春光更好了。皇城中的道路深远,到处都笙歌飞扬,天下太平。

---

① 神京:指京城,京都。
② 莺语滑:莺啼声流利清脆。语出白居易《琵琶行》:"间关莺语花底滑,幽咽泉流冰下难。"
③ 擎:托着。
④ 啼妆:东汉时的一种妆饰,女子以粉薄拭目下,好像啼痕,故名。也指美人的泪痕。

这首词写京都春景。杨慎评曰:"藻丽有富贵气。"李廷机《新刻注释草堂诗余评林》:"此词颇尽宫中幽怨之意,且妒啼妆,天衢远上见之。"

又

正是神京烂熳时。群仙①初折得,郄诜枝②。乌犀白纻③最相宜。精神④出,御陌袖鞭垂。　柳色展愁眉,管弦分⑤响亮,探花期⑥。光阴⑦占断曲江池,新榜上、名姓彻⑧丹墀。

---

① 群仙:指新及第的进士。
② 郄诜(shēn)枝:指科举及第、折桂之意。郄诜,亦作"郤诜"。《晋书·郤诜传》载:郄诜对武帝曰:"臣举贤良对策,为天下第一,犹桂林之一枝,昆山之片玉。"帝笑。
③ 乌犀白纻(zhù):乌黑色的带钩,洁白的夏布衫。这里指新科进士的穿着。白纻,用苎麻纤维织成的白色夏布。
④ 精神:意气风发。
⑤ 分:格外。
⑥ 探花期:指进士们在曲江上宴饮的时间。《秦中岁时记》:"春时,进士杏花园初会,谓之探花宴。以少俊二人为探花使,遍游名园,若他人先折得名花,则二使皆被罚。"宋代犹然,非指及第第三人。
⑦ 光阴:光景,指新进士游宴之情景。
⑧ 彻:通、传布。

 **赏评**

  京都里正是春花烂漫时,进士们初次科举及第,骑马出游。他们穿着夏布白衫,佩着乌黑带钩,着装适宜。他们意气风发地出行在京城道路上,袖口垂着马鞭子。柳枝依依,随风舒展着愁意,丝竹管弦之声格外响亮,曲江宴上又到了探花使寻访名花之时。宴饮的热闹场面占尽了曲江池畔,新榜之上,有着他们的名姓,传遍了丹墀。这首词写新及第的进士们欢乐的场景。汤显祖评曰:"贫病愁,人所不堪而宜于诗词;乌纱帽,人所艳称而反不宜,可见富贵也有用不着处。"

临江仙

海棠香老①春江晚,小楼雾縠②涳濛③。翠鬟④初出绣帘中。麝烟鸾珮惹蘋风。　　碾玉钗摇鸂鶒战,雪肌云鬓将融。含情遥指碧波东,越王台⑤殿蓼花红。

海棠已花败香残,春江沉浸在暮色之中,小楼笼罩在轻纱一般的薄雾里,显得缥缈迷蒙。女子掀开珠绣帘子,走出门来,麝香的烟气和鸾凤玉佩引来一阵阵夹杂着蘋花香气的春风。她头上的玉钗一步一摇,上面的鸂鶒花饰也随着颤动不止。雪白的肌肤和如云的发髻仿佛要化解消融。她满怀深情,遥遥指着碧波江水的东面,那里曾是越王的亭台宫殿,此时蓼花开得正红。这首词写闺妇的思绪。李冰若《栩庄漫记》:"结句设想,出人意表。"

---

① 香老:香尽花残。
② 雾縠(hú):指雾气如薄纱。
③ 涳(kōng)濛:迷茫的样子。
④ 翠鬟:女子的发髻。这里借指少女。
⑤ 越王台:春秋时越王勾践的宫殿,在今浙江绍兴一带。

又

披袍①窣地红宫锦,莺语时啭轻音。碧罗冠子②稳犀簪③,凤凰双飐步摇金。　　肌骨细匀红玉软④,脸波微送春心。娇羞不肯入鸳衾,兰膏⑤光里两情深。

赏评

她穿着红色宫锦制成的长衣,拖地而行。说话时如黄莺娇啼一般清脆流利,盈盈细语。她头戴着碧罗冠子,插着犀角簪子,凤凰金钗与金步摇随步而动。只见她肌骨均匀细腻,肤色柔美,脸上荡漾着思慕之情。她因为害羞,不肯同入鸳鸯被。在兰灯之下,两人深情对望,一往情深。这首词描写男女情事。李冰若《栩庄漫记》:"上半阕极写服饰之盛丽,温词所有者也。下半阕则飞卿所不逮矣。"汤显祖评曰:"二作精工宕丽,足分温、韦半席。"

---

① 披袍:指长衣。
② 碧罗冠子:指凤冠。
③ 犀簪:用犀角制成的簪子。
④ 红玉软:指肤色柔美。《西京杂记》:"(赵飞燕与赵合德)二人并色如红玉,为当时第一,皆擅宠后宫。"
⑤ 兰膏:借指兰灯。

〔明〕 仇英 《汉宫春晓图》(局部)

菩萨蛮

越梅①半拆轻寒里,冰清淡薄笼蓝水②。暖觉杏梢红,游丝③狂惹风。　　闲阶莎④径碧,远梦犹堪惜。离恨又迎春,相思难重陈。

岭南的梅花树立在清寒之中,含苞待放。池塘中的水色碧蓝,漂着淡薄的浮冰。天气渐渐暖和,感觉杏树枝头花骨朵儿带红,蛛丝逗引着春风到处飞舞。闲庭信步在石阶上,小路旁的莎草绿意盎然。留恋梦中情景,感到特别愧惜。带着这离愁别恨,又恰逢早春,相思之情难以再次陈述。这首词写女子早春见梅而相思的情景。况周颐评曰:"《菩萨蛮》及《望梅花》,则近于清言玉屑矣。"

---

① 越梅:指岭南梅花。
② 蓝水:水名,源出陕西蓝田东蓝田谷。此处泛指碧蓝的春水。
③ 游丝:指蜘蛛等虫类吐出的丝。
④ 莎:莎草。

山花子

莺锦蝉縠馥麝脐①,轻裾花早②晓烟迷。鸂鶒战金红掌③坠,翠云低。　　星靥笑偎霞脸畔,蹙金④开襜衬银泥⑤。春思半和芳草嫩,碧萋萋。

赏评

她穿着如莺羽般的锦绸、如蝉翼般的薄纱做成的衣服,举手投足间散发着浓郁的麝香气息。那轻薄的衣服上绣着初开的花朵和醉人的烟云。她戴着闪闪发光的鸂鶒金钗,上面垂着红穗须子,整个发髻看起来略低。她笑意融融,如朝霞般的脸上妆点着星靥,那金丝线盘绣的短衣上涂染着银色。这春思之情伴随着春草生长,而青草十分的碧绿旺盛。这首词写闺妇春思。汤显祖评曰:"唐韦固妻为盗刃所刺,以翠靥之,女妆遂有靥

---

① 麝脐:指麝香。麝香在麝的腹脐内。
② 花早:指花儿初发。
③ 红掌:指钗的垂须。
④ 蹙金:指用金线盘绣。
⑤ 银泥:涂染着银色。

饰。集中亦不一而足。然温飞卿'绣衫遮笑靥',音'叶',此则音'琰'。"

又

银字①笙寒调正长,水纹簟冷画屏凉。玉腕重因金扼臂,淡梳妆。　几度试香②纤手暖,一回尝酒绛唇光。佯弄红丝蝇拂子③,打檀郎。

银字笙吹奏着悠扬绵长的曲调,水纹竹席渐渐寒冷了,画屏也变得越来越凉。她那雪白的手腕上戴着沉甸甸的金手镯,正化着淡淡的妆容。几次伸手去试触香炉,纤纤玉手又暖又香;尝了一回酒,红嘴唇变淡了。她假装弄着红丝制成的蝇拂子,去打心爱的情郎。这首词写少年夫妻闺房内嬉戏的情形。贺裳《皱水轩词筌》:"词家须使读者如身履其地,亲见其人,方为蓬山顶上。如和鲁公'几度试香纤手暖,一回尝酒绛唇光'……真觉俨然如在目前,疑于化工之笔。"

---

① 银字:指笙管乐器上的音阶标记。《古今词话·词品》:"银字,制笙以银作字,饰其音节。"
② 试香:以手试探香炉。
③ 蝇拂子:用丝或马尾制成的,扑打蚊蝇的器物。

 何满子

正是破瓜年儿①,含情惯得人饶②。桃李精神③鹦鹉舌④,可堪虚度良宵。却爱蓝罗裙子,羡他长束纤腰。

 赏评

少女刚满十六岁,她眉目含情,常常引来别人的爱慕。她有着桃李般的风韵,又伶牙俐齿爱说话,哪堪虚度了这良辰美景?非常喜欢她穿着蓝罗布料做成的裙子,羡慕它能长久地围束着细腰。这首词描写男子对少女的爱慕之情。李冰若《栩庄漫记》:"'却爱蓝罗裙子,羡他长束纤腰',为和词名句。其源盖出于张平子《定情诗》,陶公《闲情赋》尚在其后。"

---

① 破瓜年儿:指十六岁的少女。旧说"瓜"字可拆为两个八字,二八即为十六岁。《乐府诗集·碧玉歌二首》:"碧玉破瓜时,郎为情颠倒。"儿,通"纪"。
② 饶:怜爱。
③ 精神:指风韵。
④ 鹦鹉舌:指能说会道,言语灵巧。

又

写得鱼笺无限,其如花锁春晖。目断巫山云雨,空教残梦依依。却爱熏香小鸭①,羡他长在屏帏。

 赏评

给你写了无数封书信,你就像那被笼罩在春光之中的花朵一样,锁在深闺中。望断了巫山的朝云暮雨,空让人在残梦中依依不舍。唯独喜欢那熏香用的鸭形香炉,羡慕它能常待在帐帷中看到你。这首词表现的是男子思念女子之情。冯金伯《词苑萃编》:"和成绩《何满子》词'写得鱼笺无限(略)。'末二语为世所传咏。"华钟彦《花间集注》:"按此词意同前阕,当是联章。"

---

① 熏香小鸭:外形如鸭子的香炉。

# 薄命女

天欲晓,宫漏穿花声缭绕。窗里星光少,冷霞寒侵帐额,残月光沉树杪①。梦断锦帏空悄悄,强起愁眉小。

 赏评

天要亮了,只听见残漏点点滴落之声,穿花绕室。窗户内看到的星星非常稀少,冷霞带着寒意侵入帐帘,那一弯残月也落下了树梢。好梦初醒,感觉锦帐里空荡荡的只有自己一人,一腔忧愁涌上眉梢。这首词写思妇在天明前的孤凄之感。王国维《人间词话删稿》:"此词前半,不减夏英公《喜迁莺》也。"李冰若《栩庄漫记》:"明艳似飞卿,佳词也。"

---

① 树杪(miǎo):树梢。

望梅花

春草全无消息，腊雪犹余踪迹。越岭①寒枝香自拆，冷艳奇芳堪惜。何事寿阳②无处觅，吹入谁家横笛③。

全不见春草欲发芽的音信，腊月的飞雪还残留着痕迹。梅岭的梅花独自盛开了，冷艳奇芳，令人喜爱。而今，为何寿阳公主无处可寻？谁家的笛子还在吹着《梅花落》曲？这是一首咏梅怀古的词。全词语言明净流畅，韵味清丽。

---

① 越岭：指梅岭，又称"大庾岭"，位于今广东、江西交界处。唐代张九龄督所属部开凿新路，多植梅树。杜甫《哭李常侍峄·其一》："短日行梅岭，寒山落桂林。"
② 寿阳：指寿阳公主落梅妆之事。
③ 横笛：笛子曲。此处指《梅花落》曲。李白《与史郎中钦听黄鹤楼上吹笛》："黄鹤楼中吹玉笛，江城五月落梅花。"

〔元〕 佚名 《梅花仕女图》（局部）

天仙子

柳色披衫①金缕凤,纤手轻拈红豆弄,翠娥双敛正含情。桃花洞②,瑶台梦③,一片春愁谁与共。

她身着柳绿色金丝绣凤的披衫,纤纤玉手轻轻捻弄着红豆,蛾眉轻敛,双目含情。她住在桃花仙洞之中,身居瑶台佳境却梦到了凡间之事,醒来顿感愁闷,这一番春愁有谁来分担呢?这首词咏天台山仙女之事。汤显祖评曰:"刘改之别妾赴试作《天仙子》,语俗而情真,世多传之,遇此不免小巫。"

---

① 披衫:古时的一种暑月之服。
② 桃花洞:指仙女的居所。
③ 瑶台梦:指仙女的思凡之梦。瑶台,仙人的居处。李商隐《无题》:"如何雪月交光夜,更在瑶台十二层。"

又

洞口①春红飞蔌蔌②,仙子含愁眉黛绿。阮郎何事不归来,懒烧金③,慵篆玉④。流水桃花空断续。

桃花洞口落红纷飞,仙子的眉黛如远山含绿,凝着一番春愁。阮郎是因为什么事儿不回来了呢?她为此懒得去点燃金炉,懒得去烧盘香。只望着桃花追逐着流水,时断时续地漂向远方。这首词续写仙女的春愁。俞陛云《唐五代两宋词选释》:"花雨霏红,愁眉锁绿,年年流水依然,奈阮郎不返。写闺思而托之仙子,不作喁喁尔汝语,乃词格之高。"华钟彦《花间集注》:"和学士词二首,皆咏天台神女事,就题发挥。"

---

① 洞口:指桃花洞。
② 蔌蔌:形容花落的声音。
③ 烧金:燃金炉。
④ 篆玉:烧盘香。

春光好

纱窗暖,画屏闲,鬌①云鬟。睡起四肢无力,半春间。 玉指剪裁罗胜,金盘点缀酥山②。窥宋③深心无限事,小眉弯。

纱窗春暖,画屏之后,她发髻下垂,正在春睡。睡醒了,她觉得四肢倦怠无力,感到十分无聊,暗恼春又至半。纤纤玉指裁剪起了花胜,金盘子里堆放着如山般的油酥点心。窥视着情郎的一番深情,自己那无限的心事也通过弯弯的细眉表露了出来。这首词写女子的春闺心事。

---

① 鬌(duǒ):下垂。
② 酥山:指牛羊乳油凝结成的山形制品。
③ 窥宋:窥视宋玉。宋玉《登徒子好色赋》:大夫登徒子侍于楚王,短宋玉曰:"玉为人体貌闲丽,口多微辞,又性好色,愿王勿与出入后官。"王以登徒子之言问宋玉。……玉曰:"……东家之子,增之一分则太长,减之一分则太短;著粉则太白,施朱则太赤。……然此女登墙窥臣三年,至今未许也。"此处指窥视情郎。

又

藕叶软,杏花明,画船轻。双浴鸳鸯出绿汀,棹歌声。春水无风无浪,春天半雨半晴。红粉相随南浦晚,几含情。

水中藕叶柔嫩,岸边杏花洁白,画船轻轻地划过。一对美丽的鸳鸯从芳草丛生的沙汀里走了出来,仿佛被渔歌声惊扰了。春水平静,无风无浪;天气难测,时雨时晴。在这无限的春光中,邀一二红粉知己泛舟南浦直至暮色来临,更添了几分含而不露的情意。这首词写春游的情景。李冰若《栩庄漫记》:"'春水''春天'二语,写出春光骀(dài)宕之状。"俞陛云《唐五代两宋词选释》:"前半写烟波画船,见春光之好。后言浪静风微,乍晴乍雨,确是江南风景,绝好惠崇之图画也。"

〔明〕 佚名 《瑞莲翎毛图》（局部）

采桑子

蝤蛴①领上诃梨子②,绣带双垂。椒户③闲时,竞学樗蒲④赌荔枝。丛头鞋子⑤红编细,裙窣金丝。无事颦眉,春思翻教⑥阿母疑。

女子脖颈白皙修长,衣领上绣着诃梨子花,上衣的绣花束带飘垂着。闲得无聊时,她竟在闺房里玩起了樗蒲游戏,赌赢荔枝。她穿上丛头鞋子,系上细细的红鞋带,裙子上的金丝线拖曳着。没事时频频皱眉,反而让阿母起了疑心,女儿是不是情窦初开,有了春思呢?这首词描写了一个天真少女的形象。汤显祖评曰:"二语(上下阕末句)翻空出奇。"陈廷焯《云韶集》:"描写娇憨之态,袭用者屡矣。"

---

① 蝤蛴(qiú qí):天牛的幼虫,体白而长,常比喻女子颈项之美。
② 诃梨子:又名诃梨勒、柯子,常绿乔木。
③ 椒户:香房,以椒粉和泥涂饰的屋子。
④ 樗(chū)蒲:古代的一种赌博游戏,如现代的掷骰子。
⑤ 丛头鞋子:指鞋子前头有花丛状饰物。
⑥ 翻教:反使。

柳 枝

软碧摇烟似送人,映花时把翠蛾嚬。青青自是风流主,慢飐金丝待洛神。

柳枝柔软碧嫩,摇荡着淡绿烟雾,仿佛在送别游人。映衬着鲜花时,柳叶弯弯仿佛女子皱眉。柳枝生来就风流多情,摇摆着妖娆的金丝细腰,等待着洛神的到来。这首词咏魏王堤上之柳。

又

瑟瑟①罗裙金缕腰,黛眉偎破未重描。醉来咬损新花子②,拽住仙郎③尽放娇。

---

① 瑟瑟:形容碧绿闪光的样子。白居易《暮江吟》:"一道残阳铺水中,半江瑟瑟半江红。"
② 花子:古代女子面部的一种装饰物。《中华古今注》:"秦始皇好神仙,常令宫人梳仙髻,帖五色花子,画为云凤虎飞升。"
③ 仙郎:此处是爱称。

 **赏评**

女子穿着闪闪发光的罗裙,束着柔弱如柳枝的细腰。因为相依偎蹭损了眉黛,但没重新描上。喝醉了酒,弄损了脸上新贴的花子,拽着郎君尽情地撒娇。这首词描写女子撒娇的情态。汤显祖评曰:"'醉来'句但觉其妙。诗词中此类极多,如李白'两鬓入秋浦'等,若一一索解,几同说梦。"

又

鹊桥初就咽银河,今夜仙郎自姓和①。不是昔年攀桂树②,岂能月里③索姮娥。

 **赏评**

天边的鹊桥刚刚搭上,就听到银河上传来牛郎织女的呜咽声。只不过,今天晚上的仙郎是我和某人。如果不是往年我登科及第,哪里有今日月中寻欢之乐呢?这首词是作者自述冶游之乐。李冰若《栩庄漫记》:"前二首不脱《柳枝》窠臼,远不及温尉之作。此诗则非咏柳枝矣。唐进士及第多冶游,如《北里志》所载可考。和词盖夫子自道耳。"

---

① 自姓和:指和凝的自称。
② 攀桂树:指登科及第。
③ 月里:指中举后冶游之处。

渔 父

白芷汀寒立鹭鸶，蘋风①轻剪浪花时。烟幂幂，日迟迟。香引芙蓉惹钓丝。

长有白芷的水边，几只鹭鸶迎着寒风而立。微风吹开水面，漾起一朵朵浪花。烟色迷蒙，落日迟迟，荷花飘香，只见一位老渔翁在荷丛中钓起了鱼。这首词写渔父的生活。陈廷焯《云韶集》："较子同作自远不逮，而遣词琢句，精秀绝伦，亦佳构也。"俞陛云《唐五代两宋词选释》："凡赋《渔父》词者，多作高隐之语。此词专赋本题，鹭立寒汀，蘋风剪浪，写水天风景，而扁舟蓑笠翁宛在其间。结句袅袅竿丝，摇曳于芙蓉香里，颇堪入画也。"

---

① 蘋风：微风。

四十八首

顾敻（xiòng）

籍贯及字号均不详
五代词人
曾任茂州刺史、太尉等职

生卒年不详

  他善填各种词，词风绮丽，意象清新，情致悱恻，却无浮靡之感。唐圭璋《词学论丛·唐宋两代蜀词》："《花间集》共收其词五十五首，亦皆归于艳丽，然写情极深刻。"李冰若《栩庄漫记》："顾词浓丽，实近温尉。其《荷叶杯》诸词，以质朴之句写入骨之情，虽云艳词，乃为别调。要之其大体固以飞卿为宗也。"本书选其词四十八首。

虞美人

晓莺啼破相思梦,帘卷金泥凤。宿妆犹在酒初醒,翠翘慵整倚云屏,转娉婷。　香檀①细画侵桃脸,罗袂轻轻敛。佳期堪恨再难寻,绿芜满院柳成阴,负春心。

清晨,黄莺清脆的鸣叫声惊扰了佳人的美梦。她睁开眼,看到了帘子上金泥染绣的飞凤。脸上还带着残妆,昨日的酒醉已经清醒了。懒得整理倾斜的翠翘发钗,整个人倚靠在云屏上,看起来更加姣美可爱。她用香檀仔细地化着妆,面容如桃花晕染,之后轻轻地提了提罗裙。佳期如梦,可恨再也难以寻找了。院子里野草茂盛,绿柳成荫,白白辜负了相思之情。这是一首春怨词。

---

① 香檀:化妆用的色料,浅红色。用以涂口或眉,称"檀口""檀眉"。

又

触帘风送景阳钟,鸳被绣花重①。晓帏初卷冷烟②浓,翠匀粉黛好仪容,思娇慵。 起来无语理朝妆,宝匣镜凝光。绿荷相倚满池塘,露清枕簟藕花香,恨悠扬。

晨风吹动珠帘,送来了景阳楼上的钟声。鸳鸯锦被上绣花成簇,一朵接着一朵。天亮了,卷起了帘帷,窗外雾气浓浓。她年轻貌美有一副好面容,醒后看起来娇羞无力。起床后,她沉默不语,打开梳妆盒,对着光滑的宝镜化着妆。满满一池塘的绿荷相依偎着,晶莹的露水打湿了凉席,荷花芳香四溢,心头却浮起了一股怨意。这是一首春怨词。李冰若《栩庄漫记》:"全词与陈宫无涉,而嵌入'景阳钟'三字,是为堆砌。'绿荷'之下接以'相倚'二字,便有情致。于此可悟用字呆活之别。"

---

① 重:复杂,繁丽。
② 冷烟:晨雾。

〔清〕 朱本 《对镜仕女图》（局部）

又

翠屏闲掩垂珠箔[1]，丝雨笼池阁。露粘红藕咽清香，谢娘娇极不成[2]狂，罢朝妆。　小金鸂鶒沉烟细，腻枕堆云髻。浅眉微敛注檀[3]轻，旧欢时有梦魂惊，悔多情。

绿色屏风虚掩着，珠帘轻垂着，蒙蒙细雨笼罩着池塘楼阁。红莲凝露深含着清香，少女撒娇到了极点，几乎发狂，连早晨的梳妆打扮也免了。饰有鸂鶒图案的小金香炉里燃着沉香，烟丝袅袅。她那一头云髻堆叠在光滑的枕头上，轻眉微微皱着，唇上的胭脂也暗淡了。她时常在梦中因享受着往日欢乐而惊醒，又后悔自己太多情了。这是一首闺怨词。汤显祖评曰："情多为累，悔之晚矣。情宜有不宜多，多情自然多悔。"

---

① 珠箔：珠帘。
② 不成：几乎，将是。
③ 注檀：点唇、涂口红。

又

碧梧桐映纱窗晚,花谢莺声懒。小屏屈曲掩青山,翠帏香粉玉炉寒,两蛾攒①。　颠狂②少年轻离别,辜负春时节。画罗红袂有啼痕,魂销无语倚闺门,欲黄昏。

纱窗上映着梧桐树影,天色渐晚。花儿谢了,黄莺的歌声也小了。屏风折叠着,上面的葱葱青山被遮掩住了。罗帷含香,熏炉也已熄灭了,女子的双眉紧蹙着。轻浮的少年郎呀,轻易地说着离别,辜负了这美好的青春时节。她的罗衣红袖上有着啼哭时的泪痕,整个人神情恍惚地倚着闺门,又要到黄昏时了。这首词写女子的离愁。

---

① 两蛾攒:双眉紧蹙。攒,聚在一起。
② 颠狂:即癫狂。

又

深闺春色劳思想①,恨共春芜长。黄鹂娇啭泥②芳妍,杏枝如画倚轻烟,琐窗前。　　凭栏愁立双蛾细,柳影斜摇砌。玉郎还是不还家,教人魂梦逐杨花,绕天涯。

满园春色侵入闺房之中,令人思绪惆怅,而那幽恨伴随着芳草一天天不停地滋长。黄鹂在丛林间萦回,婉转动听地啼叫着。杏花盛开如画,笼罩着薄薄的轻雾,而我在窗前惆怅无限。凭栏远望,一双蛾眉又细又长,只见那柳影斜斜地晃动着,映在台阶上。郎君还是没有回来,让我的思绪融进了梦中,像追逐纷飞的杨花一般,浪迹天涯。这首词写闺妇怀远。李冰若《栩庄漫记》:"'恨共春芜长',佳。顾夐《虞美人》六首中,此词较为流丽。"

---

① 劳思想:使思绪忧愁。劳,忧愁。思想,思绪。
② 泥:留滞,有萦回之意。

河 传

燕飏①，晴景。小窗屏暖，鸳鸯交颈。菱花掩却翠鬟欹，慵整。海棠帘外影。　　绣帏香断金鹨鹈，无消息，心事空相忆。倚东风，春正浓。愁红，泪痕衣上重。

窗外春光明媚，燕子轻盈地翻飞。阳光透过窗，温暖地照在屏风上，上面的交颈鸳鸯顿时鲜活起来。盖上菱花镜，任凭发鬓散乱，懒得整理，倩影犹如帘外的海棠花影影绰绰。闺房内金鹨鹈炉里的香都灭了，远方的人毫无音讯，空余满怀的相思之意。东风吹来，春意正浓，却愁见落红，伤心不尽，连衣上都是泪痕了。这首词写闺中春恨。

---

① 飏（yáng）：同"扬"，高飞。

又

曲槛,春晚。碧流纹细,绿杨丝软。露花鲜、杏枝繁,莺啭、野芜平似剪。 直是[①]人间到天上,堪游赏、醉眼疑屏障。对池塘,惜韶光。断肠,为花须尽狂。

雕栏曲杆,已至暮春时节。碧水漾起微微涟漪,杨枝苍翠,柳枝嫩软,凝露的花朵格外鲜艳,杏树枝叶茂盛,黄莺歌声婉转,野草平整,好似被剪刀修剪过一般。这正是从人间到了天上的仙境中,赏景游玩,醉眼蒙眬,仿佛看到一扇扇画屏。面对着池塘,感叹时光流逝,令人肝肠寸断,为了不辜负眼前花开需要尽情狂欢。这首词抒发了赏春之情。

---

① 直是:真是、果然是。

又

棹举,舟去。波光渺渺,不知何处。岸花汀草共依依,雨微,鹧鸪相逐飞。　　天涯离恨江声咽,啼猿切,此意向谁说。倚兰桡,独无憀。魂销,小炉香欲焦①。

赏评

举棹轻划,片帆远去,只见波光渺渺,不知该去往何处。岸上的野花与水汀中的野草相依相存,蒙蒙细雨中,鹧鸪相逐而飞。自此天涯相别,离恨之情仿佛令江水鸣咽,猿声悲悲切切,心中的依恋向谁诉说呢?独倚着舟上栏杆,百无聊赖,意志消沉,小炉中的香也要燃尽了。这首词抒发了赏春之情。汤显祖评曰:"凡属《河传》题,高华秀美,良不易得。此三调,真绝唱也。以俟羊、何。张舍人、孙少监之外,指不三屈。"

---

① 欲焦:将要烧成灰烬。

甘州子

一炉龙麝①锦帷旁,屏掩映,烛荧煌②。禁楼刁斗③喜初长,罗荐④绣鸳鸯。山枕上,私语口脂香。

赏评

锦帐旁边,熏着一炉龙麝香,翠屏掩映着,烛火忽明忽暗,闪烁不定。皇宫中阁楼上的小铃响了起来,幸好现在时间还长。垫席上绣着鸳鸯图案。枕头上,二人窃窃私语,只觉得口齿含香。这首词写一对情侣初夜之乐。汤显祖评曰:"'刁斗'句,无聊之思。"

又

曾如刘阮访仙踪,深洞客⑤,此时逢。绮筵散后绣衾同,

---

① 龙麝:龙涎香和麝香。龙,龙涎香,抹香鲸肠内的分泌物。
② 荧煌:闪烁,忽明忽暗。
③ 刁斗:小铃铛。指皇宫中的传夜铃。
④ 荐:垫席。
⑤ 深洞客:指刘阮二人遇见的仙女,也指所爱的深闺女子。

款曲①见韶容②。山枕上,长是怯晨钟。

曾经像刘阮二人一样到处寻仙访友,此时此刻终于遇到了所爱的女子。丰盛的宴席结束后,携手同入闺房同床而眠,面对着美丽的面容殷勤地诉说心事。躺在枕头上,最怕听到晨钟的响声。这首词写情侣相逢为欢的情形。李冰若《栩庄漫记》:"'长是怯晨钟',春宵苦短之意。鸡鸣戒旦之义,则已微矣。"

又

露桃③花里小楼深,持玉盏,听瑶琴。醉归青琐④入鸳衾,月色照衣襟。山枕上,翠钿镇⑤眉心。

庭院里桃树花团锦簇,闺楼就在桃林深处。她手持着玉

---

① 款曲:殷勤、缠绵之意。秦嘉《留郡赠妇诗三首》:"念当远离别,思念叙款曲。"
② 韶容:美丽的容颜。
③ 露桃:指露井边上的桃树。《乐府诗集·鸡鸣》:"桃生露井上,李树生桃旁。"泛指庭院中的桃树。
④ 青琐:古代窗、墙都雕刻连锁形,再用青漆涂饰。此处代指闺房。
⑤ 镇:压着,紧贴着。

盏,听着瑶琴之声,喝醉了,就回到闺房中,盖上鸳鸯被入睡。那月色皎洁,照在了衣衫之上。那枕头之上,花钿正压在了酣睡的人儿眉心之处。这首词描写宴乐后入睡的情形。

又

红炉深夜醉调笙,敲拍处,玉纤轻。小屏古画岸低平,烟月满闲庭。山枕上,灯背脸波横。

香炉燃得正旺,却已是深夜时分。她醉醺醺地吹着笙,纤纤玉指轻轻按着节拍。屏风上的旧山水画中江岸辽远低平。窗外月色朦胧,照着寂静的庭院。香枕之上,佳人背对着烛光,面含媚色,却已入眠。这首词亦写宴乐后入睡的情形。汤显祖评曰:"首章与此结,皆隽句也,小语致巧,此其一斑。"李冰若《栩庄漫记》:"顾夐才力不富,其词尝有气不能举笔之处,故虽繁缛而不耐回味,其清淡处亦复不能深秀。《甘州子》第五首云:'小屏古画岸低平。'纯是才俭凑韵之句。"

玉楼春

月照玉楼春漏促,飒飒风摇庭砌竹。梦惊鸳被觉来时,何处管弦声断续。　　惆怅少年游冶①去,枕上两蛾攒细绿②。晓莺帘外语花枝,背帐犹残红蜡烛。

 赏评

明月照着玉楼,春漏声声急促,夜风吹摇着庭阶前的竹子,发出飒飒的声响。梦里突然惊醒,看到鸳鸯被才明白是梦一场,耳边不知从哪儿传来断断续续的管弦声。轻率的少年郎外出冶游了,没有音信,她满心惆怅地躺在枕头上,两道蛾眉紧紧蹙在了一起。天色见亮,帘外的黄莺在花枝间鸣叫不停,帐子外燃烧的红烛已残了。这首词写闺妇醒来时的惆怅。许昂霄《词综偶评》:"'残'字作'余'字解,唐诗类然。"

---

① 游冶:冶游,野游。后世多指声色娱乐。
② 细绿:指细眉。

又

柳映玉楼春日晚,雨细风轻烟草软。画堂鹦鹉语雕笼,金粉小屏犹半掩。　香灭绣帏人寂寂,倚槛无言愁思远。恨郎何处纵疏狂①,长使含啼眉不展。

春色渐晚,小楼掩映在柳林之间。和风细雨,轻烟笼罩着嫩软的青草。画堂中,鹦鹉在雕笼里学人说话,金粉装饰的屏风半开半掩着。香炉中的香灭了,绣帏里的人孤孤单单,倚着栏杆寂寞无语、愁思无限。心中恼恨情郎,不知道他在哪里纵情地游玩。长此以往,使得自己眼中含泪愁眉不展。这首词写春闺幽怨。沈雄《古今词话·词辩》:"大石调曲,《词统》又作林钟商调。词中不失'玉楼春'三字者,顾夐也。"

---

① 纵疏狂:纵情地游玩。

〔清〕 胡湄 《鹦鹉戏蝶图》（局部）

又

月皎露华窗影细,风送菊香沾绣袂。博山炉冷水沉微①,惆怅金闺终日闭。　　懒展罗衾垂玉筯②,羞对菱花簪宝髻。良宵好事枉教休,无计那他狂耍婿。

月色皎洁,露华初凝,小窗上树影轻淡。秋风吹来,菊香四溢,沾染了衣袖。博山炉中沉香就要燃尽了。心中惆怅无比,整日里关着闺房的门。懒得铺展丝绸褥子,任泪水滴落,更怕对着菱花镜绾发髻簪发钗。正是良辰美景,与情人相依相偎之时,却白白地度过去了。她无计可施,无法留住她那狂放不羁的夫婿。这首词写闺妇秋思。汤显祖评曰:"后二章尤秀媚可人,而合之足称全璧。"

---

① "博山"句:香炉内水下沉而微浅。此处指以沉香木所做的香料将燃尽了。水沉,即"沉水",沉香木心置水则沉。
② 玉筯(zhù):筷子,此处指眼泪。李白《闺情》:"玉筯夜垂流,双双落朱颜。"筯,同"箸"。

又

拂水双飞来去燕,曲槛小屏山六扇。春愁凝思结眉心,绿绮①懒调红锦荐。　　话别情多声欲战,玉筯痕留红粉面。镇长②独立到黄昏,却怕良宵频梦见。

赏评

燕子双飞,来来回回地掠过水面;回廊曲转,山水屏风共有六扇。春愁思绪,紧紧凝聚在眉间;绿绮琴懒得弹奏,随意弃置在红锦席垫上。离别之时,诉说着情话,声音都在颤抖,眼泪扑簌簌地流着,脸上留下一道道泪痕。常常独自站立远望,一直到黄昏时,却又害怕梦到往日相会时的欢乐情景。这首词写闺妇的春愁。李冰若《栩庄漫记》:"别愁无俚,赖梦见以慰相思,而反云'却怕良宵频梦见',是更进一层写法。"

---

① 绿绮:古琴名。
② 镇长:常常,很久地。镇,常常,总是。褚亮《咏花烛》:"莫言春稍晚,自有镇开花。"

 浣溪沙

春色迷人恨正赊①,可堪荡子不还家,细风轻露著梨花。 帘外有情双燕飏,槛前无力绿杨斜,小屏狂梦极天涯。

春色迷人,而愁怨却正长着,怎能忍受郎君远游不回家?微风轻拂,雨露滋润着盛开的梨花。帘外的春燕真情相伴着飞行,栏杆外的绿杨无力地斜向一侧,屏风后的人梦里去到了那遥远的天涯之处。这首词写闺妇春思而成梦。王国维《人间词话·附录》:"当为夐最佳之作矣。"李冰若《栩庄漫记》:"'细风轻露著梨花',巧致可咏。结句振起全阕。"

---

① 赊:长、远。韦庄《出关》:"马嘶烟岸柳阴斜,东去关山路转赊。"

又

红藕香寒①翠渚平,月笼虚阁夜蛩②清,塞鸿惊梦两牵情③。　　宝帐玉炉残麝冷,罗衣金缕暗尘生,小窗孤烛泪纵横。

红莲凋谢香已不在,水中绿洲与江面相平。月色笼罩着空阁,蟋蟀在夜里清脆地欢鸣。鸿雁南飞时的叫声使她从梦中惊醒,忍不住怀念起远人来。宝帐中,那玉炉里燃烧的麝香已熄灭了,衣架上的罗衫金缕衣也暗暗地布满了灰尘。小窗下,那孤单单的蜡烛滴着蜡泪,我也早已泪流满面。这首词写闺妇秋思。汤显祖评曰:"旧前作'天际鸿,枕上梦,两牵情'。后作'小窗深,孤烛背,泪纵横'。语亦简至。"

又

荷芰④风轻帘幕香,绣衣鸂鶒泳回塘,小屏闲掩旧潇

---

① 寒:凋谢,枯败。薛能《折杨柳》:"众木犹寒独早青,御沟桥畔曲江亭。"
② 蛩:蟋蟀,又名"吟蛩"。
③ 两牵情:两厢牵挂怀念之情。此处偏重怀远人之情。
④ 芰:一年生水生草本植物,夏日开白花,果实为菱角。

湘。　恨入空帏鸾影①独,泪凝双脸渚莲光,薄情年少悔思量。

带着芰荷香气的风轻轻吹动着帘幕,犹如穿着绣花衣裳的鸂鶒游回到了池塘中。那屏风虚掩着,上面的潇湘画景已显陈旧了。最不想进入空闺之中,只因鸾镜里人影孤独,那如荷花般娇艳的脸上凝着双泪,恨那薄情的少年郎,也后悔自己饱含太多情意。这首词写闺妇愁思。卓人月《古今词统》引徐士俊评:"'悔偷灵药''悔教夫婿',不如此'悔'深。"

又

惆怅经年别谢娘,月窗花院好风光,此时相望最情伤。　青鸟不来传锦字,瑶姬何处锁兰房,忍教魂梦两茫茫②。

自从与你离别,这一年来我都无比惆怅。花前月下的风光

---

① 鸾影:鸾镜中的人影。
② 两茫茫:指命运如何,彼此都不相知。

无限美好,而此情此景观赏起来最令人伤心。青鸟不曾前来传递锦字书信,我心爱的姑娘独处在静雅的闺房之中,怎能忍心让她梦中茫然失措,满是惆怅呢?这首词从正面来描写男子对女子的思念,表现了他对女子的一片深情。

又

庭菊飘黄玉露浓,冷莎偎砌隐鸣蛩,何期良夜得相逢。　　背帐风摇红蜡滴,惹香暖梦绣衾重,觉来枕上怯晨钟。

庭院里的菊花金黄,露珠凝结在花瓣之上。畏冷的莎草紧偎着石阶生长,高歌的蟋蟀就藏在了里面。不知道何时才能与你相逢在这般良辰美景之中。晚风吹来,帐子后的红烛滴下了红泪。熏香甜甜,绣被暖暖,惹人入梦。醒来时,躺在枕上回味梦中的情景,最怕听到那一声声晨钟。这首词写秋夜美梦。李冰若《栩庄漫记》:"写梦境极婉转。"

又

云澹风高叶乱飞,小庭寒雨绿苔微,深闺人静掩屏帏。　　粉黛暗愁金带枕,鸳鸯空绕画罗衣,那堪辜负不思归。

 赏评

　　天高云淡,秋风卷着落叶四处乱飞。秋雨缠绵,庭院里的绿苔更觉稀少。闺房内的人十分安静,屏风帐帷遮掩着。美丽的女子正躺在金带枕上暗暗生愁,望着罗衣上面嬉戏的鸳鸯,不免恼恨,你怎么能够辜负我对你的期望而不思回归呢?这首词主要描写闺情。俞陛云《唐五代两宋词选释》:"两调(指本词及"红藕香寒"一首)中惟'牵情''思归'二句见其本怀。'宝帐''罗衣'等句皆以秾丽之笔,寓宛转之思。两调之起笔写景皆清俊,'飞''微'二韵尤佳。"

又

　　雁响遥天玉漏清,小纱窗外月胧明,翠帏金鸭炷香平①。　　何处不归音信断,良宵空使梦魂惊,簟凉枕冷不胜情。

 赏评

　　天边传来征雁的叫声,玉漏的滴水声十分清越,纱窗外面月色朦胧,翠帏帐子里的鸭形香炉焚着香,烟缓缓弥漫着。不

---

① 炷香平:形容燃香时烟缓缓弥漫的状态。炷香,焚香。

知远人身在何处而不归来,连音信也已断绝。美好的夜晚呀却空让人梦中惊醒,席凉枕冷让人心中无限感慨悲愁。这首词写秋夜怀人。李冰若《栩庄漫记》:"'炷香平',其幽静可想。"

又

露白蟾明又到秋,佳期幽会两悠悠①,梦牵情役几时休。　　记得泥人②微敛黛,无言斜倚小书楼,暗思前事不胜愁。

今夜霜露更白、月色更明,又到了秋天时节。幽会的日子却遥遥无期,梦中为情所困的情景什么时候才能结束?曾记得用软语纠缠之时微微皱着眉的样子,默默无语地斜倚着小书楼,暗暗地思量着往事忍不住悲愁难过起来。这首词写男子对女子的思念之情。汤显祖评曰:"此公遣调,动必数章。虽中间铺叙成文,不如人之句雕字琢,而了无穷措大酸气,即使瑜瑕不掩,自是大家。"

----

① 悠悠:漫长。此处指欲相见而遥遥无期。
② 泥人:软缠人。泥,作动词用,指软求,软缠。

# 酒泉子

罗带缕金,兰麝烟凝魂断。画屏欹、云鬓乱,恨难任。 几回垂泪滴鸳衾,薄情何处去。月临窗、花满树,信沉沉。

赏评

罗带上绣着缕缕金丝,兰麝轻烟团团升起,佳人却极其悲伤。画屏倾斜着,她的发髻凌乱,心中的恨难以承受。多少回泪水打湿了鸳鸯锦被,那薄情的人儿到底去了何处?晓月临窗,花开满树,音信却杳然无迹。这首词写闺思,先写人后写景。

又

黛薄红深,约掠①绿鬟云腻。小鸳鸯,金翡翠,称人心。 锦鳞②无处传幽意,海燕兰堂春又去。隔年③书,千点泪,恨难任。

---

① 约掠:粗略地梳理。
② 锦鳞:鱼,代指书信。
③ 隔年:去年。

女子的眉黛色淡,胭脂红深,油光的发髻胡乱梳理着。发髻上戴着鸳鸯形金钗、翡翠花钿,实在是称心如意。可是鱼儿没来衔书信,这幽深的思绪无处可传。燕子双双归来,于厅堂内筑巢,这春天又要过去了。看着去年写好的书信,泪滴成行,心中的恨意难以承受了。这首词写闺怨。

又

掩却菱花,收拾翠钿休上面①。金虫②玉燕,锁香奁,恨厌厌③。　　云鬟半坠懒重篸,泪侵山枕湿。银灯背帐梦方酣,雁飞南。

掩盖上菱花镜,收拾好翠钿不再化妆了。那绿金蝉、玉燕钗已锁在了梳妆盒内。整个人看起来精神十分不振。云鬟半坠着,懒得重新梳理,泪水浸湿了枕头。帐子外烛光闪烁,帐内

---

① 休上面:指不再打扮,停下打扮。上面,指进行面妆。
② 金虫:绿金蝉,金蝉之形的首饰。
③ 厌厌:精神不振的样子。

〔清〕 改琦 《对镜簪花图》（局部）

人才刚刚入眠,做起了美梦,却又听到了大雁南飞时的鸣叫声。这首词也写闺怨。

又

水碧风清,入槛细香红藕腻。谢娘敛翠,恨无涯,小屏斜。 堪憎①荡子不还家,谩留②罗带结。帐深枕腻炷沉烟,负当年。

池塘水碧,荷花飘香,风儿轻柔凉爽,微微地吹入栏杆里来。佳人皱着眉头,心中有着无边的恨意,屏风都倚斜了。可恨外出游荡的人还不回家,徒留罗带空结着同心结。帐子内十分幽静,枕头光润似有泪痕,香炉里燃着沉香,辜负了当年的情意。这首词写少妇独守空闺的情景。《花间集评注》引况周颐云:"翠眉但言'翠',此仅见。"

又

黛怨红羞,掩映画堂春欲暮。残花微雨,隔青楼,思

---

① 堪憎:可恨。
② 谩留:空留、虚有。谩,同"漫",徒然。

悠悠。　芳菲时节看将度[1],寂寞无人还独语。画罗襦、香粉污、不胜愁。

　　她眉黛含怨,面带娇羞。画堂虚掩着,春天即将过去了。残花纷飞、细雨蒙蒙,隔着那豪华的楼阁,情思悠长。花繁草盛的季节眼看就要过去了,寂静无声别无他人,忍不住自言自语。画罗短衣上沾染着香粉泪迹,难以承受得住这伤愁呀。这首词写佳人惜春自叹。李冰若《栩庄漫记》:"顾敻《酒泉子》七首,意少词多,似温飞卿。"

---

[1] 看将度:眼看将要过去了。度,过去。

杨柳枝

秋夜香闺思寂寥,漏迢迢。鸳帏罗幌麝烟销,烛光摇。　　正忆玉郎游荡去,无寻处。更闻帘外雨萧萧①,滴芭蕉。

秋夜里,深闺内空寂无聊,思绪如更漏之声悠长。夜风吹动罗帐,上面的鸳鸯如在水中游动,熏炉的香烟悄悄散去了,烛光摇曳不止。心中正在思忆那荡游天涯的郎君,无处能把他寻觅。只听得帘外雨潇潇,声声滴落在芭蕉叶上。这首词写秋夜闺思。陈廷焯《云韶集》:"凄凉情况,即香山'暮雨潇潇郎不归'意也。"

---

① 萧萧:即潇潇,指风雨声。《诗经·郑风·风雨》:"风雨潇潇,鸡鸣胶胶。既见君子,云胡不瘳。"

遐方怨

帘影细,簟纹平。象纱①笼玉指,缕金罗扇轻。嫩红双脸似花明,两条眉黛远山横。 风箫歇,镜尘生。辽塞音书绝,梦魂长暗惊。玉郎经岁负娉婷②,教人争不恨无情。

帘子与影微动,凉席纹路平整。轻薄的象纱笼盖着纤纤玉指,轻轻地摇着缕金罗扇。粉嫩的两颊好像鲜花一般明艳,两条细长眉黛犹如远山横卧。凤箫许久不吹,鸾镜落满灰尘。边塞外音书断绝,梦里常常伤感不已。郎君离去已数年之久,白白辜负了佳人,怎么能不让人怨恨他的薄情呢?这首词写闺怨。李冰若《栩庄漫记》:"铺饰丽字,羌无情致。"

---

① 象纱:一种纱名。该纱薄而略透明。
② 娉婷:娇美。此处代指佳人、美女。

献衷心

绣鸳鸯帐暖,画孔雀屏欹。人悄悄,月明时。想昔年欢笑,恨今日分离。银釭背,铜漏永,阻佳期。　　小炉烟细,虚阁帘垂。几多心事,暗地思惟。被娇娥牵役①,魂梦如痴。金闺里,山枕上,始应知。

鸳鸯绣帐里十分温暖,孔雀画屏斜放着。明月当空,闺中人默默无语。一想起往年的欢声笑语,就恼恨今天的分手别离。熄灭了银灯,铜漏滴水之声悠长,断绝了约会的日期。香炉中的香烟袅袅,空阁中帘子低垂。多少心中事儿,暗地里细细思量。我的心已被佳人俘获了,连睡梦中也如痴如醉。闺阁里,绣枕上,料想会明白我的心思。这首词描写男女之间互相思念。汤显祖评曰:"颇无佳句,但开曲藻滥觞耳。昔人谓诗情不似曲情多,其流之弊,唐人已先作俑。"

---

① 牵役:牵制,役使。

〔明〕 佚名 《玄宗贵妃奏笛图》（局部）

应天长

瑟瑟罗裙金线缕,轻透鹅黄香画袴①。垂交带,盘鹦鹉,袅袅翠翘移玉步。　　背人匀②檀注,慢转横波偷觑。敛黛春情暗许,倚屏慵不语。

她穿着金丝线绣成的罗裙,走路时发出瑟瑟的声音,露出轻薄的鹅黄色套裤,垂着交结的裙带,裙带上还绣着鹦鹉,那翠翘也随着她的步子颤颤悠悠。她背着人偷偷在嘴唇上涂着胭脂,慢慢扭头,眼神流转,偷偷地观看。她眉黛轻皱,暗许芳心,却又倚着屏风,娇慵不语,故作姿态。这首词描写女子的情态。

---

① 画袴(kù):彩色套裤。袴,同"裤"。
② 匀:涂,抹。

诉衷情

永夜①抛人何处去,绝来音。香阁掩,眉敛,月将沉。 争忍不相寻?怨孤衾②。换我心、为你心,始知相忆深。

漫漫长夜,你撇下我去了哪里?竟没有一点音讯。闺阁门关着,眉黛紧紧皱起,月亮又要西沉了。怎么忍心不把你寻回呢?可恨这夜里孤枕独眠。只有让我的心变成你的心,你才会知道我对你的相思之情有多么深。这首词写闺妇对情人的怨意。汤显祖评曰:"要到换心田地,换与他也未必好。"

---

① 永夜:长夜。
② 孤衾:比喻独宿。

荷叶杯

春尽小庭花落,寂寞。凭槛敛双眉,忍教成病忆佳期。知么知,知么知?

暮春时节,庭院里落花纷纷,令人感到十分孤单。我倚靠着栏杆,紧皱着双眉,你怎么忍心让我因回忆佳期而生病呢?你知不知?知不知呢?这首词写女子怀人。汤显祖评曰:"《荷叶杯》又一变法,终是作者负题。"

又

弱柳好花尽拆①,晴陌。陌上少年郎,满身兰麝扑人香。狂么狂,狂么狂?

柳枝纤纤随风起舞,鲜花簇簇尽情绽放,阳光照在小路

---

① 拆:裂开,同"坼"。

〔清〕 焦秉贞 《仕女图之风雨微吟》（局部）

上。路上走来一位少年郎君,他浑身氤氲着扑面而来的兰麝香气。怎么不令人心狂?怎么不令人情狂?这首词写女子游春之际偶遇少年郎,心中爱慕之情欲狂。

又

记得那时相见,胆战①。鬓乱四肢柔,泥人②无语不抬头。羞么羞,羞么羞!

记得那时初次相见,我心中十分害怕。头发乱了,四肢软弱无力,黏缠着人儿默默不语,更是不敢抬头。多么令人害羞呀,多么令人害羞。这首词写女子回忆与爱人初次相会时的情景。汤显祖评曰:"好形容。"李冰若《栩庄漫记》:"'柔'字入木三分。"

又

我忆君诗最苦,知否。字字尽关心,红笺写寄表情深。吟么吟,吟么吟?

---

① 胆战:即胆颤,形容非常害怕。战,发抖。
② 泥人:黏缠着人。唐代卢仝《示添丁》诗:"不知四体正困惫,泥人啼哭声呀呀。"

 赏评

　　我想你时写诗是最痛苦的,你知道吗?每个字都表达了我的关切之情,用红笺书写也代表着我的一番深情。你读了吗?读了吗?这首词写女子怀念男子,她以诗来表达自己的思念,字字都是关切之意,迫切地希望男子能够通过读诗明白自己的思念之情。

又

　　金鸭香浓鸳被,枕腻。小髻簇花钿,腰如细柳脸如莲。怜么怜,怜么怜?

 赏评

　　金鸭炉中香烟袅绕,床上铺着鸳鸯锦被,而玉枕光滑细腻。女子发髻如簇,脸上贴着花钿。她的腰细如纤纤弱柳,脸嫩如出水娇艳的荷花。你喜欢吗?喜欢吗?这首词写女子的自怜。

又

　　曲砌蝶飞烟暖,春半①。花发柳垂条,花如双脸柳如腰。娇么娇,娇么娇。

---

① 春半:指仲春时节,二月份。

 **赏评**

那曲折的台阶上方飞舞着蝴蝶,暖暖的雾气弥漫着,已是仲春时节。花儿绽放了,细长的柳枝轻轻垂着,只见那花儿如女子的双脸般娇艳,那柳枝如女子的腰般柔软。多么美丽可爱啊,多么美丽可爱。这首词写女子的情态。

又

一去又乖^①期信,春尽。满院长莓苔^②,手挼^③裙带独徘徊。来么来,来么来。

 **赏评**

你一去不归,又违背了相约的日期,眼看着春天就过去了。庭院里长满了青苔,我揉搓着裙带,独自徘徊不已。你回来吗?回来吗?这首词写女子怀人。汤显祖评曰:"手捻裙带,尽得娇痴。"唐圭璋《唐宋词简释》:"此首怀人。语极质朴,情极深刻。起叙人去之久,音讯之疏。'春尽'两句,画出久荒之庭院。'手挼'句,写足娇痴无聊之情态。末两句,重叠问之,含思凄悲,想见泪随声落之概。"

---

① 乖:违背。
② 莓苔:青苔,多生于潮湿地带。
③ 挼:一作"拈"。

渔歌子

晓风清、幽沼绿①,倚栏凝望珍禽浴。画帘垂、翠屏曲、满袖荷香馥郁。　　好摅怀②,堪寓目③,身闲心静平生足。酒杯深、光影促④,名利无心较逐⑤。

赏评

晓风清凉,深池水绿,她倚靠着栏杆,观望着水中禽鸟沐浴嬉戏。画帘低垂,屏风曲折,她衣袖上还留着荷花的清香。此情此景,足以令人有感而发,足以清新耳目,像这样闲静的日子,平生已知足了。酒杯斟满,时光短促,更无心与人争名夺利了。这首词是抒怀之作。李冰若《栩庄漫记》:"身闲心静,自不较逐名利矣。词有汲汲顾景之感。"华钟彦《花间集注》:"就题发挥,与张志和《渔歌子》语调近似。"

---

① 幽沼绿:指深池碧绿。
② 摅(shū)怀:抒怀。
③ 寓目:过目,观看。
④ 光影促:光阴短促,形容人生短促。
⑤ 较逐:角逐。

临江仙

碧染长空池似镜,倚楼闲望凝情,满衣红藕细香清。象床珍簟①,山障②掩,玉琴横。　　暗想昔时欢笑事,如今赢得愁生。博山炉暖淡烟轻。蝉吟人静,残日傍,小窗明。

碧空万里,池水如镜,女子伫立在阁楼上悠闲地凝望着,浑身透着红莲花的清香味。室内陈设着象牙床和珍宝席垫,绘有山峦景色的屏风虚掩,玉琴横置着。回想起往日的欢歌笑语,如今只赢得了忧愁遍生。博山炉散发着热意,升起了袅袅青烟。蝉鸣叫着,女子静静地观望着,落日余晖,照得小窗明亮起来。这首词是忆昔伤今之作。俞陛云《唐五代两宋词选释》:"'蝉吟'三句写悄无人处,但有蝉声,斜日在窗,愁人独倚,其风怀掩抑可知矣。"

---

① 象床珍簟:华贵的床和垫席。
② 山障:指绘有山景的屏风。

〔清〕 顾洛 《文窗写韵图》（局部）

又

幽闺小槛春光晚,柳浓花淡莺稀。旧欢思想尚依依,翠颦红敛,终日损芳菲①。 何事②狂夫③音信断,不如梁燕犹归。画堂深处麝烟微,屏虚枕冷,风细雨霏霏。

已是暮春时节,深闺栏杆内外,柳枝浓密,花色惨淡,莺啼声稀。想起往日的情景还依依不舍,眉头紧皱着,脸色不再红艳,芳颜一天天渐逝。为什么夫君的音信断绝了?他还不如梁间的燕子,它们还知道回还。画堂深处,麝烟轻轻袅袅,屏风虚掩,玉枕冰冷,窗外风儿轻吹,飘起了霏霏细雨。这首词写闺妇怀人。汤显祖评曰:"颂酒赓(gēng)色,务裁艳语,毋取乎儒冠而胡服也。"

---

① 芳菲:花草。此处指容颜。
② 何事:为什么。
③ 狂夫:指丈夫,带有怨意的称呼。

又

月色穿帘风入竹,倚屏双黛愁时。砌花含露两三枝,如啼恨脸,魂断损容仪。　香烬暗销金鸭冷,可堪辜负前期。绣襦不整鬟鬏欹,几多惆怅,情绪在天涯。

月光洒透窗帘,清风吹入竹林,女子倚着屏风,双眉正含愁。台阶上的花枝凝着露水,有那么两三枝如美人涕泪含怨的脸,极度的悲伤摧残了美丽的容颜。熏香熄灭了,金鸭式香炉也冷了,怎能辜负了这之前的约定呢?衣衫不愿整理,发髻倾斜着,心中多少惆怅呀,那情思全都放在了远在天涯之人的身上。这首词写春闺幽怨。李冰若《栩庄漫记》:"此阕过于率露,不及前作多矣。"

醉公子

漠漠秋云澹,红藕香侵槛。枕倚小山屏,金铺①向晚扃②。　　睡起横波慢,独望情何限。衰柳数声蝉,魂销似去年。

窗外风轻云淡,藕香飘入栏杆。人枕靠在绘有山景的屏风上,到了傍晚时才闩上门。一觉睡起,眼神散漫迷离,独自远望,情思无限。残柳上寒蝉鸣叫了数声,情景好似去年,令人魂消。这首词写闺人秋思。汤显祖评曰:"《醉公子》即公子醉也。其词意四换,又称《四换头》,尔后变风,渐与题远。"李冰若《栩庄漫记》:"'衰柳'二句,语淡而味永,韵远而神伤。"

---

① 金铺:此处指门。
② 扃(jiōng):门闩。此处引申为关闭门户。

又

岸柳垂金线,雨晴莺百啭。家住绿杨边,往来多少年。 马嘶芳草远,高楼帘半卷。敛袖翠蛾攒,相逢尔许难[①]。

 赏评

岸边杨柳垂下金黄色的枝条,雨过天晴,黄莺愉快地鸣叫着。我家就在绿杨林边,这么多年来经常能见到路过的王孙少年。耳听得他们骑着马越走越远,我站在高楼上半卷着帘子观望,举着袖子轻遮着脸,蛾眉紧蹙,感叹这知音相逢如此之难。这首词写女子伤别。陈廷焯《词则·闲情集》:"丽而有则。"吴任臣《十国春秋》:"夐善小词,有《醉公子》曲为一时艳称。"

[①] 尔许难:如此难。尔许,如此、这样。杜荀鹤《醉书僧壁》:"九华山色真堪爱,留得高僧尔许年。"

更漏子

旧欢娱,新怅望,拥鼻含颦楼上。浓柳翠,晚霞微,江鸥接翼飞。　　帘半卷,屏斜掩,远岫①参差迷眼。歌满耳,酒盈樽,前非不要论。

  想起往日的欢娱之情,徒添新的惆怅之意,掩着鼻皱着眉徘徊在小楼之上。杨柳翠意浓浓,晚霞渐渐聚起,江鸥比翼双飞。半卷着帘子,斜掩着屏风,远山处云雾茫茫,让人眼迷看不清楚。听着歌曲,斟满酒杯,这样的日子就不要讨论昨日的是是非非了。这是一首抒怀之作。李冰若《栩庄漫记》:"'歌满耳,酒盈樽,前非不要论。'所谓今我不乐日月其除者也。五代十国乱靡有定,割据一方之主,尚少振拔有为者,其学士大臣亦复流连光景,极意闺帏,故《花间集》中不少颓废自放之词。于顾氏又何怪焉。"

---

① 远岫:远山。

孙光宪

五十四首

字孟文,自号葆光子
贵平(今四川仁寿县)人
五代后唐至宋初文学家

约895—968

他事南平三世,累官至荆南节度副使、检校秘书少监。后归宋,为黄州刺史。他好读书,聚书数千卷,或手自抄写,孜孜校雠(chóu),老而不废。著有《北梦琐言》。词存八十四首,《花间集》选取六十一首。本书选其词五十四首。

浣溪沙

蓼岸风多橘柚香,江边一望楚天长,片帆烟际闪孤光。　　目送征鸿飞杳杳,思随流水去茫茫,兰红①波碧忆潇湘。

长满蓼花的岸边,风中夹杂着浓浓的橘柚香。我伫立江边远眺,楚天辽阔,江水一望无际。那远去的孤帆,在水天相接处泛起了白光。我的目光追随着远去的鸿雁,直到见不到它们了。我的思绪却如滔滔不绝的江水般流向远方。红兰花红,秋江水碧,令人怀念起潇湘秋色之景。这首词是触景伤怀之作。汤显祖评曰:"王弇(yǎn)州称'归来休放烛花红''问君还有几多愁'直是词手。假如此等调,亦仅隔一黍耳。"王国维《人间词话·附录》:"昔黄玉林赏其'一庭疏雨湿春愁'为古今佳句。余以为不若'片帆烟际闪孤光',尤有境界也。"

---

① 兰红:植物名,即红兰,秋日开红花。江淹《别赋》:"见红兰之受露,望青楸之雁霜。"

又

桃杏风香帘幕闲,谢家门户约花关①,画梁幽语燕初还。 绣阁数行题了壁,晓屏一枕酒醒山,却疑身是梦魂间。

桃杏风香,吹入了帘幕之中。闺阁门户紧闭,要把花儿关在院内。画梁间传来呢喃细语,春燕已经归来了。绣阁的墙壁上已题下了数行词句。清晨,屏风遮掩处,醉酒的人已醒来了。他躺在山枕上,迷迷糊糊,怀疑自己尚在梦境之中。这首词写醉酒之乐。

又

花渐凋疏不耐风,画帘垂地晚堂空,堕阶紫藓舞愁红。 腻粉半粘金靥子,残香犹暖绣薰笼,蕙心②无处与人同。

---

① 约花关:把花关在院门内。
② 蕙心:指闺人纯美之心。

〔清〕 唐岱 丁观鹏 《清院本十二月令图轴之二月》（局部）

　　花儿渐渐凋零,更加耐不住风势。画帘垂地,傍晚时的空堂更觉寂寞。落花纷纷,坠落在台阶之上,如苔藓一般密集,又带来一片伤愁。女子涂着脂粉的脸颊上沾着黄星靥子;熏香尚暖,香意弥漫在闺阁之中,她的心中别有一般滋味,这是人们难以理解的。这首词写女子暮春时节自伤迟暮。李冰若《栩庄漫记》:"'蕙心无处与人同',非深于情者不能道。"

又

　　揽镜无言泪欲流,凝情半日懒梳头,一庭疏雨湿春愁。　　杨柳只知伤怨别,杏花应信损娇羞,泪沾魂断轸[①]离忧。

　　对着镜中的自己沉默无语,眼泪都要流下来了。就这样自怜了半日,也懒得梳头打扮。庭外细雨纷纷,更添了一番春愁。杨柳只知道伤别离,杏花应相信人会因相思而容颜渐损。泪沾衣襟,魂飞梦断,因忧伤而悲痛难言。这首词写女子的春愁。

---

① 轸(zhěn):悲痛。《楚辞·九章·哀郢》:"出国门而轸怀兮。"

汤显祖评曰:"'不耐风''湿春愁',皆集中创语之秀句也。"

又

半踏①长裾宛约②行,晚帘疏处见分明,此时堪恨昧平生。　早是销魂残烛影,更愁闻着品③弦声,杳无消息若为④情。

她长襟曳地,步履盈盈,婉约而行。透过夜色下稀疏的帘子能看得清楚她的倩影,只恼恨此时此刻素昧平生,无缘相识。残夜烛影摇曳,令人黯然神伤,听着那弹奏的琴声,更添惆怅。别后再无任何消息,如何忍受这绵绵相思之情呢?这首词写男子思慕女子的情景。李冰若《栩庄漫记》:"相少情多,缠绵乃尔。"

---

① 半踏:小步走。
② 宛约:婉约,柔美的样子。
③ 品:弹奏,品尝。
④ 若为:如何,怎为。谢灵运《东阳溪中赠答》:"但问情若为?月就云中堕。"

又

兰沐[①]初休曲槛前，暖风迟日洗头天。湿云[③]新敛未梳蝉，翠袂半将遮粉臆[④]，宝钗长欲坠香肩[⑤]，此时模样不禁怜。

和风丽日，真是个洗头的好天气。她在曲折的栏杆前，用兰香溶水洗完了秀发，湿发刚绾起来还没有梳理。绿袖半遮着白嫩的胸部，金钗摇摇欲坠，垂到了香肩处，此时的模样更让人怜爱。这首词写女子洗头后的情态。李冰若《栩庄漫记》："翠袂半遮、宝钗欲坠，形容兰沐初休之娇态。词笔细腻，想亦忍俊不禁矣。"

---

① 兰沐：用兰香溶水洗发。
② 初休：刚洗完。
③ 湿云：指湿的头发。
④ 粉臆（yì）：白嫩的胸。臆，指胸。
⑤ 坠香肩：下垂到香肩。

又

风递残香出绣帘,团窠金凤①舞襜襜②,落花微雨恨相兼。　何处去来狂太甚,空推③宿酒睡无厌,争教人不别猜嫌。

风吹着残余的香气飘到了帘外,帘子上的团花金凤如活了一般翩翩起舞。落花纷纷,细雨霏霏,都令人恼恨。心上人不知道去何处冶游,真是太任性了。等他回来时,又假言推托宿酒难醒,贪睡不止。这怎么不叫人心生猜疑呢?这首词写女子的妒忌之情。汤显祖评曰:"乐府遗音,词坛丽藻。'好书不厌百回读',如此数词,亦应尔尔。"

① 团窠(kē)金凤:帘子上所绣的团花金凤图案。团窠,圆形的。
② 襜襜:舞动的样子。
③ 空推:假言推托。

又

轻打银筝坠燕泥[1]，断丝高罥[2]画楼西。花冠[3]闲上午墙[4]啼。　粉箨[5]半开新竹径，红苞[6]尽落旧桃蹊[7]。不堪终日闭深闺。

赏评

女子弹奏着银筝，乐声动听，仿若能震落燕泥。蛛丝高高挂在画楼的西侧，公鸡悠闲地飞上中墙啼叫。新嫩的竹笋撑开了外衣，形成了新的竹林小径；落花纷纷，覆盖了桃树下往年的小路。面对此景，真的难以忍受终日空闺幽禁的寂寞生活了。这首词写闺情。俞陛云《唐五代两宋词选释》："五句虽皆写景，而字句妍炼，兼含凄寂。至结句言终日闭闺，则所见景物，徒为愁人供资料耳。"

---

① 坠燕泥：弹奏之声动听，震坠燕泥。刘向《别录》："鲁人虞公，发声清越，歌动梁尘。"
② 罥（juàn）：挂。杜甫《茅屋为秋风所破歌》："高者挂罥长林梢，下者飘转沉塘坳。"
③ 花冠：公鸡。温庭筠《赠知音》："翠羽花冠碧树鸡，未明先向短墙啼。"
④ 午墙：中墙，正面的墙。
⑤ 粉箨（tuò）：新嫩的竹笋。箨，竹笋外衣。
⑥ 红苞：花骨朵儿。
⑦ 桃蹊：桃树下的小路。《史记·李将军列传》："谚曰'桃李不言，下自成蹊'。"

〔清〕 任颐 《十二屏群仙祝寿图》(局部)

又

乌帽①斜欹倒佩鱼②,静街偷步访仙居③,隔墙应认打门初。 将见客时微掩敛④,得人怜处且生疏,低头羞问壁边书。

 赏评

他斜戴着乌纱帽,倒挂着佩鱼,缓步走在安静的街上,前往烟花之地。隔着墙敲门,心上人就知道是谁来了。见到他时,她遮掩着面容,微含羞态。她得到了他的怜爱,却还是一副怯生生的样子,低着头假装询问墙壁上是什么字。这首词写男子冶游烟花之地。陈廷焯《云韶集》:"迤逦写来,描写女儿心性、情态,无不逼真。"

---

① 乌帽:乌纱帽。杜甫《相从行赠严二别驾》:"乌帽拂尘青螺粟,紫衣将炙绯衣走。"
② 佩鱼:唐代五品以上官员所佩带的鱼袋。
③ 仙居:仙人的住所。此处指烟花之地。
④ 掩敛:遮掩面容,微含羞态。

河　传

太平天子①，等闲游戏，疏河千里。柳如丝，偎倚渌波春水，长淮②风不起。　如花殿脚三千女，争云雨③，何处留人住？锦帆风，烟际红，烧空④，魂迷大业⑤中。

赏评

隋炀帝为了寻常游戏，劳民伤财，开凿运河千里。沿河两岸细柳如丝，依偎着春水绿波，河面上风平浪静。三千多位如花似玉的拉船女子，均向炀帝争宠，可不知何处能将人留住。风吹着锦帆而行，烟霞映红天际，如大火燃烧了天空，沉迷在隋朝这花锦世界之中。这首词是怀古之作。汤显祖评曰："索性咏古，感慨之下，自有无限烟波。"

---

① 太平天子：指隋炀帝。
② 长淮：指淮河。
③ 争云雨：指争宠。
④ 烧空：双关语，既指烟霞弥漫如火烧天际，也指隋朝繁华一炬而空。
⑤ 大业：隋炀帝的年号。

又

花落烟薄,谢家池阁。寂寞春深,翠蛾轻敛意沉吟。沾襟,无人知此心。 玉炉香断霜灰冷①,帘铺影,梁燕归红杏②。晚来天,空悄然③。孤眠,枕檀云鬓偏。

落花纷纷,云雾淡淡,笼罩着女子家的池塘阁楼。又到了沉寂的暮春时节,女子蛾眉微微皱着,心事沉沉。泪水湿了衣襟,没有人能明白她的心事。玉炉中的香燃尽了,香灰冷如寒霜。帘影铺在了地上,燕子从红杏梢头飞回了梁间巢穴中。天色渐晚,一个人孤单忧愁,孤枕难眠,翻来覆去,使得檀枕上的发鬓都偏乱了。这是一首闺怨词,描写了女子的春日寂寞、孤独及相思之情。

---

① 霜灰冷:指香灰冷如霜。
② 梁燕归红杏:指梁间燕子从红杏枝头飞回到梁间巢穴中。蕴含燕归人不归之意。
③ 悄然:忧愁,一个人孤独地苦思。

又

风飐波敛,团荷闪闪,珠倾露点。木兰舟上,何处吴娃越艳①,藕花红照脸。　　大堤②狂杀③襄阳客④,烟波隔,渺渺湖光白。身已归,心不归。斜晖,远汀鸂鶒飞。

赏评

风儿吹动,水面漾起涟漪。圆圆的荷叶上露光闪闪,露水如珠子般倾滴下来。木兰扁舟上,她们是哪里来的美丽姑娘?红红的荷花与她们的容颜相辉映。耳听着《大堤曲》,游人们倾慕不已,烟波阻隔着,只能看到湖光渺渺,不见了人影儿。人已归来,心中还留恋着。落日余晖,远处的小洲上飞起了只只鸂鶒。这首词写游览时所见所感。李冰若《栩庄漫记》:"'身已归,心不归。'情至语不嫌其直率。"

---

① 吴娃越艳:吴越美女。李白《经乱离后天恩流夜郎忆旧游书怀赠江夏韦太守良宰》:"吴娃与越艳,窈窕夸铅红。"
② 大堤:乐曲名。原指襄阳沿江大堤。宋齐梁时,常以大堤为题作曲,故称《大堤曲》。
③ 狂杀:狂极,感情不能节制。
④ 襄阳客:主人公自谓。唐吴兢《乐府古题要解》收乐府词云:"朝发襄阳城,暮至大堤宿。大堤诸女儿,花艳惊郎目。"

菩萨蛮

月华如水笼香砌,金环碎撼①门初闭。寒影堕高檐,钩垂一面帘。　碧烟轻袅袅,红战灯花笑②。即此是高唐,掩屏秋梦长。

月光如水,照着遍是落花的台阶。院门刚刚关上,上面的金门环震动不止。月光下,高檐的影子投落在地面上。帘钩空垂,那一面画帘放了下来。香炉内青烟袅袅升起,烛火闪动着,爆出了一串串灯花。即便这是高唐一梦,也希望屏风轻掩着,梦境更长久些,不要醒来。卓人月《古今词统》引徐士俊评:"烛啼有泪,灯笑生花。"

---

① 碎撼:关门时门环发出的震动声。
② 灯花笑:指灯芯的余烬爆成花形。古人以爆灯花为吉兆,所以称作"灯花笑"。

又

花冠频鼓①墙头翼,东方淡白连窗色。门外早莺声,背楼残月明。　薄寒笼醉态,依旧铅华在。握手送人归,半拖②金缕衣。

【赏评】

公鸡飞上墙头频频高叫,东方渐渐露出鱼肚白,与窗色连成一片。门外树上,黄莺啼叫不停。阁楼背后,半空中还挂着一弯残月。轻寒笼罩着醉意蒙眬的我,脸上的铅华犹在。握着离人的手,半拖曳着金缕衣衫送他离去。这首词承接上首,写幽会后送别之景。李冰若《栩庄漫记》:"情事历历如绘。"

又

小庭花落无人扫,疏香满地东风老③。春晚信沉沉,天涯何处寻。　晓堂屏六扇,眉共湘山远④。争奈别离心,近来尤不禁。

---

① 鼓:振动,扇动。
② 拖:拖曳,下垂。
③ 东风老:即春已晚。
④ "眉共"句:意思是眉色如画屏上的湘山。即画远山眉。

庭院里花落纷纷,却无人打扫。看着这落花满地,知道已是暮春时节。春色已晚,他却杳无音信。天涯海角,该去何处寻找呢?画堂里摆着六扇屏风,描画的眉色就如这画屏上的湘山一般。怎奈心中满是别离之情,近些日子更加忍不住悲伤了。这首词承接上首,写别后相思之情。汤显祖评曰:"'老'字、'抬'字、'晚'字俱下得妙。三词本佳,而得此三字更觉生色。"

又

青岩碧洞经朝雨,隔花相唤南溪去。一只木兰船,波平远浸天。 扣舷①惊翡翠,嫩玉抬香臂。红日欲沉西、烟②中遥解觿③。

山青青,洞隐隐,经受着朝雨的洗涤。他们隔着花丛相唤,相约着到南溪游玩。他们划着一艘木兰小船。水波平静,远远看去与天色衔接。她伸着嫩玉般的双臂,击打着船舷而歌

---

① 扣舷:以船桨击船帮为节拍以应歌。
② 烟:指傍晚时水上的雾气。
③ 解觿(xī):解下身上佩戴的角锥赠送给对方。觿,角锥,用以解绳结的一种佩饰。解觿相赠,意味着结盟定情。

时，惊起了一只只翡翠鸟。红红的日头将要西沉了，蒙蒙雾气中，他们解佩相赠，互表深情。这首词写风土人情。卓人月《古今词统》卷五引徐士俊评："孙有句云'片帆烟际闪孤光'，足括此八句。"

又

木棉①花映丛祠小，越禽②声里春光晓。铜鼓与蛮歌，南人祈赛多。　客帆风正急，茜袖③偎樯立。极浦几回头，烟波无限愁。

高大的木棉花开正艳，映衬着林间的祠庙。禽鸟声声，鸣叫不止，更觉春天的风光明媚无比。铜鼓雷鸣，与南方的山歌相和，前来祭神求神的人真多呀。一艘客船正顺风疾驰，帆杆旁偎靠着一位女子。行到遥远的水际时，她还多次回首相望。见到这茫茫江水，她禁不住愁意无限，满是惆怅。这也是一首写风土人情的词。李冰若《栩庄漫记》："南国风光，跃然纸上。"

---

① 木棉：落叶乔木，初春花开，色红如火，产于滇黔两广一带。
② 越禽：孔雀。泛指南方禽鸟。
③ 茜袖：红袖，代指女子。

〔明〕 吕纪 《杏花孔雀图》（局部）

河渎神

汾水①碧依依,黄云落叶初飞。翠华②一去不言归,庙门空掩斜晖。 四壁阴森排古画,依旧琼轮羽驾③。小殿沉沉清夜,银灯飘落香灺④。

碧绿的汾河水缓缓而流,风卷着黄沙如云,片片落叶翩翩飞舞。自从仙人们离去之后就不曾归来,庙门虚掩着,屹立在落日余晖之中。四周墙壁呈现着一派阴森气象,那上面画着的一幅幅古画,依旧是仙人们的车驾仪仗。清夜沉静,神殿内银灯隐约闪烁,灰烬飘落了一地。这首词写一座神庙的景象。汤显祖评曰:"原题本旨,直书祠庙中事,自无借拨空影习气。"

---

① 汾水:汾河,在今山西省境内,流入黄河。
② 翠华:皇帝仪仗中一种用翠鸟羽毛作装饰的旗帜。诗文中多指皇帝,也指神仙仪仗。
③ 琼轮羽驾:玉轮羽盖的车驾,指古画上神仙所乘的车子。
④ 香灺(xiè):灯烛的灰烬。

又

江上草芊芊①,春晚湘妃庙前。一方柳色楚南天,数行征雁联翩②。 独倚朱栏情不极③,魂断终朝相忆。两桨不知消息,远汀时起鸂鶒。

江面上水草十分茂盛,暮春时节来到湘妃庙游玩。南面的天色澄碧,柳色青青,一行行征雁成队飞翔着。独自倚靠着栏杆情思无限,因终日里相思相忆而悲伤不已。也不知道他的船儿漂向了何方,远处的小洲上不时飞起一只只鸂鶒。这首词写湘妃庙前怀人相思之情。贺裳《皱水轩词筌》:"伤离念远之词,无如查荎'斜阳影里,寒烟明处,双桨去悠悠',令人不能为怀。然尚不如孙光宪'两桨不知消息,远汀时起鸂鶒',尤为黯然。洪叔玙'醉中扶上木兰舟,醒来忘却桃源路',造语尤工,却微著色矣。两君专以淡语入情。"

---

① 芊芊:草茂盛的样子。
② 联翩:指雁群排着队飞翔。
③ 情不极:情思无限,情不尽。

虞美人

红窗寂寂无人语,暗澹①梨花雨。绣罗纹地粉新描,博山香炷旋抽条②,暗魂销。　　天涯一去无消息,终日长相忆。教人相忆几时休?不堪怅触③别离愁,泪还流。

红窗内寂静无声,窗外天气晦暗,蒙蒙细雨滴打着梨花。绣罗帐上的纹路又重新描过了金粉,博山炉中熏香正燃,青烟缕缕袅袅,令人十分惆怅。自从一别天涯,再无消息传来,整日里痛苦相忆。这样的相思什么时候才能停下来?忍受不了离愁别情带来的感触,眼泪不停地流下来。这首词写女子闺中怀远之苦。汤显祖评曰:"《益州方物图赞》'虞'作'娱',集中诸调,都不及虞姬事,想以此故。"

---

① 暗澹:天气晦暗不明。
② 旋抽条:形容烟喷出来的样子。
③ 怅(chéng)触:触动,感触。

又

好风微揭帘旌起,金翼鸾^①相倚。翠檐愁听乳禽声,此时春态暗关情,独难平。　　画堂流水空相翳^②,一穗香摇曳。教人无处寄相思,落花芳草过^③前期,没人知。

清风徐徐,轻轻吹动着帘子,上面所绣的金色羽翼的鸾鸟紧紧相偎着。站在屋檐之下,最害怕听到雏燕的啾啾声,此时的种种春景都令人暗自伤情,很难独自平复下来。画堂中挂着的山水图画遮掩着,燃烧的一炷香的烟气缭绕上升。让人无处寄托相思之情。落花缤纷,芳草茂盛,早已过了约定之期,心中焦急却没人可以理解。这首词写闺人春日相思。

---

① 金翼鸾:指帘幕上所绣的金色羽翼的鸾鸟。
② 翳(yì):遮掩。
③ 过:超过了。

后庭花

景阳钟动宫莺啭,露凉金殿。轻飙①吹起琼花②旋,玉叶如剪。 晚来高阁上,珠帘卷,见坠香③千片。修蛾慢脸④陪雕辇⑤,后庭新宴。

景阳宫中的钟声悠长,黄莺欢快地鸣叫着,露珠凝集在金殿之上。微风吹拂,琼花盘旋而落,琼叶似玉又如剪裁过一般。傍晚登上高阁,卷起珠帘来,见片片落花坠地。仿佛看到那些嫔妃宫女们陪着皇帝,在后宫之中摆上了新的宴席。这首词为怀古之作,咏陈后主宫中之事。

---

① 轻飙(biāo):微风。飙,疾风。
② 琼花:花木名,叶柔而莹泽,花色微黄而带香。李白《秦女休行》:"西门秦氏女,秀色如琼花。"
③ 坠香:落花。
④ 修蛾慢脸:长眉娇脸。代指嫔妃宫女。慢,同"曼",娇美细腻。
⑤ 雕辇:皇帝乘坐的华丽车子。

〔明〕 陈洪绶 《闲话宫事图》（局部）

又

石城①依旧空江国,故宫②春色。七尺青丝③芳草碧,绝世难得。　玉英④凋落尽,更何人识⑤,野棠如织⑥。只是教人添怨忆,怅望无极。

石头城屹立于江边,早已成为一座空城,而陈朝皇宫的春色依然。那长有七尺青丝的张贵妃已逝去,芳草依然碧绿,世间再难得如此佳人了。琼花朵朵凋零,谁还能记得呢?如今只见遍地野海棠了。只不过让人徒添怨叹,惆怅之意也更无边际了。这首词咏陈后主的宠妃张丽华。李冰若《栩庄漫记》:"孙孟文词疏朗婉丽,近于韦相。其《后庭花》第二首吊张丽华,词意蕴藉凄怨,读之使人意消。"

---

① 石城:石头城,在今南京西石头山后。
② 故宫:指南京的陈朝旧宫殿。
③ 七尺青丝:南朝陈后主的贵妃张丽华发长七尺。
④ 玉英:琼花。也暗指张贵妃等美人。
⑤ 识:记得。
⑥ 如织:形容野海棠茂盛。

生查子

寂寞掩朱门,正是天将暮。暗淡小庭中,滴滴梧桐雨。 绣工夫,牵心绪,配尽鸳鸯缕①。待得没人时,偎倚论私语。

庭院寂静,朱红色的大门紧闭,又要天黑了。小院中渐渐昏暗起来,雨水一滴滴从梧桐叶上滚落。她正准备刺绣,雨声触动心思,百无聊赖地搭配着绣鸳鸯的丝线。待到绣好后,没人之时便可依偎着鸳鸯枕喁(yú)喁私语了。这首词写女子傍晚时的寂寞相思。李冰若《栩庄漫记》:"上半阕极写寂静,下半阕写幽怨。怨而不怒,足耐回味。"

---

① 鸳鸯缕:绣鸳鸯的彩线。

又

暖日策花骢①,弹鞚②垂杨陌。芳草惹烟青,落絮随风白。 谁家绣毂③动香尘,隐映神仙客④。狂杀⑤玉鞭郎⑥,咫尺音容隔。

风和日暖,少年郎骑着青骢马,悠闲潇洒地行走在垂杨绿荫的小路上。芳草弥漫着缕缕雾气,更显青绿。柳絮随着风儿起舞纷飞,更觉洁白。这是谁家的华丽车马行驶而来,带起阵阵香尘,隐隐能看到车中如神仙般美丽的女子。那骑马游春的少年郎顿时痴痴呆迷了,虽然近在咫尺,却不能与之倾诉爱慕之情。这首词写男子游春时的所见所感。汤显祖评曰:"六朝风华而稍参差之,即是词也。唐词间出选诗体,去古犹未河汉。"

---

① 花骢:青白色相杂的马。
② 弹鞚(kòng):垂下马勒,让马慢慢地走。
③ 绣毂:华丽的车子。
④ 神仙客:指车中美女。
⑤ 狂杀:痴迷发呆。
⑥ 玉鞭郎:指骑马游春的少年郎。

又

金井堕高梧,玉殿笼斜月。永巷[1]寂无人,敛态愁堪绝。　玉炉寒,香烬灭,还似君恩歇。翠辇不归来,幽恨将谁说。

梧桐树叶飘落在金井周围,弯弯的月亮挂在玉殿上空。长巷中寂静无比,没有人走过。宫中的佳人收敛了笑容,满面愁意。玉炉已凉,香烛已灭,就像君恩已断。皇帝不再前来,这一腔的幽恨之情向谁诉说呢?这是一首宫怨词,描写失宠宫人的幽恨。华钟彦《花间集注》:"按此调前二首皆言朱门儿女情事,此首则言金井、玉殿、君恩、翠辇等,明是宫中怨词,与温飞卿《菩萨蛮》之言青琐、金堂、故国、吴宫等都有寄托之意,未可与前二首同等看待。"

---

[1] 永巷:长巷子。指嫔妃的居处。

临江仙

霜拍井梧干叶堕,翠帏雕槛初寒。薄铅残黛称花冠,含情无语,延伫^①倚栏干。　　杳杳征轮何处去,离愁别恨千般。不堪心绪正多端,镜奁长掩,无意对孤鸾。

白霜打着井边的梧桐,枯叶纷纷坠落,翠色帷帐及雕栏已初感寒意。即便是脸上脂粉淡薄,眉色脱落,女子却依然与花冠相称。她脉脉含情,悄然无语,久久地倚靠着栏杆站立着。那滚滚的车轮将要驶向何处呢?她心中涌起了各种各样的离愁与别恨。忍受不了心中这千变万化的苦楚,那梳妆盒长期紧闭,无意对着鸾镜自照打扮。这首词写闺妇怀人,上阕写景,下阕抒情,全词语句清丽,含情深沉。

---

① 延伫:久立。

又

暮雨凄凄深院闭,灯前凝坐初更①。玉钗低压鬓云横,半垂罗幕,相映烛光明。 终是有心投汉珮,低头但理秦筝。燕双鸾耦②不胜情,只愁明发③,将逐楚云行。

傍晚时,下起了凄凄细雨。院门紧闭,她在灯前呆坐到初更时分。只见玉钗低坠,鬓发散乱。罗帐半垂,与明亮的烛光相映衬着。虽是有心把心爱之物赠人,却低着头只是弹奏着秦筝。看着屏风上春燕成双,鸾凤成对,心中无限感慨,只害怕天明时,他已随着楚云出发了。这首词写女子恋情。

---

① 初更:初夜之时。古代将一夜分为五更,每更约两小时,初更相当于晚七时至九时。
② 燕双鸾耦:指室内画屏上的图案,燕子成双,鸾凤成对。耦,通"偶"。
③ 明发:天亮。《诗经·小雅·小宛》:"明发不寐,有怀二人。"

酒泉子

空碛无边,万里阳关①道路。马萧萧②,人去去③,陇云愁。 香貂④旧制戎衣窄,胡霜千里白。绮罗心⑤,魂梦隔,上高楼。

这里的沙漠空旷漫无边际,一条道路从阳关蔓延出万里之远。马儿嘶鸣,人越走越远,陇地愁云遍布。之前的貂皮战衣已经变得瘦小,而胡地千里遍是白霜。那征人之妻心有所念,奈何魂梦相隔,只好独上高楼,远望消愁。这首词写闺妇怀念

---

① 阳关:关名,古代通往西域的必经之地(在今甘肃敦煌市西南),因处于玉门关之南,故称阳关。王维《送元二使安西》:"劝君更尽一杯酒,西出阳关无故人。"
② 萧萧:马嘶鸣声。杜甫《兵车行》:"车辚辚,马萧萧,行人弓箭各在腰。"
③ 去去:形容人越走越远。
④ 香貂:指贵重的貂皮衣服。此处代指战袍。
⑤ 绮罗心:闺中思妇之心。绮罗,丝织品,这里指征人的妻子。

征夫。华钟彦《花间集注》:"'绮罗'三句,承上香貂戎衣,言畴昔之盛,魂梦空隔也。"

又

曲槛小楼,正是莺花二月。思无憀①,愁欲绝,郁离襟②。　展屏空对潇湘水,眼前千万里。泪掩红、眉敛翠,恨沉沉。

正是二月草长莺飞的时节,她登上小楼,倚靠着曲折的栏杆。情思寂寥无所依赖,愁怨似无穷尽,所有的离愁别恨都郁结在胸中。展开屏风,空对着屏上画的潇湘山水,仿佛一眼看到了千万里之外。泪水淹没了脸上的脂粉,眉黛紧皱,凝聚着浓浓恨意。这是一首闺怨词,上阕由景入情,描写闺妇愁思难解;下阕写闺妇的孤凄之感,伤悲怨恨之意。

---

① 憀:同"聊"。
② 离襟:离怀,离情。

又

敛态窗前，袅袅雀钗抛颈[1]。燕成双，鸾对影，耦新知[2]。　玉纤淡拂眉山小，镜中嗔共照[3]。翠连娟，红缥缈，早妆时。

赏评

正在窗前整理着妆容，那雀钗颤颤巍巍地垂在脖子处。窗外燕子成双成对，鸾镜中照着一对人影，正是自己和遇到的新知己。纤纤玉指淡淡地画了一下眉，对着镜中人故意撒娇。正是早上梳妆的时候，眉毛画得细长弯曲，头上簪着花，更觉娇娆了。这首词写女子早晨化妆的情景。

---

[1] "袅袅"句：雀钗颤颤地垂在脖子旁。指晨起宿妆，尚未上新妆。
[2] 耦新知：遇到了新的知己。
[3] 嗔共照：自己照着镜子的娇羞样。嗔，生气，这里有撒娇之意。共照，自照。

 清平乐

愁肠欲断,正是青春半①。连理②分枝鸾失伴,又是一场离散。　掩镜无语眉低,思随芳草萋萋。凭仗③东风吹梦,与郎终日东西。

 赏评

正是仲春二月时节,却因忧愁而快要断肠。连理枝分开了,鸾鸟失去了伴侣,又是一场离别去散。遮盖上镜子,默默无语,眉毛低垂着,思念就像茂盛的芳草一样日益增长。希望能够凭借着东风把我从梦中吹到丈夫身边,终日伴随着他走东串西,永不分离。这首词写伤别离。陈廷焯《词则·闲情集》:"痴情幻想,说得温厚,便有风骚遗意。"李冰若《栩庄漫记》:"东风吹梦,与郎东西,语极缠绵沉挚。"

---

① 青春半:指春天已过了一半,即仲春时节。
② 连理:连理枝。指两棵树的枝干连生交结在一起,比喻夫妻恩爱不分离。白居易《长恨歌》:"在天愿作比翼鸟,在地愿为连理枝。"
③ 凭仗:凭借。

又

等闲无语,春恨如何去?终是疏狂①留不住,花暗柳浓②何处。　尽日目断魂飞,晚窗斜界③残晖。长恨朱门薄暮,绣鞍骢马空归。

赏评

平常日里都寂寂无声,这春愁如何消除呢?他放荡任性,终究是留之不住,不知道常去哪里寻欢作乐。整日里失魂落魄,眼看着傍晚时落日余晖又成一线,照在窗户上。时常恨这朱门之内,薄情寡淡,每到日暮之时,总是见那配有绣鞍的青骢马独自归来,而不见人影。这是一首闺怨词。汤显祖评曰:"徘徊而不忘思婉,恋而不激,填词中之有风雅者。"

---

① 疏狂:疏放狂荡。
② 花暗柳浓:指游冶之地。
③ 斜界:落日余晖一线。界,划线。

更漏子

听寒更,闻远雁,半夜萧娘[①]深院。扃绣户、下珠帘,满庭喷玉蟾。 人语静,香闺冷,红幕半垂清影。云雨态,蕙兰心,此情江海深。

半夜时分,女子在深深的庭院中听到了寒夜的更鼓声,又听到了征雁的鸣叫声。她闩上门窗,放下了帘子,月光洒满了整个庭院。凄冷的闺阁里,她静静无语,红红的帘幕半垂着,映着她清瘦的身影。面带着云雨之态,身有着蕙质兰心,那相思之情如江海一般深呀。这首词写女子盼郎归的相思之情。

---

① 萧娘:泛指少女。元稹《赠别杨员外巨源》:"揄扬陶令缘求酒,结托萧娘只在诗。"

又

今夜期①,来日别,相对只堪愁绝。偎粉面,捻瑶簪,无言泪满襟。　银箭②落,霜华薄,墙外晓鸡咿喔③。听咐嘱,恶情悰④,断肠西复东。

今夜里才相约,第二天就要分别,面面相对只觉得忧愁无限。脸靠着脸,手中揉搓着玉簪,默默无言而泪水湿了衣襟。银箭落下,霜华薄淡,墙外传来了公鸡喔喔的晨鸣声。在他耳边千叮咛万嘱咐,心中满是愁怨悔恨之情,这思念之情跟着君从西到东,永不停止。这首词写男女相聚之后离别时的痛苦状态。汤显祖评曰:"到得情深江海,自不至断肠西东。其不然者,命也,数也。人非木石,哪得无情?世间负心人,直木石之不若耶!"

---

① 期:约会。
② 银箭:古代计时器,即刻漏上的银制箭标。
③ 咿喔:鸡鸣声。
④ 恶情悰(cóng):愁怨情绪。

女冠子

蕙风芝露,坛际残香轻度。蕊珠宫,苔点分圆碧,桃花践①破红。　品流②巫峡③外,名籍紫微④中。真侣⑤墉城⑥会,梦魂通。

蕙兰沐风,芝草凝露,祭坛边飘着淡淡的残香味。蕊珠宫中,青苔形态不一,色彩如碧,桃花飘零,满地残红。她的等级辈分超过了巫山神女,名册仙籍位于紫微宫中。仙侣们都在墉城会聚,她在梦中便能与诸仙沟通交流。这首词咏调名本意,即描写女道士。

---

① 践:踩踏。
② 品流:等级辈分。
③ 巫峡:长江三峡之一,位于今湖北省巴东县与重庆交界处。此处指巫山神女。
④ 紫微:紫微宫,天帝所居。《晋书·天文志》:"紫微,大帝之座也,天子之常居也。"
⑤ 真侣:仙侣。
⑥ 墉城:神仙的居住之处。《水经注·河水》:"承渊山,又有墉城,金台玉楼,相似如一……西王母之所治,真官仙灵之所宗。"

〔明〕 仇英 《人物故事图·吹箫引凤》(局部)

风流子

茅舍槿篱[1]溪曲,鸡犬自南自北。菰[2]叶长,水葓开,门外春波涨绿。听织,声促,轧轧[3]鸣梭穿屋。

在弯弯的小溪旁,有一处围着木槿篱笆的茅舍。鸡鸣狗吠之声不时地从南边、北边传来。门前的溪水漾着碧波,水边茭白的叶子已经长大,水葓的花也已开放。在茅舍外,听到织布的声音,那轧轧急促的织布声从房屋里传到了外面。这首词描写南方田园风光。汤显祖评曰:"田家乐耶?丽人行耶?青楼曲耶?词人藻、美人容,都在尺幅中矣。"李冰若《栩庄漫记》:"《花间集》中忽有此淡朴咏田家耕织之词,诚为异采。盖词境至此,已扩放多矣。"

---

① 槿篱:种植木槿树形成的篱笆。槿,即木槿,一种落叶灌木。
② 菰(gū):即茭白,多年生草本植物,多生于南方浅水中。
③ 轧轧:织布的声音。

又

楼倚长衢欲暮,瞥见神仙伴侣。微傅粉,拢梳头,隐映画帘开处。无语,无绪,慢曳罗裙归去。

天要黑了,在紧挨着长街的一处小楼下经过,他瞥见了楼上一位如仙女般的姑娘。她脸上搽着淡粉,收束着发髻,隐隐出现在画帘揭开的地方。她不曾开口,情绪低落,慢慢拖着罗裙飘然而去。这首词写男子对女子的倾慕之情。陈廷焯《云韶集》:"情态逼真,令人如见。结三语有无限惋惜。"

又

金络玉衔嘶马,系向绿杨阴下。朱户掩,绣帘垂,曲院水流花谢。欢罢,归也,犹在九衢深夜。

配有金络头玉嚼子的马匹,系在了绿杨树荫下。大门关着,绣帘垂着,迂曲的院子里池水缓缓流着,花儿已凋谢。宴饮罢,归去了,站在这四通八达的路口处,已是深夜时分。这首词写男子纵情游冶之事。华钟彦《花间集注》:"此首与前首皆就题发挥。"

定西番

鸡禄山①前游骑,边草白,朔天明,马蹄轻。　　鹊面弓离短韔②,弯来月欲成。一只鸣骹③云外,晓鸿惊。

鸡禄山脚下骑兵们流动着巡逻。遍地的枯草经霜落而成白色,北方的天已亮了,听到了马蹄轻踏声。一名骑兵从弓袋上摘下绘着鹊鸟图的弓箭,把弓拉满,犹如一轮圆月。一支响箭直穿云霄,吓得清晨飞翔的大雁惊慌无比。这首词描写的是边塞生活。李冰若《栩庄漫记》:"随题敷衍,了无佳处。"

---

① 鸡禄山:山名,在今内蒙古自治区杭锦后旗西北部。
② 韔(chàng):装弓的袋子。
③ 鸣骹(xiāo):响箭。

又

帝子①枕前秋夜,霜幄②冷,月华明,正三更。 何处戍楼寒笛,梦残闻一声。遥想汉关万里,泪纵横。

秋夜里,她躺在枕头上还未睡着。霜打幕帷分外寒冷,月光如水格外皎洁,已到了三更时分。何处戍楼上传来声声寒笛,仿佛在残梦之中听到了一声。遥想万里迢迢的家,忍不住泪珠涟涟。这首词咏乌孙公主之事。汤显祖评曰:"吴子华云'无人知道外边寒',谢叠山云'玉人歌吹未曾归'。可见深宫之暖,不知边塞之寒;玉人之娱,不知蚕妇之苦。至裴交泰下第词云'南宫漏短北宫长',真一字一血矣。"

---

① 帝子:传为帝尧之女。此处指汉代和番的乌孙公主。
② 幄:帐幕。

# 何满子

冠剑①不随君去,江河还共恩深。歌袖半遮眉黛惨,泪珠旋②滴衣襟。惆怅云愁雨怨,断魂何处相寻。

他的冠帽和佩剑不曾带走,往日的恩爱如江河一般深。睹物思人,她衣袖半遮着,眉目紧皱,凝着愁恨,泪水随即滴落在衣襟之上。惆怅之时,云含愁,雨带怨,不知道梦魂飘向何处才能寻到他。这首词为怀人之作。王灼《碧鸡漫志》:"伪蜀孙光宪《何满子》一章云:'冠剑不随君去,江河还共恩深。'似为孟才人发。"

---

① 冠剑:指服饰和配物。
② 旋:随即。意思是先心悲而随即流泪。

玉蝴蝶

春欲尽,景仍长①,满园花正黄。粉翅②两悠飏,翩翩过短墙。　鲜飙③暖,牵游伴,飞去立残芳。无语对萧娘,舞衫沉麝香。

春天即将过去,景色仍然明媚,满园的花朵已经枯黄。蝴蝶扇动着双翅悠闲地起舞,翩翩飞过了矮墙。在和煦温暖的春风中,它们呼朋唤友飞来飞去,落在了凋残的花朵上。它们静默无语,面对着美丽的姑娘,又开始追逐起她衣衫上的沉麝之香。这是一首咏蝴蝶的词。

---

① 景仍长:指景色仍然美好。
② 粉翅:代指飞蝶类。
③ 鲜飙:指清新的风。

〔清〕 佚名 《侍女游园图》（局部）

竹　枝

门前春水_{竹枝}白蘋花_{女儿}，岸上无人_{竹枝}小艇斜_{女儿}。商女②经过_{竹枝}江欲暮_{女儿}，散抛残食_{竹枝}饲神鸦③_{女儿}。

门前那一池春水上盛开着白蘋花。岸边无人，一只小船斜斜地停着。歌女的船只经过时，暮色欲临江岸，她将一把残食抛给了乌鸦。这首词描写南方小景。汤显祖评曰："元时和杨廉夫《竹枝词》者五十余人，佳篇不可多得。徐延徽云：'胜地万斛胭脂水，泻向银河一色秋。'卓乎无愧唐人。"卓人月《古今词统》卷二引徐士俊评："（'散抛'句）偶然小事，写得幽诞。"

---

① 竹枝：唱歌时的和声。下文中的"女儿"也是此意。与皇甫松《采莲子》中"举棹""年少"的用法相同。
② 商女：指歌女。杜牧《泊秦淮》："商女不知亡国恨，隔江犹唱后庭花。"
③ 神鸦：乌鸦。因乌鸦常栖息于祠庙之上，故称"神鸦"。宋辛弃疾《永遇乐·京口北固亭怀古》："可堪回首，佛狸祠下，一片神鸦社鼓。"

思帝乡

如何？遣^①情情更多。永日水堂帘下，敛羞蛾。六幅罗裙窣地，微行^②曳碧波。看尽满池疏雨、打团荷。

为什么？越是消愁愁却越多。整日都徘徊在水堂的帘幕下，紧锁着眉黛。六褶的长裙拖地，行走在小径上时宛如荡漾的碧波。看着那潇潇细雨落下，无情地拍打着圆圆的荷叶。这首词写闺情。卓人月《古今词统》卷三引徐士俊评："'如何'如何，忘我实多，预为词料矣。"王闿运《湘绮楼词选》："常语常景，自然丰采。"

---

① 遣：排遣。
② 微行：小径，小路。

上行杯

草草①离亭鞍马,从远道,此地分衿,燕宋秦吴②千万里。　无辞一醉。野棠开,江草湿。伫立,沾泣,征骑駸駸③。

赏评

匆匆骑着马儿聚集在离亭之前,远游的人将要从这里分别,此去燕宋秦吴之地,你我便相距千万里之遥。请不要推辞,但求一醉。野海棠花开含愁,江边草茂盛带露。送行的人久久伫立,泪水湿了衣襟,而远行的马儿已疾驰而去。这首词写送别。汤显祖评曰:"'黯然销魂者,唯别而已矣。'江淹赋所未畅,尚思广之。此词殊觉小草。"

---

① 草草:匆匆。
② 燕宋秦吴:春秋时国名。燕,今河北北部;宋,今河南东部;秦,今陕西一带;吴,今江苏南部。这里指北东西南各方。
③ 駸(qīn)駸:指马疾行的样子。

〔明〕 仇英 《骑马仕女图》（局部）

又

离棹逡巡^①欲动,临极浦,故人相送,去住心情知不共。金船^②满捧。绮罗愁,丝管咽。回别,帆影灭,江浪如雪。

客船徘徊着正要离开,故友又赶到了水边相送,这远行之人与送行之人的心情是不太相同的。众人饮尽金杯之中的酒,耳闻着歌女忧伤的送别曲,丝管呜咽着满是别情。回首告别,直至帆影消逝,只剩下浩渺的江中浪花如雪般涌动了。这是一首送别词,结尾颇有李白《黄鹤楼送孟浩然之广陵》中"孤帆远影碧空尽,唯见长江天际流"的境界。

---

① 逡巡:徘徊不前,犹疑不决。白居易《秦中吟十首·重赋》:"里胥迫我纳,不许暂逡巡。"
② 金船:大酒杯,又称"金斗"。

谒金门

留不得,留得也应无益。白纻春衫如雪色,扬州初去日。　轻别离,甘抛掷,江上满帆风疾。却羡彩鸳三十六①,孤鸾还一只。

留不住他!留下他也毫无益处。他穿着雪白的苎麻春衫,径自踏上前往扬州的旅途。他那样轻率地离别,已甘心将我抛弃,任凭江风吹动着船帆疾驰而去。我好羡慕那些成双成对的鸳鸯,自己如孤鸾一般空守着寂寞。这首词写闺人怨别离。汤显祖评曰:"'满帆风吹不上离人小舡',今南调中最脍炙人口。只此一曲数语,已足该(概)括之矣。"李冰若《栩庄漫记》:"字字呜咽,相思之苦,飘泊之感,使人荡气回肠,百读不厌。其清新哀惋处,盖神似端己也。"

---

① 三十六:指三十六对。形容成双成对的鸳鸯很多。

思越人

古台①平,芳草远,馆娃宫外春深。翠黛②空留千载恨,教人何处相寻。　　绮罗无复当时事,露花点滴香泪。惆怅遥天横渌水,鸳鸯对对飞起。

姑苏台早已成了平地,绵延的青草直接天际,馆娃宫外的杨柳也已浓绿。西施的眉宇间空凝着千万般幽恨,如今又能从哪里寻到她的遗迹?当年的西施已无处寻觅,花上点点露珠犹如美人的颗颗香泪。我惆怅着遥望天际,那碧水东流而去,又见到一对对鸳鸯不时飞起。这是一首怀古之词,咏西施之事。华钟彦《花间集注》卷八:"孙少监词二首,皆咏西子事,就题发挥。"

---

① 古台:指姑苏台。
② 翠黛:翠眉。此处代指西施。

又

渚莲枯,宫树老,长洲①废苑萧条。想像玉人②空处所,月明独上溪桥。　　经春初败秋风起,红兰绿蕙愁死。一片风流伤心地,魂销目断西子。

水中的荷叶凋敝,宫中的树木枯老,长洲猎苑也已荒废萧条。想象一下西施的住所也已空空如也,明月却依然徘徊在弯弯的溪桥之上。春天已逝,秋风乍起,万物开始凋败,兰蕙仿佛也因愁怨而枯死。这真是一片风流与伤心齐聚之地,那惆怅的目光仿佛还在寻找着西施。这首词也是怀古之作,咏西施之事。陈廷焯《云韶集》:"笔致疏冷。'经春'二语,凄艳而笔力甚遒。"

---

① 长洲:吴王阖闾的猎苑,在今江苏苏州望亭镇境内。
② 玉人:指西施。

杨柳枝

阊门①风暖落花干,飞遍江城雪不寒。独有晚来临水驿,闲人多凭赤栏干。

 赏评

阊门外吹来阵阵暖风,吹落了片片枯瓣。柳絮飞遍江城,仿佛是下了一场大雪却感觉不到寒冷。傍晚时分,我独自来到水边驿站,看见许多人悠闲地倚着赤红栏杆,欣赏着柳絮轻盈的舞姿。这首词咏柳絮。李冰若《栩庄漫记》:"'飞遍江城雪不寒',得咏絮之妙。"

---

① 阊门:城门名。吴王阖闾所建的苏州城西门。

〔清〕 任熊 《花卉四条屏之桃柳双燕图》（局部）

望梅花

数枝开与短墙平,见雪萼红跗①相映,引起谁人边塞情? 帘外欲三更,吹断离愁月正明,空听隔江声。

 赏评

几枝梅花已盛开,与矮墙一般高了,能瞧见那雪白的花萼映衬着红色的花房。不知这引起了谁的边塞情思,吹起了哀伤的《梅花落》。帘外天色像是到了三更,那悠悠的笛声吹断了离愁之人的美梦。月色皎洁,听着那隔江的曲调,心儿早已飞向边城去诉说那相思之意啦。这首词咏梅花。汤显祖评曰:"'自去何郎无好咏','雪萼红跗相映',当得一'好'字起不?"

---

① 雪萼红跗(fū):雪白的花萼,红色的花房。

 # 渔歌子

草芊芊,波漾漾,湖边草色连波涨。沿蓼岸,泊枫汀,天际玉轮初上。扣舷歌,联极望[1],桨声伊轧知何向。黄鹄[2]叫,白鸥眠,谁似侬家疏旷[3]。

 赏评

小草青翠旺盛,碧波荡漾广袤,风儿吹来,草浪与碧波连成了一片,摇曳起伏。沿着开满蓼花的江岸前行,停泊在长着枫树的小洲旁,天上那一轮明月刚刚升起。渔父拍着船舷唱着歌,四处远望,那轧轧的桨声中,不知船儿要去向何方。天鹅鸣叫着,白鸥已经入眠,有谁能像渔父一样自由自在呢?这首词抒写渔家情怀,上阕描写湖上风光,下阕刻画渔家之乐,发出"谁似侬家疏旷"之感。

---

① 联极望:向四方远望。
② 黄鹄:天鹅。
③ 疏旷:旷达放纵,自由自在。

又

泛流萤①,明又灭,夜凉水冷东湾阔。风浩浩,笛寥寥,万顷金波②澄澈。　杜若③洲,香郁烈,一声宿雁霜时节。经霅水④,过松江⑤,尽属侬家日月。

岸边飞舞着许多萤火虫,时亮时灭,闪烁不停。夜凉水冷之时,东湾的水面更觉空阔。夜风浩荡,笛音缥缈,月光照着湖水,漾起了万顷金波。长满杜若的小洲上,香味浓烈,上面传来一声宿雁的啼叫,仿佛在告诉伙伴儿秋霜之季来临了。经过了霅溪,略过了松江,再进入太湖,这里才是渔家的世界。这首词写渔人泛舟的情景。汤显祖评曰:"竟夺了张志和、张季鹰坐位,忒觉狠些。"李冰若《栩庄漫记》:"二词亦疏旷,特未能与'西塞山前'原唱争胜耳。"

---

① 流萤:四处乱飞的萤火虫。杜牧《秋夕》:"银烛秋光冷画屏,轻罗小扇扑流萤。"
② 金波:指月光遍洒如金波。《汉书·礼乐志》:"月穆穆以金波。"
③ 杜若:一种香草,又名"杜蘅"。屈原《九歌·湘君》:"采芳洲兮杜若,将以遗兮下女。"
④ 霅(zhà)水:水名,即霅溪,在今浙江吴兴一带,从东北流入太湖。
⑤ 松江:吴淞江,是太湖最大的支流,在今江苏苏州、吴江一带。

十五首

魏承班

许州（今河南许昌）人
五代十国前蜀词人
官至太尉

生卒年不详

　　他的词多为言情之作，词风浓艳，描摹细腻近似温飞卿，间有清朗之作。元好问曰："魏承班词，俱为言情之作。大旨明净，不更苦心刻意，以竞胜者。"《花间集》收录其词十五首。

菩萨蛮

罗裾薄薄秋波染①,眉间画时山两点。相见绮筵时,深情暗共知。 翠翘云鬓动,敛态弹金凤。宴罢入兰房,邀人解佩珰。

 **赏评**

蓝色罗裙轻薄飘逸,好似秋波染成。眉色娟秀,犹如远山两点。在这盛大的筵席上相见时,两人暗地里眉目传情。她头上插着翠翘,云鬓微微晃动。她敛息端正仪容,弹起了金凤琴。歌舞宴罢后,她准备回到闺房中,还邀约情郎并解佩相送。这首词写男女筵席上一见钟情之事,上阕写宴上传情,下阕写赠佩定情。李冰若《栩庄漫记》:"艳冶似温尉。"

---

① 秋波染:如碧波之色染成,即深蓝色。

〔清〕 冷枚 《春夜宴桃李园图》（局部）

又

罗衣隐约金泥画,玳筵^①一曲当秋夜。声颤觑人娇,云鬓袅翠翘。　　酒醺红玉^②软,眉翠秋山远。绣幌麝烟沉,谁人知两心。

她的罗衣上隐约可见泥金描饰的图案,在这秋夜时分,她于豪华的筵席之上清歌一曲。她声音微颤,目光里柔情无限,云鬓微动,翠翘亦跟着袅袅颤动。酒气熏熏,更让她的脸色如红玉般妩媚,眉黛含翠宛如远山。绣帐内麝烟沉沉,香气扑鼻,有谁知道他们的心思呢?这首词主要描写了女子筵席上的情态。李冰若《栩庄漫记》:"艳丽。"

---

① 玳筵:盛宴,豪华的筵席。
② 红玉:红色玉石,此处形容女子的脸色。

满宫花

雪霏霏,风凛凛,玉郎何处狂饮。醉时想得纵风流,罗帐香帏鸳寝。　　春朝秋夜思君甚,愁见绣屏孤枕。少年何事负初心,泪滴缕金双衽①。

大雪纷飞,寒风凛冽,不知道郎君在何处狂饮。想必他醉酒之时会风流纵情,留宿在那香帷罗帐里与他人颠鸾倒凤吧。无论春朝还是秋夜,我无时不在思念你呀,一见到绣屏孤枕就无比愁怨。你为什么要违背当初的誓言,让我泪滴涟涟湿透双襟呢?这是一首闺怨词。汤显祖评曰:"好个《满宫花》,只此平调,殊未快人心目。"

---

① 衽(rèn):衣襟。

木兰花

小芙蓉,香旖旎①,碧玉堂深清似水。闭宝匣,掩金铺,倚屏拖袖愁如醉。　　迟迟好景烟花媚,曲渚鸳鸯眠锦翅。凝然愁望静相思,一双笑靥嚬香蕊。

 **赏评**

芙蓉帐暖,香气袭人,碧玉堂深处清净似水。她合上梳妆匣,关上房门,倚靠着屏风,长袖低垂,含愁带怨犹如痴醉一般。和煦的春光景色正美,就像烟花三月一样娇媚。弯弯曲曲的水中小洲上,鸳鸯成双成对交颈而眠。她默默地远望着,陷入了相思之中,那一对装饰着香蕊的酒窝露出了愁意。这首词写美女相思。李冰若《栩庄漫记》:"庸调。"

---

① 旖旎:繁茂的样子。宋玉《九辩》:"窃悲夫蕙华之曾敷兮,纷旖旎乎都房。"

玉楼春

寂寂画堂梁上燕,高卷翠帘横数扇。一庭春色恼人来,满地落花红几片。　愁倚锦屏低雪面①,泪滴绣罗金缕线。好天凉月尽伤心,为是玉郎长不见。

  寂静的画堂中,梁上的燕子早已入睡。高高地卷起绿窗帘,打开了几扇窗子。那满庭的春色扑面而来,让人徒增忧愁,满地落花又新添了残红几片。她愁闷地倚靠着绣屏,低垂着苍白的脸,泪珠颗颗滚落,湿透了金丝线绣的罗衫。这美好的天气、如水的月光带来的尽是伤心,这是因为玉郎杳无音信,已久未相见。这首词描写闺怨。李冰若《栩庄漫记》:"结语说到尽头,了无余味。魏氏此等词,与毛文锡不相上下。"

---

① 雪面:面容白皙如雪。

又

轻敛翠蛾呈皓齿,莺啭一枝花影里。声声清迥遏行云,寂寂画梁尘暗起。　　玉斝①满斟情未已,促坐②王孙公子醉。春风筵上贯珠匀③,艳色韶颜娇旖旎。

 **赏评**

她蛾眉轻皱,朱唇微启,露出洁白的牙齿,美妙的歌声仿佛是花影中传来的婉转莺语。一声声清越悠远的歌声响彻云霄,寂静的画梁间暗暗飞起了微尘。玉斝中斟满了美酒,歌声牵动着情思,在座的王孙公子们听得如痴如醉。就在这春日的宴席上,歌声圆润如玉的她,面容娇艳、身姿婀娜迤逦,更加迷人了。这首词咏歌女的歌唱技术。汤显祖评曰:"此题集中凡三见,皆无一败笔,才故相匹。抑亦此题之足恣其挥洒耶?"

---

① 斝(jiǎ):古代酒器,圆口,三足。
② 促坐:紧挨着坐。
③ 贯珠匀:珠玉均匀成串,这里形容歌声圆润。

 诉衷情

高歌宴罢月初盈,诗情引恨情。烟露冷,水流轻,思想梦难成。罗帐袅香平、恨频生。思君无计睡还醒,隔层城①。

歌舞宴席结束时,圆月已升上夜空,席上吟诵的诗句又引起了我的离愁别绪。夜雾露水寒冷,池水轻轻流动,屋内的人因相思久久难以入睡。锦罗帐中,袅袅的香烟已经淡去,相思之情化为了怨恨。没有办法不去想他,睡着了又会醒来,与他之间想必隔着层层城楼吧。这首词写少妇对郎君的思念,上阕描写饮酒赋诗、触景伤怀、相思梦不成;下阕写思君"睡还醒"的情态,无可奈何。

---

① 隔层城:隔着层层城楼。比喻相隔很远。

又

春深花簇小楼台,风飘锦绣开。新睡觉①,步香阶,山枕印红腮。　鬓乱坠金钗,语檀偎。临行执手重重嘱,几千回。

春深之时,丛丛繁花簇拥着小楼亭台。春风拂过,掀起了锦帘。他们刚刚睡醒,携手在石阶上漫步,枕头上的花纹印在了她的红腮之上。发鬓蓬乱,上面的金钗摇摇欲坠,她依偎着郎君低声私语。分别之际,她紧紧拉着郎君的手千叮嘱万叮咛,不愿他离去。这首词写情人的离别。汤显祖评曰:"东坡得意处,是四脚棋盘,着一味墨子,若'山枕印红腮'句,得意之情景可思。"

又

银汉云晴玉漏长,蛩声悄画堂。筠簟冷,碧窗凉,红蜡泪飘香。　皓月泻寒光,割人肠。那堪独自步池塘,对鸳鸯。

---

① 新睡觉:刚刚睡醒。觉,读 jué,醒。

  银河灿烂、万里无云,玉漏声声悠长,画堂中蟋蟀的叫声若有若无。竹席冰冷、碧窗沁凉,红蜡烛流下的烛泪滴滴飘香。皓月洒下清寒的光辉,这情景令人愁肠欲断。她怎么能独步于池塘边,面对着那双双对对相偎的鸳鸯呢?这是一首闺怨词。李冰若《栩庄漫记》:"用相对写法,较有情味。'皓月泻寒光',佳句也。"

<h2 style="text-align:center">又</h2>

  金风轻透碧窗纱,银釭焰影斜。欹枕卧、恨何赊[①],山掩小屏霞。 云雨别吴娃,想容华。梦成几度绕天涯、到君家。

  秋风轻轻吹进碧绿的纱窗,银灯的光焰和影子摇晃起来。他倚着枕头卧在床上,不知有多少幽恨,眼前画屏上的小山掩映在了霞光中。自从与佳人深情相别后,总是回忆起她的容颜,梦里数次遍寻天涯,期待找到她的家。这首词写男子对女子的

---

① 赊:悠远无尽之意。李中《旅夜闻笛》:"长笛起谁家,秋凉夜漏赊。"

〔清〕 任熊 《对镜簪花》（局部）

思念。上阕写室内景与情,下阕写别与思,结尾二句则是思念成梦,抒写情之深长。

又

春情满眼脸红绡①,娇妒索人饶②。星靥小、玉珰摇,几共醉春朝。　　别后忆纤腰,梦魂劳。如今风叶又萧萧,恨迢迢。

眼中满含春情,脸如红绡,娇嗔的模样惹人怜爱。一对可爱的小酒窝,耳边耳坠叮当作响,数次与她共度春宵。分别后,常常想起纤纤细腰的她,仅能在梦中相会了。如今又是秋风萧飒、落叶纷飞的季节,相思之意更绵绵不绝了。这首词也写男子对女子的思念之情。汤显祖评曰:"'杨柳索春饶',黄山谷词也。'一汀烟柳索春饶',张小山词也。古人惯用'饶'字。"华钟彦《花间集注》:"以上五首,盖皆就题发挥。"

---

① 绡:生丝织成的薄绸子。
② 饶:怜爱。

生查子

烟雨晚晴天,零落花无语。难话此时心,梁燕双来去。 琴韵对薰风,有恨和情抚。肠断断弦频,泪滴黄金缕。

傍晚时分,蒙蒙细雨停了,天气放晴了,花瓣无声无息地飘落满地。不知道用什么言语描述此时的心情,梁间的燕子依旧双双飞来飞去。对着香风,她弹起了琴,琴声中满是幽怨与痴情。她伤心无比,频频弹断琴弦,滴滴眼泪湿了衣上金丝绣饰。这首词描写抚琴女子的幽怨。沈际飞《草堂诗余别集》:"远近含吐,精魂生怯。"李冰若《栩庄漫记》:"魏词浅易,此却蕴藉可诵。"

又

寂寞画堂空,深夜垂罗幕。灯暗锦屏欹,月冷珠帘薄。 愁恨梦难成,何处贪欢乐。看看^①又春来,还是长萧索^②。

 赏评

画堂室空,皆是寂寞,深夜里帘幕静静地垂落。烛火晦暗,锦屏斜放,月色清冷,珠帘薄透。因忧思愁怨而难以入眠,不知道他今宵又在何处寻欢作乐。看着室外的光景,这春天又要来了,可一切还是那么萧条凄凉。这首词写女子春思,上阕写景,景中含情;下阕写情,情中带景,结尾"萧索"一词,既写环境之萧条,又见女子心情之凄楚。

---

① 看看:眼看,转眼。指多次虚度春日。
② 长萧索:长久凄凉。王维《奉寄韦太守陟》:"荒城自萧索,万里山河空。"此处指心情孤凄。

〔清〕 佚名 《雍亲王题书堂深居图屏之博古幽思》（局部）

 # 黄钟乐

池塘烟暖草萋萋。惆怅闲宵含恨,愁坐思堪迷。遥想玉人情事远,音容浑似①隔桃溪②。 偏记同欢秋月低,帘外论心花畔,和醉暗相携。何事春来君不见,梦魂长在锦江西。

 赏评

池塘之上烟色弥漫,笼罩着萋萋芳草。闲暇的夜里,他惆怅无比,带着愁怨独坐着,情思迷乱。遥想当年与佳人相聚的时光,仿佛已事隔久远。她的音容笑貌仿佛桃花源一般,再也找寻不到。偏偏还记得曾月下欢聚,在帘外花旁倾诉心曲,共品美酒,最后携手同行。为什么春天来了,你却杳无音信,空让我梦里徘徊在锦江西畔,苦苦寻觅。这首词描写男子春宵怀人,上阕写景,引出对玉人的思念;下阕忆事,结句出语痴而情弥真。

---

① 浑似:好像,仿佛。
② 桃溪:桃花源。隔桃溪,谓不相见也。

渔歌子

柳如眉,云似发。蛟绡①雾縠笼香雪。梦魂惊,钟漏歇,窗外晓莺残月。　　几多情,无处说,落花飞絮清明节。少年郎,容易别②,一去音书断绝。

她双眉宛如弯弯的柳叶,发如乌云,雾一样的薄纱遮着雪白的肌肤。她从梦中惊醒时,钟漏已滴尽,窗外晓莺啼鸣,残月西斜了。那缠缠绵绵的情意,无处向人诉说,窗外落花纷飞,飞絮蒙蒙,又到了清明时节。也许是郎君年少,轻看离别,这一去就音书断绝了。这首词写少妇闺情。汤显祖评曰:"只此容易别时,常种人毕世莫解之恨,那得草草。"李冰若《栩庄漫记》:"'窗外晓莺残月',正是怀人境地,故上半阕设色殊美,恨结句一语道尽,又无余韵矣。"

---

① 蛟绡:即鲛绡,鲛人织出的丝绸。
② 容易别:指离别容易。

六首

鹿虔扆

籍贯、字号均不详
五代十国后蜀词人
官至太保,人称鹿太保

生卒年不详

他与欧阳炯、韩琮、阎选、毛文锡同以小词奉后主,时称"五鬼"。他的词前期多浮丽之作,后期多感慨之音,整体看近于韦庄,存词6首,收于《花间集》中。

临江仙

金锁重门荒苑静,绮窗愁对秋空。翠华一去寂无踪[①],玉楼歌吹,声断已随风。　　烟月不知人事改,夜阑还照深宫。藕花相向野塘中,暗伤亡国,清露泣香红[②]。

 **赏评**

铜锁锁着层层宫门,荒凉的御苑中一片寂静,那华美的窗户愁对着秋日的天空。自从皇帝离去后,这里便寂静无比、杳无人影,宫殿里声乐丝竹之声早已随着风儿断绝消逝。云雾笼罩的月儿,不知道人事已经更改,直到夜尽之时,还照耀着重重宫苑。荒废的池塘中,荷花竟相开放,似哀泣着亡国之痛,那清露如泪珠般从花瓣上滴落。这首词是怀古伤今之作。汤显祖评曰:"'曲终人不见,江上数峰青',似有神助。以此方之,可为勍(qíng)敌。"

---

① "翠华"句:指后蜀亡国一事。
② 香红:指荷花。

又

无赖晓莺惊梦断,起来残醉初醒。映窗丝柳袅烟青、翠帘慵卷,约①砌杏花零。　　一自②玉郎游冶去,莲凋月惨仪形③。暮天微雨洒闲庭,手挼裙带、无语倚云屏。

清晨,无奈被黄莺的啼叫声从梦中惊醒,起来时还带着残酒醉意。掩映在窗户上的柳枝轻轻舞动,好似袅袅青烟。她懒懒地卷起翠绿窗帘,看到台阶上落满了凋零的杏花。自从郎君游冶远去,她整个人便如凋谢的荷花、惨淡的月光般憔悴不堪。傍晚时分,微微细雨洒落闲庭,她手挼着裙带,默默无语,斜靠着云屏。这首词写女子的相思之态。况周颐、况卜娱《织余偶述》:"'约砌杏花零','约'字雅炼。残红受约于风,极婉款妍倩之致。"

---

① 约:沿着。
② 一自:自从。
③ 仪形:仪容形体。

女冠子

凤楼琪树,惆怅刘郎一去,正春深。洞里愁空结,人间信莫寻。　　竹疏斋殿①迥②,松密醮坛阴。倚云低首望,可知心。

春深之际,她站在凤楼玉树前,因刘郎一去不返而无限伤感。独在仙洞之中,哀愁郁结在心头,那遥远的人间难以寻觅他的踪影。疏竹环绕着幽深的斋殿,密松掩藏着祭祀的醮坛。她倚靠着流云低头下望,那远去的人可知道她的一片痴心?这首词写女道士的心曲。李冰若《栩庄漫记》:"'竹疏''松密'二字,写道院风光宛然。"

---

① 斋殿:佛殿。
② 迥:幽深,深远。

又

步虚^①坛上，绛节霓旌相向，引真仙。玉珮摇蟾影，金炉袅麝烟。　　露浓霜简^②湿，风紧羽衣偏。欲留难得住，却归天。

醮坛之上涌起琅琅的诵经声，迎神符节和彩旗迎风招展，接引神仙的来临。她登上了醮坛，佩戴的玉饰摇映着月光，香炉中轻烟袅袅而上，直抵云天。夜露浓重，打湿了她手中的符板。夜风凛冽，吹偏了她的羽衣。那些下凡的仙人想留也难以留住，匆匆地回到了天上。这首词写女道士的生活。华钟彦《花间集注》："此皆咏女冠。"

---

① 步虚：指道士的诵经之声。
② 霜简：白色竹简，道士所用的手板。此处指道士招神的符。

〔清〕 佚名 《雍亲王题书堂深居图屏之立持如意》（局部）

 思越人

翠屏欹,银烛背,漏残清夜迢迢。双带绣裓①盘②锦荐,泪侵花暗香销。　　珊瑚枕腻鸦鬟③乱,玉纤慵整云散。若是适来新梦见,离肠怎不千断。

画屏斜放,透着暗淡的烛光,清夜中的残漏声传得很远很远。绣花的双带垂在锦席之上,上面的花纹已被泪水浸得模糊,熏香气味也淡了。珊瑚枕上满是泪迹,乌黑的发鬟散乱无比,纤纤玉指无力整理散乱的发鬟。如此这般凄楚,都是因为刚刚与他梦中相见过,如何不让人愁肠千断呢?这首词描写女子思怀别感。汤显祖评曰:"结句酸楚,江文通、潘安仁悼亡诗不过如此。"李冰若《栩庄漫记》:"《十国春秋》谓鹿太保'双带'二句,时人推为绝唱。余谓此词虽凄丽,尚非《临江仙》之比也。"

---

① 绣裓(kē):指双带上的彩绣花团。
② 盘:垂落。
③ 鸦鬟:鸦髻,色黑如鸦的丫形发鬟。

虞美人

卷荷香澹浮烟渚,绿嫩擎新雨。琐窗疏透晓风清,象床珍簟冷光轻,水纹平。　　九疑①黛色屏斜掩,枕上眉心敛。不堪相望病将成,钿昏檀粉泪纵横,不胜情。

含苞待放的荷花散发着淡淡清香,袅袅轻烟笼罩着水中小洲。嫩绿的荷叶高擎在新雨中,仿佛一把把绿伞。清凉的晨风从疏透的绿窗中吹进来,象牙床上的华贵竹席反射着淡淡的冷光,上面的细纹如水面般平整。虚掩着的画屏上,九嶷山风光正好,枕头上的佳人却紧锁愁眉。那令人难以忍受的期盼令她相思成疾,花钿无光,眼泪纵横,滑过粉面,那相思之情真是绵绵不绝呀。这首词写妇人的相思之苦。

---

① 九疑:九嶷山,在今湖南宁远县南,传说舜帝葬于此。

七首

阎选

表字、籍贯均不详
五代后蜀时布衣
《花间集》称其为"阎处士"

生卒年不详

  他的词"粉而不腻,浓而不艳",令人赏心悦目。李冰若《栩庄漫记》:"阎处士词多侧艳语,颇近温尉一派,然意多平衍,盖与毛文锡伯仲耳。"《花间集》收其词八首,《尊前集》收二首。本书选其词七首。

虞美人

粉融红腻莲房绽,脸动双波慢。小鱼衔玉①鬓钗横,石榴裙染象纱轻,转娉婷。　偷期锦浪荷深处,一梦云兼雨。臂留檀印②齿痕香,深秋不寐漏初长,尽思量。

佳人涂染脂粉后,脸色红润,如同绽放的莲房般娇艳。她转过头,双眼中流动着无限温柔。鱼儿衔玉形的金钗斜插在发髻上,身着轻薄的象纱做成的石榴红裙,转身时更加轻巧可爱。偷偷在碧波翻滚、荷叶繁盛的地方约会,一同坠入了云雨情深的温柔之乡。我的胳膊上留下了口红和唇齿印迹,在这深秋的不眠之夜,残漏声长,我便想起了那时的情景。这首词写秋夜情思。汤显祖评曰:"'尽'字一作'侭','侭'字更有深会。"

---

① 小鱼衔玉:指首饰的形状。
② 檀印:口红的印迹。

〔清〕 佚名 《雍亲王题书堂深居图屏之倚榻观鹊》（局部）

临江仙

雨停荷芰逗①浓香,岸边蝉噪垂杨。物华②空有旧池塘,不逢仙子,何处梦襄王。　珍簟对欹鸳枕冷,此来尘暗③凄凉。欲凭危槛恨偏长,藕花珠缀,犹似汗凝妆。

雨停后,荷花和菱花飘散着浓浓的香气。蝉躲在岸边的垂杨柳之上噪鸣。往日的池塘空有这美好的景色,遇不到神女,楚襄王又会在何处做梦呢?在凉席上,鸳鸯枕头紧挨着摆放,冷清无比,来到这里便觉得暗沉凄凉。想要倚靠着高楼上的栏杆远望,偏偏心中恨长。只见那荷花凝露,犹如佳人脸上出汗的模样。这首词写男子对女子的思念。华钟彦《花间集注》:"阎处士词二首,就题发挥。首句起韵,与前稍异。"

---

① 逗:招引,带来。
② 物华:美好的景物。杜甫《曲江陪郑八丈南史饮》:"自知白发非春事,且尽芳尊恋物华。"
③ 尘暗:气氛昏暗。

又

十二高峰[1]天外寒,竹梢轻拂仙坛。宝衣[2]行雨在云端,画帘深殿,香雾冷风残。　　欲问楚王何处去?翠屏犹掩金鸾。猿啼明月照空滩,孤舟行客,惊梦亦艰难。

巫山十二峰高耸云天之外,寒意凛凛。竹梢摇动,轻拂高高的仙坛。神女穿着神衣在云端布雨。那挂着彩帘的深深宫殿中,香雾顿时被冷风吹散了。想要问问楚王去了哪里,那青翠屏风仿佛掩藏了他离去时的金鸾车驾。猿猴啼叫,月光洒满江滩,孤舟上的远行人从梦中惊醒,再也难以入眠。这首词写神女庙的景色,抒发行客的感受。汤显祖评曰:"非深于行役者,不能为此言。即以《水仙调》当《行路难》可也。"王国维《人间词话·附录》:"(阎选)词惟《临江仙》第二首有轩翥之意。"

---

[1] 十二高峰:指巫山十二峰。
[2] 宝衣:法衣。

浣溪沙

寂寞流苏冷绣茵①,倚屏山枕惹香尘,小庭花露泣浓春。　　刘阮信非②仙洞客,嫦娥终是月中人,此生无路访东邻③。

 【赏评】

清寂的流苏帐子中,绣花的垫褥已冰冷。倚靠着屏风的枕头上还带着芳香之气。小院落中,花朵上的凝露犹如泣泪。刘晨和阮肇确实不是仙洞中的常客,而嫦娥终究是月宫中的仙子。我这一生啊,恐怕无法追求到自己心仪的姑娘了。这首词是男子对情人的怀想。沈雄《古今词话·词品》:"'露浓香泛小庭花',阎选袭之为'小庭花露泣浓春',因改《浣溪沙》为《小庭花》。"陈廷焯《云韶集》:"凄艳,已是元明一派。"

---

① 绣茵:绣花的垫褥。
② 信非:确实不是。信,诚然。
③ 东邻:指美女。宋玉《登徒子好色赋》:"臣里之美者,莫若臣东家之子。"司马相如《美人赋》:"臣之东邻,有一女子,玄发丰艳,蛾眉皓齿。"

# 八拍蛮

云锁嫩黄烟柳细,风吹红蒂雪梅残。光景[1]不胜闺阁恨,行行坐坐黛眉攒[2]。

云雾笼罩着柳林,烟柳垂摆着嫩黄的细枝。春风吹着花蒂,片片红梅飞落凋零。风光美景引起了闺阁女子无限的愁情,她们走走坐坐,心中难安,黛眉也皱成了一团。这首词写闺阁春怨。汤显祖评曰:"仄声七言绝句,唐人以入乐府,谓之《阿那曲》,宋人谓之《鸡叫子》。平声绝句以入乐府者,非《杨柳枝》《竹枝》即《八拍蛮》也。"

---

[1] 光景:风光景物。李白《越女词》:"新妆荡新波,光景两奇绝。"一作"光影"。
[2] 攒:皱起,收缩。

〔清〕 费丹旭 《探梅仕女图》（局部）

又

愁锁黛眉烟[1]易惨,泪飘红脸粉难匀。憔悴不知缘底事[2],遇人推道[3]不宜春。

因心中忧愁而眉头紧皱,脸上的胭脂也显得惨淡。泪水滑落,脂粉变得难以涂匀。不知因何事才变得如此憔悴。遇到他人问起,推说是不适应春天的气候。这首词也写闺阁春怨。况周颐《历代词人考略》:"《八拍蛮》之'憔悴不知缘底事,遇人推道不宜春',《谒金门》之'双鬓绾云颜似玉,素蛾辉淡绿',则其秀在骨,其艳入神,卷中最佳之句也。"卓人月《古今词统》卷一引徐士俊评:"却不道四时天气总愁人。"

---

[1] 烟:通"胭",胭脂。
[2] 缘底事:因何事。
[3] 推道:推说,托辞。

河 传

秋雨,秋雨,无昼无夜,滴滴霏霏。暗灯凉簟怨分离,妖姬①,不胜悲。 西风稍急喧窗竹,停又续,腻脸悬双玉②。几回邀约雁来时,违期,雁归人不归。

秋雨呀秋雨,不分昼夜地淅沥飘落。晦暗的灯光下,美艳的女子独守着冰凉的竹席,因分离之事而怨恨,心中充满了伤悲。秋风渐急,摇晃着窗外的疏竹,时而静止时而吹动。她的脸上挂着两行如玉珠般的泪水。本来多次约定好大雁归来时相见,而你却一次次地违约,眼看着大雁又归来了,你还是不曾归来。这首词写秋雨中闺怨。汤显祖评曰:"三句皆重叠字,大奇大奇。宋李易安《声声慢》用十重叠字起,而以'点点滴滴'四字结之,盖用其法而青于蓝。"

---

① 妖姬:美艳的女子。
② 双玉:两行泪。

六首

尹鹗

表字不详
成都(今四川成都)人
《花间集》称其为"尹参卿"

生卒年不详

  他性滑稽,工诗词,与李珣友善,作风与柳永相近。李冰若《栩庄漫记》:"尹鹗词在《花间集》中似韦而浅俗,似温而繁琐,盖独成一格者也。其写冶游,写情思,均分明如画,不避详琐。柳塘以为开屯田俳调,洵为知言。要其清绮灵活处,实在阎选等之上,差可与牛希济、孙光宪等齐肩也。"其存词十七首,收于《花间集》《尊前集》中。《花间集》收其词六首。

临江仙

一番荷芰生池沼,槛前风送馨香。昔年于此伴萧娘,相偎伫立,牵惹叙衷肠。　时逞①笑容无限态,还如菡萏争芳。别来虚遣思悠飏,慵窥②往事,金锁小兰房。

池塘中长着一片绿荷菱花。站在栏杆前,微风送来阵阵花香。往年,我曾在此陪伴着佳人,彼此相偎站着,情意绵绵,诉说着衷肠。那时的她露着无拘无束的笑容,含情带羞的模样仿佛在与荷花争芳斗艳。分别之后,我徒自相思之情悠长,闲来回顾往事,一把金锁锁住了昔日相聚时的兰房。这首词写男子怀人之情。茅暎《词的》:"托幽芳于芰荷。"

---

① 逞:展露。曹植《求自试表》:"欲逞其才力,输能于明君也。"
② 慵窥:懒懒地回顾。窥,看,引申为回想。

又

深秋寒夜银河静,月明深院中庭。西窗幽①梦等闲成,逡巡②觉后,特地③恨难平。　　红烛半条残焰短,依稀暗背银屏。枕前何事最伤情,梧桐叶上,点点露珠零。

深秋的寒夜里,银河静静流淌;幽深的院落里,月光洒满中庭。西窗下,她正入相思美梦中,不一会儿就醒了,心中的幽恨难以平息。红烛已烧掉了一半,烛焰越来越短,在屏风后依稀闪烁着,忽明忽暗。枕前何事最让人伤情呢?唯有梧桐叶上点点露珠滴落,最让人倍感幽怨。这首词写秋夜梦后伤情。沈雄《古今词话·词评》上卷引《柳塘词话》曰:"(尹鹗)《临江仙》云:'西窗乡梦等闲成,逡巡觉后,特地恨难平。'又:'昔年于此伴萧娘,相偎伫立,牵惹叙衷肠。'流连于后,令作者不能为怀,岂必曰《花间》《尊前》句皆婉丽也。"

---

① 幽:一作"乡"。
② 逡巡:顷刻,不一会儿。
③ 特地:特意,特为。罗隐《汴河》:"当时天子是闲游,今日行人特地愁。"

满宫花

月沉沉,人悄悄,一炷后庭香袅。风流帝子不归来,满地禁花①慵扫。　　离恨多,相见少,何处醉迷三岛。漏清宫树子规啼,愁锁碧窗春晓。

月色昏沉,人声静默,后宫里那一炷燃香青烟袅袅,缭绕飞旋。后蜀的宫妃们不再归来,那满地的落花也懒得打扫。离愁太多,相见的机会却少得可怜,他身在何处,是醉迷在仙山海岛了吗?凄凄的更漏声中,夹杂着宫树上子规的啼叫声,让人愁门紧锁,可碧窗外又见春晓。这首词写宫怨。陈廷焯《云韶集》:"绮丽风华,仿佛仲初宫词。"

---

① 禁花:皇宫中的花。

〔明〕 仇英 《宫妃游园图卷》（局部）

杏园芳

严妆①嫩脸花明,教人见了关情。含羞举步越罗轻,称娉婷。　终朝咫尺窥香阁,迢遥似隔层城。何时休遣②梦相萦,入云屏。

她打扮得整整齐齐,娇嫩的脸庞如花儿一般明艳,让人见了不由得心生爱慕之情。她娇羞着举步离去,越罗长裙轻轻摇曳,身姿更显得婀娜娉婷。他终日里窥视着她的香闺,虽然近在咫尺,却好似隔着层层城楼。我什么时候才能不只是与她在梦里相会,而是走进她的闺房呢?这首词写男子对女子的相思。沈雄《古今词话·词评》上卷引《柳塘词话》:"尹鹗《杏园芳》第二句'教人见了关情',末句'何时休遣梦相萦',遂开柳屯田俳调。"

---

① 严妆:装束整齐。
② 休遣:不让。

醉公子

暮烟笼薛砌、戟门①犹未闭。尽日醉寻春、归来月满身。　离鞍偎绣袂、坠巾花乱缀。何处恼佳人、檀痕衣上新。

  暮霭沉沉，笼罩着长满苔藓的石阶，那华贵的大门依然敞开着。他整日醉醺醺地寻欢作乐，回来时月光照着他的身影。下马后，他烂醉如泥，紧偎着佳人，佩巾坠落，散乱地掉出片片花瓣。是什么事让佳人恼怒生气呢？原来是因为他的衣服上染了新的口红印迹。这首词写贵公子醉归的情态。汤显祖评曰："一年几见月当头，'归来月满身'，良非易事。世上也有会得醉的公子。"

---

① 戟门：显贵人家的门。戟，古代一种兵器，合戈矛为一体，可直穿横击。唐朝时，官、阶、勋俱三品得立戟于门。

菩萨蛮

陇①云暗合秋天白,俯窗独坐窥烟陌②。楼际角重吹,黄昏方醉归。　　荒唐③难共语,明日还应去。上马出门时,金鞭莫与伊。

陇地秋云暗淡,渐渐地遮住了秋日的苍茫。她独坐在窗边,俯瞰着烟尘弥漫的道路。城楼上的号角又一次吹响,直至黄昏时分他才醉醺醺地归来。他行为荒唐,已难与他说说话,明日还会出门寻欢作乐。只有等他再上马出门时,不把马鞭子拿给他了。这首词描写醉公子的行为及思妇之情。陈廷焯《云韶集》:"慧心密意,令人叫绝。娇痴之情可掬。"唐圭璋《词学论丛·唐宋两代蜀词》:"况蕙风谓鹗词以此首为最佳,良不虚也。"

---

① 陇:一指今甘肃一带,因陇山而得名。一指田野。
② 烟陌:烟雾弥漫的道路。
③ 荒唐:行为放荡。

二十五首

毛熙震

表字、籍贯均不详
曾仕蜀为秘书监
《花间集》称其为"毛秘书"

生卒年不详

他善为词，用辞多华丽。王国维《毛秘监词辑本跋》："案熙震，蜀人，官秘书监。周密《齐东野语》称其词新警而不为儇（xuān）薄。余尤爱其《后庭花》，不独意胜，即以调论，亦有隽上清越之致，视文锡蔑如也。其词存者仅《花间集》所载二十九首，兹录为一卷。"李冰若《栩庄漫记》："其词浓丽处似学飞卿，然亦有清淡者，要当在毛文锡上，欧阳炯、牛松卿间耳。"本书选其词二十五首。

浣溪沙

春暮黄莺下砌前,水晶帘影露珠悬,绮霞①低映晚晴天。　　弱柳万条垂翠带,残红满地碎香钿,蕙风飘荡散轻烟。

暮春时节,黄莺飞落在台阶前,水晶帘影摇摆好似露珠穿连,灿烂的晚霞映照着傍晚的云天。纤纤弱柳,仿佛垂着千万条翠绿丝带。落红满地,好像碾碎了无数香钿。惠风徐来,吹散了袅袅青烟。这首词描绘的是暮春情景。姜方锬《蜀词人评传》引郑振铎云:"能细腻婉约以描出无人曾画之景色。"

又

花榭②香红烟景迷,满庭芳草绿萋萋,金铺闲掩绣帘低。　　紫燕一双娇语碎,翠屏十二晚峰③齐,梦魂销散醉空闺。

---

① 绮霞:美丽的彩霞。
② 花榭:花坛。
③ 十二晚峰:巫山十二峰。这里指屏风上巫山十二峰的晚景。

花坛鲜花遍开,烟色迷离;满庭芳草茂盛,一片绿意。大门虚掩着,窗帘低垂着,满是寂寞。紫燕成对,娇声碎语呢喃不停。绣屏碧绿,上面的十二晚峰林立。梦境散去,整个人在空闺中如醉了一般,无神失落。这首词写春景闺情。李冰若《栩庄漫记》:"末句不成话。"

又

晚起红房醉欲销,绿鬟云散袅金翘,雪香花语[①]不胜娇。　　好是向人柔弱处,玉纤时急绣裙腰,春心牵惹转无憀。

睡在闺房里很晚才起,昨夜的醉意快要消尽了。乌黑的发髻散乱成团,鬟边低垂着欲坠的金翘。她肌肤雪白,言辞温柔,好一位娇滴滴的佳人。她常常向人表现出温柔娇弱的样子,纤纤玉指不时地拢一下腰间的绣裙,荡漾的春心牵弄着她的情思,转而又消沉无聊起来。这首词写佳人醉酒晚起时慵懒倦怠的情态。李冰若《栩庄漫记》:"平淡之状而出以浓丽,使人之意也消。"

---

① 雪香花语:形容女子娇态。雪香,指肌肤白而香。花语,指言语柔美。

〔明〕唐寅《女子折枝图》(局部)

又

一只横钗坠髻丛,静眠珍簟起来慵,绣罗红嫩抹^①酥胸。　　羞敛细蛾魂暗断,困迷无语思犹浓,小屏香霭碧山重。

赏评

一只金钗从发髻间坠落枕边,她静静地躺在凉席上睡觉,醒来时也懒得动,那嫩红的绣罗衫紧贴着酥胸。她娇羞地皱皱细眉,身心还沉浸在断梦中。她困惑迷离、静默无语、相思之意正浓。缭绕的香雾笼罩住屏风上的重重碧山。这首词是一幅睡美人图。李冰若《栩庄漫记》:"细腻风光。"

又

云薄罗裙绶带长,满身新裹瑞龙香,翠钿斜映艳梅妆。　　伴不觑人空婉约,笑和娇语太猖狂,忍教牵恨暗形相。

---

① 抹:贴住、掩住。

赏评

轻薄的罗裙飘着长长的绶带,如云般飞扬。满身浓香,仿佛才熏染了龙涎香。翠玉花钿斜插在鬓角,映衬着脸上美艳的梅花妆。她假装不看他人,装成委婉含蓄的样子,一笑一语又是那样洒脱轻狂,故意引得人满带幽恨暗中将她端详。这首词写美人的娇态。沈际飞《草堂诗余别集》:"说风骚,千真万真。可敌光宪。"

又

碧玉冠轻袅燕钗,捧心①无语步香阶,缓移弓底②绣罗鞋。　　暗想欢娱何计好,岂堪期约有时乖③,日高深院正忘怀。

赏评

她头戴着碧玉冠,燕形的金钗轻袅袅地摇晃着。她双手抱在胸前,默默无语,缓缓地迈着弓底绣花鞋,走上满是落花的台阶。她心中暗自期许着相会,却不知如何安排。令人难以

---

① 捧心:两手敛袖抱胸,表示病态或娇态,化用西子捧心的典故。
② 弓底:弓底鞋,古代缠足女子所穿的弓形鞋子。
③ 乖:背离。

忍受的是,定好了相约之期他却未如约而至。日头高高照着深庭别院,她依然想着相约之事而忘了身边的一切。这首词写美人幽思。李冰若《栩庄漫记》:"毛熙震词:'缓移弓底绣罗鞋。'当为以弓鞋入词之始。着一'缓'字,神态具足。"

又

半醉凝情卧绣茵,睡容无力卸罗裙,玉笼鹦鹉厌听闻。 慵整落钗金翡翠,象梳欹鬓月生云,锦屏绡幌①麝烟薰。

赏评

她半醉半醒,眼含柔情,卧于绣榻之上。她满面睡容,困倦得无力去解罗裙,连玉笼中鹦鹉的欢快叫声也无心去听。懒懒地整理了一下掉落的翡翠金钗,把象牙梳斜斜地插在鬓发上,看起来好像明月出乌云。麝烟袅袅,薰着锦屏和罗帐,室内更觉春意暖暖。这首词描写美人情态。汤显祖评曰:"七首中丽字名句,巧韵纤词,故自相逼,然气韵和平,犹中土之音也。"

---

① 绡幌:用薄绸做的幔帘。幌,布幔。

临江仙

幽闺欲曙闻莺啭,红窗月影微明。好风频谢落花声,隔帏残烛,犹照绮屏筝。　　绣被锦茵眠玉①暖,炷香斜袅烟轻。澹蛾羞敛不胜情,暗思闲梦,何处逐云行。

天色渐明,晨光渐渐照亮幽暗的香闺,黄莺婉转的歌声也传了进来。红纱窗上映着西沉的微明月影。清风徐徐,频频吹动残花,响起簌簌的落花声。隔着帷帐的残烛依然照着屏风下的古筝。绣被锦褥呵护着如玉的肌肤,暖意融融;一炷清香的烟气斜斜升起,袅袅飘动。她淡淡的眉毛含羞微蹙,带着无限柔情,仿佛在暗暗思量那幽幽闲梦,不知道那心上人在何处追着行云漂泊呢。这首词写女子深闺怀人。俞陛云《唐五代两宋词选释》:"月斜将曙,而残烛犹明,隐寓怀人不寐之意。结句梦逐行云,即己亦不知其处。上、下阕之结句,皆善用纡回之笔。"

---

① 眠玉:指美人睡态,言其肌肤如玉。

更漏子

秋色清,河影澹,深户烛寒光暗。绡幌碧,锦衾红,博山香炷融。 更漏咽、蛩鸣切、满院霜华如雪。新月上、薄云收,映帘悬玉钩。

秋夜清冷,天上的银河星云稀薄,深闺里烛光暗淡透着寒意。纱幔翠绿、绣被鲜红,博山炉中香气缭绕。更漏声呜咽,蟋蟀叫声凄切,庭院里一地秋霜犹如白雪。一弯新月升上了天空,薄薄的云彩飘散了,月影映在窗帘上就像悬挂着一枚玉钩。这首词刻画了一幅幽闺秋夜图。

又

烟月寒，秋夜静，漏转金壶初永①。罗幕下，绣屏空，灯花结碎红②。　人悄悄，愁无了，思梦不成难晓。长忆得，与郎期，窃香③私语时。

赏评

月色朦胧，秋夜寂静，金漏壶响起了长夜的滴漏声。夜幕下，绣屏内空寂无声，只有烛灯爆出点点灯花。屋内的人悄无声息，心中的愁绪没有穷尽，因愁思无梦难以熬到天明。往事萦绕于脑海之中，想起了与情郎的约定，想起了与情郎幽会时的情景。这首词写秋夜闺妇怀人。卓人月《古今词统》卷六引徐士俊评："词尾余情几许。"

---

① 初永：初长。指夜初转长。
② 碎红：形容灯花散开的样子。
③ 窃香：指男女幽会。指晋贾充之女以奇香私赠韩寿的故事。

女冠子

修蛾慢①脸,不语檀心②一点,小山妆。蝉鬓低含绿,罗衣澹拂黄。 闷来深院里,闲步落花傍。纤手轻轻整,玉炉香。

细长的蛾眉,柔美的脸庞,她不言不语,唇间一点檀红,头上绾了个小山形发髻。薄如蝉翼的鬓发轻飘飘地垂在耳畔,罗衣轻拂渲染着淡淡鹅黄。烦闷时,她来到深院里,闲庭信步,伴着片片飞花。她纤纤玉指轻轻整理着玉炉,拨弄着里面的燃香。这首词描写的是女道士。汤显祖评曰:"'香暖''蝉鬓'四语,俱绝对。而'薰'字、'引'字、'低含'、'澹拂'字,尤见精工。"

---

① 慢:同"曼",柔美。
② 檀心:红唇。

〔清〕佚名 《雍亲王题书堂深居图屏之烘炉观雪》（局部）

清平乐

春光欲暮,寂寞闲庭户。粉蝶双双穿槛舞,帘卷晚天疏雨。　　含愁独倚闺帏,玉炉烟断香微。正是销魂时节,东风满树花飞。

春天即将逝去,空荡荡的院落里一片静寂。彩蝶双双飞舞,在亭栏间穿来穿去。傍晚时分,帘外下起了稀稀拉拉的小雨。她面带愁容,独自倚靠着绣帷。玉炉里那一点残香燃尽,袅袅的轻烟断了。这正是令人愁苦不堪的时节,春风吹得满树春花纷纷落下。这首词写春闺幽怨。俞陛云《唐五代两宋词选释》:"仅为清稳之作,结意含蓄,自是正轨。"

南歌子

远山愁黛碧,横波慢脸明,腻香红玉茜罗轻。深院晚堂人静,理银筝。　　鬓动行云影,裙遮点屐声①,娇羞爱问曲中名②。杨柳杏花时节,几多情?

她那远山一样的眉黛间凝着淡淡的愁意,柔美的脸上一双流盼的明眸如秋水般明澈,肌肤香腻如红玉般滋润,一身大红罗裙仙气飘飘。在那夜阑人静的画堂深处,她弹奏着银筝。鬓发飘动如一缕云影,长裙遮住了绣鞋,裙底传来叩地的和拍声,娇羞地问道:"你知道这是什么曲子吗?"在这花红柳绿的美好时节,这是多么地脉脉含情呀。这首词写女子弹筝寄情。陈廷焯《云韶集》:"风流蕴藉,妖而不妖。"

---

① 点屐声:木屐点在地上发出的声音。屐,木屐,泛指鞋子。
② 曲中名:曲调名。

又

惹恨还添恨,牵肠即断肠。凝情不语一枝芳、独映画帘闲立、绣衣香。　暗想为云女①,应怜傅粉郎。晚来轻步出闺房、鬟慢钗横无力、纵猖狂。

相思惹愁恨,相思越重恨越浓;怀恋牵人肠,越是怀恋越断肠。她凝情不语,犹如一枝鲜花,闲立的身影映在了画帘上,绣衣还飘着缕缕幽香。她暗想着像巫山神女那样多情,偏爱那俊美的少年郎。待到夜里偷偷地溜出闺房与情郎幽会,致使发鬟散乱、玉钗斜坠、纵情且疯狂。这首词写女子愁怨,上阕描写女子的情绪和动作;下阕回忆昔日与情郎幽会的情景。

---

① 云女:指巫山神女。这里泛指多情的美女。

何满子

寂寞芳菲暗度,岁华如箭堪惊。缅想①旧欢多少事,转添春思难平。曲槛丝垂金柳,小窗弦断银筝。　深院空闻燕语,满园闲落花轻。一片相思休不得,忍教长日愁生。谁见夕阳孤梦,觉来无限伤情。

美好的年华在寂寞中悄然消逝,光阴似箭,快得令人心惊。回想起一桩桩旧事,平添了多少春思,令心境难以平息。弯曲的栏杆旁,柳树垂着金丝似的枝条,小窗前还放着断了弦的银筝。住在幽深的院子里只能听见呢喃燕语,看到满园的落花轻轻飘零。相思之情萦绕心头,无休无止,怎么忍心让人整日里沉浸在哀愁之中。谁见过她夕阳落下便孤单单地入睡,醒来时又无限感伤的情景呢?这首词写女子春思。李冰若《栩庄漫记》:"'谁见夕阳孤梦'二句,稍有情味。"

---

① 缅想:追思,缅怀。

又

无语残妆澹薄,含羞弹袂①轻盈。几度香闺眠过晓,绮窗疏日微明。云母帐中偷惜,水精枕上初惊。　　笑靥嫩疑花坼,愁眉翠敛山横。相望只教添怅恨,整鬟时见纤琼②。独倚朱扉闲立,谁知别有深情。

她沉默无语,脸上残留着淡淡宿妆,长袖轻盈地垂着,面带羞涩。有多少次她在香闺中睡过了头,直到和煦的阳光照在了绣窗上。云母绣帐内,她暗暗自怜;水晶枕头上,她梦中初惊。微笑时,娇嫩的脸颊如初绽的花苞;忧愁时,双眉紧蹙如青山横斜。抬头望远只添得惆怅怨恨,整理鬓发时露出了纤纤玉指。她独自倚靠着朱门时,谁会知道她心中那一番深情呢?这首词写美人的幽怨。汤显祖评曰:"艳丽亦复温文,更不易得。若徒事铺排,即中调厌人,况长调乎。"

---

① 弹袂:垂袖。
② 纤琼:纤纤如玉的手指。

小重山

梁燕双飞画阁前,寂寥多少恨,懒孤眠。晓来闲处想君怜,红罗帐,金鸭冷沉烟。　　谁信损婵娟,倚屏啼玉箸,湿香钿。四支无力上秋千,群花谢,愁对艳阳天。

 赏评

看着梁间燕子成双成对地在画阁前飞舞,寂寞的心中又添了多少幽恨,懒懒的孤枕难眠。早上醒来,悠闲独处时想起了郎君的怜爱。红罗帐中,金鸭香炉中香已熄灭。谁能相信她因相思而容颜憔悴不堪,倚靠着屏风泪水双流,浸湿了腮上香钿。她四肢慵懒无力,难上秋千,只看着百花凋谢,愁对着这艳阳天。这首词写美人春思。李冰若《栩庄漫记》:"春思无限,而以'愁对艳阳天'点出,故是有致。"

木兰花

掩朱扉、钩翠箔①、满院莺声春寂寞。匀粉泪、恨檀郎、一去不归花又落。　　对斜晖、临小阁、前事岂堪重想着②。金带③冷、画屏幽、宝帐慵薰兰麝薄。

关上朱红色房门，拉上翠绿的窗帘，听着满院里莺语声，更觉得春日寂寞。她用淡妆遮掩着泪痕，心中恼恨郎君，一去竟不知归来，眼看着又到了落花时节。面对着落日余晖，登上绣阁小楼，往事已不堪回想。那金带玉枕冰冷，画屏暮色幽幽，帷帐里懒得燃熏兰麝，香气已淡薄许多。这首词写妻子对丈夫的忆念。

---

① 翠箔：翠绿的帘子。
② 想着：想起来。
③ 金带：枕头上的装饰。此处指枕头。

后庭花

莺啼燕语芳菲节，瑞庭花发。昔时欢宴歌声揭，管弦清越。　　自从陵谷①追游歇，画梁尘黦。伤心一片如珪月②，闲锁宫阙。

春光明媚，黄莺婉转鸣啼，燕子呢喃轻语，庭院里百花盛开。想起往日这里大摆宴席，歌声飞扬，管弦声清越。自从世事巨变后蜀灭亡，便不再寻胜出游了，画梁上落满了尘土。那一轮洁净如玉的明月不知人伤心欲碎，依旧静静地笼罩着旧时宫阙。这首词是词人对后蜀灭亡的感慨之作，深寓家国之恨。汤显祖评曰："'黦'字，诗词中不多见，即集中惟韦庄《应天长》'泪沾红袖黦'一语，语本周处《风土记》：'梅雨沾衣服，皆败黦。'皆黑而有文者。"

---

① 陵谷：暗喻变迁，改变。《诗经·小雅·十月之交》："高岸为谷，深谷为陵。"
② 珪月：洁净如玉的月亮。珪，玉石的一种。南梁江淹《别赋》："至乃秋露如珠，秋月如珪。"

又

越罗小袖新香蒨①,薄笼金钏。倚栏无语摇轻扇,半遮匀面。　春残日暖莺娇懒,满庭花片。争不教人长相见,画堂深院。

 赏评

裁成小袖短襟的越罗是用蒨草新染成的,薄薄的袖笼遮盖着臂上的金钏。她倚靠着栏杆,静默不语,轻摇着团扇,总是半遮着化过妆的容颜。暮春时节,阳光更加温暖,黄莺娇懒着鸣叫,满院里落花纷飞。怎么不让我与她时常相见?画堂咫尺相望,却隔着那幽深的庭院。这首词写男子对女子的爱慕。华钟彦《花间集注》:"毛秘书词三首,皆四十四字,就题发挥。"

---

① 蒨(qiàn):大红色,同"茜"。形容衣服的颜色。

酒泉子

闲卧绣帏,慵想万般情宠。锦檀偏,翘股①重,翠云欹。　　暮天屏上春山碧,映香烟雾隔。蕙兰心,魂梦役,敛蛾眉。

闲卧在绣帐中,懒懒地回想着往日那万般的恩宠温柔。斜靠在锦绣枕头上,头上的金钗饰品重重叠叠,浓密的秀发散落在枕上。傍晚时分,落日余晖照着画屏上的青山,映着香炉中袅袅升起的烟雾。她那颗芳心早被魂梦牵绕着,愁绪也锁进了紧蹙的蛾眉之中。这首词写闺情。汤显祖评曰:"'手抵着牙腮,慢慢的想',知从此处翻案,觉两两尖新。"

---

① 翘股:金钗之类的首饰。

又

钿匣舞鸾,隐映艳红修碧。月梳①斜,云鬟腻,粉香寒。 晓花微敛轻呵展②,袅钗金燕软。日初升,帘半卷,对妆残。

梳妆盒上的鸾镜透着她的倩影,隐隐照出红红的脸颊、修长的眉毛。那月牙梳斜插在发髻上,发丝细腻柔滑,轻拂着脸上微寒的香粉。早晨的花朵微闭着,她轻轻地对着花儿呵气,想让它绽放,那软软的燕形金钗在发间轻轻地颤动着。太阳刚刚升起,帘子半卷着,她对着鸾镜开始整理起残妆。这首词写女子晨起梳妆的情形。沈雄《古今词话·词评》上卷引《柳塘词话》:"毛熙震词'象梳欹鬓月生云''玉纤时急绣裙腰''晓花微敛轻呵展,袅钗金燕软',不止以浓艳见长也,卒章情致尤为可爱。"

---

① 月梳:月牙形梳子。
② 呵展:轻轻呵气,使花舒展。

〔清〕 陈枚 《月曼清游图册之水阁梳妆》（局部）

菩萨蛮

梨花满院飘香雪,高楼夜静风筝咽。斜月照帘帷,忆君和梦稀。 小窗灯影背,燕语惊愁态。屏掩断香飞,行云山外归。

满园梨花,如纷纷飘落的香雪。高楼夜静,那檐下的筝片在风中呜咽着。弯月静照着窗帘,近来我也难与深忆的郎君梦中相会了。小窗上映照着幽暗的灯影,梁间突然响起的燕叫声惊断了我的愁梦。屏风遮掩着香炉,那断断续续飘起的袅袅轻烟,仿佛我梦中从巫山归来时驾御的行云。这首词写女子深闺怀夫。李冰若《栩庄漫记》:"凄清怨抑。"

又

绣帘高轴临塘看,雨翻荷芰真珠散。残暑晚初凉,轻风渡水香。 无憀悲往事,争奈牵情思。光影暗相催,等闲秋又来。

她高高卷起绣帘,面对着池塘观赏着,那急雨打翻了荷菱绿叶,犹如颗颗珍珠散落。夏末的傍晚才能感觉到凉爽,风儿轻轻吹来还带着阵阵花香。寂寞无聊,不禁悲叹起往事来,又怎能不被其牵动情思呢?光阴暗暗地催人衰老,百无聊赖之时秋天又要到来了。这首词写夏末秋初时的情景。李冰若《栩庄漫记》:"'等闲秋又来',无限怊怅。"

又

天含残碧融春色,五陵薄幸①无消息。尽日掩朱门,离愁暗断魂。　　莺啼芳树暖,燕拂回塘满。寂寞对屏山,相思醉梦间。

蓝蓝的天空仿佛把一抹青色融进了春色之中,那薄情之人一去就再没消息。她整日里关着门,离愁暗生,犹如断了魂。黄莺啼叫,树木变绿,燕子飞回来了,轻轻拂过涨满春水的池塘。她满怀寂寞,空望着屏风上的山景,只能把相思之情寄托于醉梦之中。这首词写女子的离愁相思之情。

---

① 五陵薄幸:指薄情之人。五陵,指汉高帝长陵、惠帝安陵、景帝阳陵、武帝茂陵和昭帝平陵,常喻指富贵人家所居之地。

三十三首

李珣

字德润
梓州（今四川三台）人
晚唐五代前蜀词人

约855—约930

  他少有诗名，尤工词，兼通医理，前蜀时以秀才被举荐为朝官，《花间集》称其李秀才。况周颐《餐樱庑词话》："李秀才词，清疏之笔，下开北宋人体格。"今《花间集》存词三十七首，《尊前集》存词十七首。本书选其词三十三首。

浣溪沙

入夏偏宜澹薄①妆,越罗衣褪郁金黄,翠钿檀注助容光。　相见无言还有恨,几回拚却又思量,月窗香径梦悠飏。

入夏时节,最适合画素雅的淡妆,越罗衣衫上郁金香染成的金黄色褪掉了,翠色的玉钗和红色的胭脂增添了美艳的容光。回想起相见之时沉默无言,心中偏有些愁怨,几次想说出来却又暗暗思量着。月光沁窗,花径幽香,思念如梦一般悠长。这首词写女子怀念男子。李冰若《栩庄漫记》:"《浣溪沙》云:'相见无言还有恨,几回拚却又思量。'又:'暗思何事立残阳。'……皆词浅意深,耐人涵泳。"

---

① 澹薄:即淡薄。

又

访旧伤离欲断魂,无因①重见玉楼人,六街②微雨镂香尘。早为不逢巫峡梦,那堪虚度锦江春,遇花倾酒莫辞频。

赏评

故地重游,想起了当初的离别之痛,整个人像丢了魂一样,没有机会再见到玉楼上的佳人。忽然一阵儿微雨飘落,遍地落花的街上飘起了缕缕香尘。早就因为没有梦到巫山神女而遗憾,哪想到又虚度了锦江美好的春色。假如再遇到这烂漫春花,我将倾杯痛饮绝不嫌多。这首词抒发男子对女子的一往情深。汤显祖评曰:"'镂香尘'句妙,然'镂尘'二字出《关尹子》。李易安'清露晨流,新桐初引',乃《世说》全文,词虽小技,亦须多读书者方许为之。"

---

① 无因:没有机会。
② 六街:唐代长安城中的六条大街。泛指繁华的街市。司空图《省试》:"闲系长安千匹马,今朝似减六街尘。"

又

红藕花香到槛频,可堪闲忆似花人,旧欢如梦绝音尘。　　翠叠画屏山隐隐,冷铺纹簟水潾潾①,断魂何处一蝉新。

荷风徐来,带着阵阵花香吹过了亭栏。可叹我又回想起了那如花似玉的佳人,旧日的欢情好似一场梦,如今再无她半点消息。画屏上重峦叠翠,雾山隐隐。清冷的床上,凉席的纹路如水纹般波光粼粼。不知何处骤然响起一阵蝉鸣,召回了我飘断的思绪。这首词写男子对女子的思念。李调元《雨村词话》:"李珣工于《浣溪沙》词。其词类七言,须于一句中含无限远神方妙。如:'入夏偏宜澹薄妆',又'暗思何事立残阳',又'断魂何处一蝉新',皆有不尽之意。至'六街微雨镂香尘','镂'字则尖新少意味矣。"

---

① 水潾潾:波光闪闪的样子。这里形容凉席的花纹。

〔五代〕 顾德谦 《莲池水禽图轴(对轴)之白鹭》(局部)

渔歌子

楚山青,湘水渌,春风澹荡①看不足。草芊芊,花簇簇,渔艇棹歌相续。　信浮沉,无管束,钓回乘月归湾曲。酒盈樽,云满屋,不见人间荣辱。

楚山青青,湘水清清,春风徐来,波涛荡漾,令人流连忘返。青草茂盛,繁花如簇,渔船小艇往来穿梭不停,渔翁唱着渔歌悠然垂钓着。他任凭船儿漂浮,无拘无束,乘月而归,停在河湾之处。他倒满酒杯自酌,轻烟缭绕屋内,在这里没有人间那些荣辱纷扰。这首词写渔父的自在生活。李冰若《栩庄漫记》:"'楚山'三句,淡秀可爱。"

---

① 澹荡:水动荡的样子。此处指春风和煦。

又

柳垂丝,花满树,莺啼楚岸①春山暮。棹轻舟,出深浦,缓唱渔歌归去。　　罢垂纶,还酌醑②,孤村遥指云遮处。下长汀,临浅渡,惊起一行沙鹭。

弱柳垂丝,花开满枝,楚江两岸黄莺啼鸣,春山一片暮色。渔父划着一叶扁舟,驶出了深深的水浦,缓缓唱着渔歌悠悠归去。放下垂钓的鱼线,喝了一口美酒,遥望着白云深处的孤村。经过长长的沙汀,停泊在浅滩渡头,惊飞了一行沙鹭。这首词写渔父的生活情形。汤显祖评曰:"《渔歌子》即《渔家傲》也,老不如渔,良愧其言。"李冰若《栩庄漫记》:"词虽缘饰题意,而风趣洒然。此首不作说明语,尤佳也。"

---

① 楚岸:长有丛树的河岸。一指楚江之岸。长江瀼(rú)颈口以上至西陵峡,古称楚江。
② 酌醑:饮美酒。

又

九疑山,三湘水,芦花时节秋风起。水云间,山月里,棹月穿云游戏。 鼓清琴,倾渌蚁①,扁舟自得逍遥志。任东西,无定止,不议人间醒醉。

 赏评

九嶷山色倒映在三湘水波中。芦花飘白时节,飒飒秋风吹来了。云水相接,山月映水,渔父摇着小船便在这云水之间穿梭。弹着清越的琴曲,饮着醇香的酒,驾着一叶扁舟逍遥自得地漂荡,正是渔父的追求。任凭船儿东游西荡,没有目的地,更不用议论这人间的是是非非、谁醒谁醉。这首词写渔父的秋日生活。李冰若《栩庄漫记》:"《渔歌子》……诸词,缘题自抒胸境,洒然高逸,均可诵也。"姜方锬《蜀词人评传》:"《渔歌子》三阕专写田园之佳趣。名利尘埃,高节可风矣。"

---

① 渌蚁:指酒。浊酒初热时,上面的酒沫如蚂蚁漂浮,呈淡绿色。

巫山一段云

有客经巫峡,停桡向水湄①。楚王曾此梦瑶姬,一梦杳无期。　　尘暗珠帘卷,香销翠幄垂。西风回首不胜悲,暮雨洒空祠②。

乘坐着客船经过巫峡时,停船后人上了岸。楚王曾在这里梦到了巫山神女,可梦醒后,再也不曾梦见过。尘土灰暗,落满了高卷的珠帘。香冷烟灭,碧绿的帐帷静静空垂着。西风萧瑟,回想起旧日之事,心中满是不尽的伤悲,只见那潇潇暮雨,洒向了巫山神女的空祠。这首词题咏巫山神女之事。黄昇《唐宋诸贤绝妙词选》:"唐词多缘题所赋,《临江仙》则言仙事,《女冠子》则述道情,《河渎神》则咏祠庙,大概不失本题之意。尔后渐变,去题远矣。如此二词,实唐人本来词体如此。"

---

① 水湄:水边,水岸。《诗经·秦风·蒹葭》:"所谓伊人,在水之湄。"
② 空祠:楚王曾为巫山神女立祠,号为"朝云"。

又

古庙依青嶂①,行宫②枕碧流。水声山色锁妆楼,往事思悠悠。　　云雨朝还暮,烟花春复秋。啼猿何必近孤舟,行客自多愁。

神女祠倚靠着连绵青山,楚王行宫紧邻着碧绿江水。潺潺水声和暖暖山色环绕着昔日神女梳妆的楼台,往事悠悠令人感慨无限。巫山之上,从早至晚总是云轻雨迷,花开花落,经春历秋。那一声声猿啼何必要传进孤舟之中呢?那远行之人自有许多忧愁啊。这首词缘题写景。汤显祖评曰:"客子常畏人,酸语不减楚些。"沈际飞《草堂诗余别集》:"宛行湘川庙竹之下。"

---

① 青嶂:葱翠的山峰,如屏障一般。
② 行宫:指楚王云梦泽畔高唐观的旧址。

临江仙

帘卷池心小阁虚,暂凉闲步徐徐。菱荷经雨半凋疏,拂堤垂柳,蝉噪夕阳余。　　不语低鬟幽思远,玉钗斜坠双鱼①。几回偷看寄来书,离情别恨,相隔欲何如。

池心小阁的门窗虚掩,帘子高卷着,她徐徐行来,散步乘凉。菱花荷叶经过骤雨击打,凋残零落了一半,柳枝轻拂着湖堤,蝉鸣声声中,夕阳西下了。她低头沉默不语,幽幽的思念已飞向远方,那鬓发间的双鱼玉钗斜坠着,摇摆不定。曾几次偷偷翻看寄来的书信,心中离愁别恨之情更重了。你我相隔两地,如何才能相聚呢?这首词写女子思念丈夫。汤显祖评曰:"不了语作结,亦自有法。"茅暎《词的》:"幽恨如新。"

---

① 双鱼:指钗上的鱼形花饰。

又

莺报帘前暖日红,玉炉残麝犹浓。起来闺思尚疏慵,别愁春梦,谁解此情惊。　　强整娇姿临宝镜,小池①一朵芙蓉。旧欢无处再寻踪,更堪回顾,屏画九疑峰。

【赏评】

黄莺啼叫着,暖暖的红日映照在了窗帘上。玉炉中残存的麝香依然散发着浓浓的烟絮。她懒懒地起床,还沉浸在梦境之中。这漫漫的别愁春梦,谁能知晓其中的情怀呢?她努力地调整着身姿,对着宝镜梳妆,镜中那娇嫩的脸庞好像池中的一朵芙蓉花。往日的欢愉如梦幻般已无处可寻踪影,更不忍心再去回顾,只好把情思寄托于画屏上的九嶷群峰了。李冰若《栩庄漫记》:"德润'强整娇姿临宝镜,小池一朵芙蓉',工于形容,语妙天下。世之笨词,当以此为换骨金丹。"

---

① 小池:代指镜子。

南乡子

烟漠漠,雨凄凄,岸花零落鹧鸪啼。远客扁舟临野渡,思乡处,潮退水平春色暮。

烟雾弥漫,风雨凄迷,岸边的花儿已凋零,只闻得鹧鸪声声啼叫。远游之人的小舟停泊在荒滩渡口,心中泛起了淡淡乡愁,看着潮水退去,水面初平,惊觉已是暮春时候了。这首词写游子在江南暮春烟雨中的思乡之情。沈雄《古今词话·词评》上卷:"周草窗曰:'李珣辈俱蜀人,各制《南乡子》数首以志风土,《竹枝》体也。'"

又

兰棹举,水纹开,竞携藤笼①采莲来。回塘深处遥相见,邀同宴,渌酒一卮红上面②。

---

① 藤笼:用藤编制的筐。
② 红上面:指喝酒后脸色发红。

**赏评**

摇着船桨,划破了平静的水面,女子们竞相提着藤筐来采莲。在荷塘的深处,她们远远地望见,相互招呼着共同用餐,一杯美酒饮过,红晕便浮上了面庞。这首词写女子的采莲生活。汤显祖评曰:"这般染法,亦画家七十二色之最上乘也。墨子当此,定无素丝之悲。"

又

归路近,扣舷歌,采真珠处水风多。曲岸小桥山月过,烟深锁,豆蔻①花垂千万朵。

**赏评**

归家的路越来越短,女子们扣着船舷唱起了歌,采集珍珠的地方风急浪涌,回荡着她们的歌声。水岸曲折,横架着一座小桥,一轮明月从山间穿过。炊烟袅袅的村庄旁,豆蔻花开了千朵万朵。这首词描绘采珍珠的女子们傍晚归来时的情景。

---

① 豆蔻:多年生常绿草本植物,生长于岭南地区,可入药。

〔清〕 沈铨 《荷塘鸳鸯图》（局部）

又

乘彩舫,过莲塘,棹歌惊起睡鸳鸯。游女带香偎伴笑,争窈窕,竞折团荷遮晚照①。

乘坐着五彩画船,驶过了荷塘,船桨声、歌声惊起了酣睡的鸳鸯。游女们沾染了荷香,依偎着嬉戏欢笑,她们相互比美,竞相折下圆圆的荷叶遮挡着落日的余晖。这首词描写荷塘游女。茅暎《词的》卷一:"景真意趣。"李冰若《栩庄漫记》:"'竞折团荷遮晚照',生动入画。"

又

倾渌蚁,泛红螺②,闲邀女伴簇笙歌。避暑信船轻浪里,闲游戏,夹岸荔枝红蘸水。

斟上一杯绿蚁美酒,溢出了红螺酒杯,闲来邀请女伴们相聚,伴着笙唱起了歌。为了避暑,她们躲进舱内,任凭船儿在轻

---

① 晚照:指夕阳的余晖。
② 红螺:用红螺制成的酒杯。

浪里漂流,悠闲地玩起了游戏,两岸红彤彤的荔枝映照着水面,分外美丽。这首词描写女子江上泛舟的情景。李冰若《栩庄漫记》:"'夹岸荔枝红蘸水',设色明倩,非熟于南方景物不能道。"

又

云带雨,浪迎风,钓翁回棹碧湾中。春酒①香熟鲈鱼②美,谁同醉?缆却扁舟蓬底睡。

乌云带来急雨,浪头迎接着狂风,渔翁驾着船儿返回了宁静的港湾中。船上飘来了美酒和鲈鱼的香味,有谁与他同饮共醉呢?原来,缆绳拴着小舟,他独自饮酒,已醉卧在船篷下,睡着了。这首词写渔翁的自在生活。汤显祖评曰:"帆底一樽,马头千里,亦自有荣辱。如此睡,仿佛希夷千日矣。"

又

沙月静,水烟轻,芰荷香里夜船行。绿鬟红脸谁家女?遥相顾,缓唱棹歌极浦去。

---

① 春酒:冬日酿制,春日成酒。
② 鲈鱼:鱼名,体长侧扁,银灰色,味美。唐李白《秋下荆门》:"此行不为鲈鱼鲙,自爱名山入剡(shàn)中。"

 **赏评**

月光静静照着沙滩,水面弥漫着轻轻的烟雾,湖中菱花荷花飘香,一条小船穿行其中。那船上乌发似云、脸红如玉的女子是谁家的?我远远地看着,她轻声哼着船歌朝着远浦而去。这首词写水乡夜行。

又

渔市散,渡船稀,越南①云树望中微。行客待潮天欲暮,送春浦,愁听猩猩啼瘴雨②。

 **赏评**

鱼市散去,渡船也稀少了。远远望去,岭南那云雾笼罩的树林迷茫难辨。天色渐晚,出行的客人等待着潮水涨起好行船,送他前往春浦,听着瘴雨中猩猩的啼叫声,心中满是别愁。这首词写行客日暮行船之感。陈廷焯《云韶集》:"'啼瘴雨'三字,笔力精湛,仿佛古诗。"

---

① 越南:古百越,今闽粤一带。
② 瘴雨:瘴气所凝聚而成的雨。瘴,南方山林间的湿热蒸气,可使人致病。

又

拢云髻,背犀梳,焦红衫映绿罗裙。越王台下春风暖,花盈岸,游赏每邀邻女伴。

梳好了发髻,把犀角梳插在了发间,焦红色的衣衫搭配着碧绿罗裙。越王台下春风暖融融的,江岸花开正艳,每当去游玩时都会约上邻家女伴同行。这首词写女子相约郊游的情形。

又

相见处,晚晴天,刺桐花下越台前。暗里回眸深属意,遗双翠,骑象背人先过水。

傍晚时,天气晴明,她在越台前盛开的刺桐花下,偶遇了一位风度翩翩的少年郎。路过时,她偷偷地回望,目光中真情流转,故意遗落了头上的双翠羽,骑着大象,躲避着别人,先渡过了溪水。这首词写女子的情意。陈廷焯《词则·闲情集》:"情态可想。"汤显祖评曰:"轻弓短箭,独擅所长,故十调皆有超语。"

女冠子

星高月午^①,丹桂青松深处。醮坛开,金磬^②敲清露,珠幢^③立翠苔。　步虚声缥缈,想像思徘徊。晓天归去路,指蓬莱。

夜黑星高,月挂中天,在丹桂青松遍布的丛林深处,醮坛上的祭神仪式开始了。铜磬声声作响,震碎了清凉的露珠。珠幢重重,耸立在满是苔藓的地面上。那缥缈的诵经声好似来自天外,让人充满了想象,思绪徘徊不定。天明时回去的路,好像直通蓬莱仙岛。这首词写女道士的生活。

---

① 月午:月上中天,即午夜。
② 金磬:一种铜制打击乐器,形如钵。
③ 珠幢:仪仗中的一种旗帜。

〔明〕 唐寅 《嫦娥执桂图》（局部）

酒泉子

寂寞青楼,风触绣帘珠碎撼①。月朦胧,花暗澹,锁春愁。　　寻思往事依稀梦,泪脸露桃红色重。鬓欹蝉,钗坠凤,思悠悠。

寂寞的青楼上,夜风吹动珠帘,翠珠发出了清脆的碰撞声。月色朦胧,花色更觉暗淡,好似凝聚了一团春愁。回想起往事来,依稀在梦中,满脸的伤心泪,好似红艳的桃花上露珠重重。她的蝉鬓倾斜了,上面的凤钗摇摇欲坠,思念之情更加缠绵不尽了。这首词写女子春愁。

又

雨渍花零,红散香凋池两岸。别情遥,春歌断,掩银屏。　　孤帆早晚离三楚②,闲理钿筝愁几许?曲中情,弦上语,不堪听。

---

① 珠碎撼:指帘子上翠珠碰撞摇动。
② 三楚:古地域名,泛指长江中游以南,今湖南湖北一带。

 赏评

　　花朵在雨水的浸渍下纷纷凋零，一片片花瓣落在了水面和堤岸上。离别之情萦绕心间，春日的歌声停歇了，便轻轻掩上了银屏。他的小船在朝霞暮霭中离开了江陵。她闲来无事拨弄着古筝，又添了多少哀愁？那忧伤的曲子饱含深情，音符悲鸣低语，让人难以听下去。这首词写别后愁思。

又

　　秋雨联绵，声散败荷丛里。那堪深夜枕前听，酒初醒。　　牵愁惹思更无停，烛暗香凝天欲晓。细和烟、冷和雨，透帘旌。

 赏评

　　秋雨连绵不绝，淅淅沥沥地掉落在枯荷丛中。夜深之时，躺在枕头上怎么忍心听那残雨之声，酒意也醒了。那秋雨好似牵扯着愁思，绵绵不绝难以停止，烛光暗淡，香烛已燃尽，天又要亮了。窗外烟雾弥漫，寒气冷雨，浸透了帘幕。这首词写秋夜愁苦之情。李冰若《栩庄漫记》："李德润词大底清婉近端己。……《酒泉子》云：'秋雨联绵，声散败荷丛里。那堪深夜枕前听，酒初醒。'皆词浅意深，耐人涵泳。"

又

秋月婵娟①,皎洁碧纱窗外。照花穿竹冷沉沉,印池心。　凝露滴,砌蛩吟,惊觉谢娘残梦。夜深斜傍枕前来,影②徘徊。

赏评

秋月明朗秀丽,碧纱窗外一片皎洁。月光照着花儿,穿透竹林,寒意沉沉,浸入池水之中。花上凝聚的露珠滴落,台阶下的蟋蟀低鸣,惊醒了女子的残梦。夜更深了,月光斜斜地照到了枕头边,月影在窗前徘徊着,不忍离开。汤显祖评曰:"一意空翻到底,而点缀古雅,殊不强人意,似富于才而贫于学者。"华钟彦《花间集注》:"按此咏秋月词也。自首至尾,无处无月。古人为文,用心若此。"

---

① 婵娟:此处指月色美好。
② 影:指月影。

望远行

春日迟迟思寂寥,行客关山路遥。琼窗时听语莺娇,柳丝牵恨一条条。　休晕绣[①],罢吹箫,貌逐残花暗凋。同心犹结旧裙腰,忍辜风月度良宵。

春日白昼越来越长,思念之情令人更觉寂寥,遥想他行走在关山道上,相距遥远。那镂花的雕窗外,总是能听到黄莺的歌声,一条条柳丝款款摇摆,牵动着缕缕愁绪。已无心刺绣,也没兴致吹箫,容貌像残花一般凋零,不再娇艳。昔日共绾的同心结,仍然挂在旧裙子的纤腰处,如何能辜负了这春风明月,虚度了良宵?这首词写闺妇念远之情。况卜娱《织余续述》:"蜀李珣词《望远行》云:'休晕绣,罢吹箫。'闺人刺绣,颜色浓淡深浅之间,细意熨贴,务令化尽针线痕迹,与画家设色无异,谓之'晕绣'。此二字入词绝新。"

---

① 晕绣:即纭裥(jiǎn)绣,刺绣的一种基本技法。

又

露滴幽庭落叶时,愁聚萧娘柳眉。玉郎一去负佳期,水云迢递雁书迟。　　屏半掩,枕斜欹,蜡泪无言对垂。吟蛩断续漏频移,入窗明月鉴①空帷。

赏评

幽静的庭院中,露珠滴在了落叶之上,女子听到那滴落声,愁眉愈加紧皱。郎君一去不回,辜负了相会之期,山水迢迢,路途遥远,书信也迟迟不来。屏风半掩着,她斜靠着枕头,看着那一对蜡烛默默燃烧着,相对垂泪。蟋蟀断断续续地叫着,漏壶频滴,时光一刻刻在消逝。月光洒进窗内,照在了空空的罗帷里。这首词写女子深夜怀人。李冰若《栩庄漫记》:"'明月鉴空帷',自表孤贞,意在言外。"

---

① 鉴:照着。

〔清〕 佚名 《雍亲王题书堂深居图屏之持表对菊》（局部）

菩萨蛮

回塘风起波纹细,刺桐花里门斜闭。残日照平芜,双双飞鹧鸪。　　征帆何处客,相见还相隔。不语欲魂销,望中①烟水遥。

 赏评

清风徐来,曲折的池塘里漾起了层层涟漪。在刺桐花的斜影下,院门紧闭。落日的余晖映照着旷野,一对对鹧鸪结伴飞远了。远行的船只不知要驶向何处,远远相见又远远地相隔着。她默默无语,思魂随帆而去,视野之内只剩下了茫茫烟水。这首词写女子的相思。陈廷焯《云韶集》卷一:"'残日照平芜'五字,精绝秀绝。"又:"此首音节凄断。"

---

① 望中:视野之内。

又

隔帘微雨双飞燕,砌花零落红深浅。捻得宝筝调,心随征棹遥。　楚天云外路,动①便经年去。香断画屏深,旧欢何处寻。

赏评

隔着帘子,看见细雨中飞着对对春燕,石阶上落满了颜色深浅不一的残花。手指拨弄着筝弦,心儿却随着远帆而去,越来越远。去往南方的路好似能到云天之外,他动辄便走了,一去就是一年。画屏深处烟消香冷,我不知去哪里能找寻到昔日的欢乐。这首词写思妇怀远。汤显祖评曰:"《菩萨蛮》集中最多,而佳者亦不少。以此殿之,不为貂续。"李冰若《栩庄漫记》:"'隔帘'二句,即是'落花人独立,微雨燕双飞'蓝本。"

---

① 动:不觉,不经意。

西溪子

金缕翠钿浮动①，妆罢小窗圆梦。日高时，春已老，人未到，满地落花慵扫。无语倚屏风，泣残红。

她头上的金钗翠钿轻轻摇动，梳妆好靠着小窗回想着昨夜的美梦。日头已高，春天已至暮春时节，相约之人却并未来到，满地的落花也懒得打扫。她倚靠着屏风默默无语，面对着落花悄悄地流下了泪。这首词写暮春时节女子对情人的思念之情。

---

① 浮动：摇动。

 虞美人

金笼莺报天将曙,惊起分飞处。夜来潜与玉郎期,多情不觉酒醒迟,失归期。　　映花避月遥相送,腻髻偏垂凤。却回娇步入香闺,倚屏无语捻云篦①,翠眉低。

 赏评

金笼中黄莺啼叫着,天要亮了,惊醒了即将分别的恋人。夜里悄悄地与郎君欢聚,浓情蜜意,不知不觉间喝多了酒,酒醒时已晚了,错过了归期。傍着花丛,避着残月,依依不舍地为情郎送行,发髻边的凤钗垂了下来。她款款转身迈着碎步回到了闺房中,倚靠着屏风默默无语,低头捻弄着篦梳,翠眉低垂,陷入回想之中。这首词写男女相会的情形。

---

① 云篦:云母所饰的篦梳。白居易《琵琶行》:"钿头银篦击节碎,血色罗裙翻酒污。"

〔清〕 佚名 《雍亲王题书堂深居图屏之捻珠观猫》（局部）

 # 河 传

去去,何处?迢迢巴楚,山水相连。朝云暮雨,依旧十二峰前,猿声到客船。　　愁肠岂异丁香结?因离别,故国^①音书绝。想佳人花下,对明月春风,恨应同。

 赏评

走啊走,何处才是终点呢?巴楚之地远隔千里,却山水相连着。巫山十二峰前,依旧朝云暮雨,声声猿啼传到了客船之中,勾起了游人的思乡之情。这愁思就如丁香般愁结,只因离别后,家乡的书信断绝了。遥想爱人站在花丛下,对着清风明月,心中的离恨也应与自己相同吧。这首词写游子的思乡之情。陈廷焯《词则·别调集》:"一气卷舒,有水流花放之致。结六字温厚。"

---

① 故国:故乡,这里指蜀地。

又

春暮，微雨。送君南浦，愁敛双蛾。落花深处，啼鸟似逐离歌，粉檀珠泪和。　　临流更把同心结，情哽咽，后会何时节？不堪回首，相望已隔汀洲，橹声幽。

赏评

暮春时节，细雨蒙蒙，她在南浦为君送别，难过得愁眉紧锁。落花深处，鸟儿追逐着，仿佛在唱离歌，她的眼泪和着妆粉不住滴落。船要走了，她忙把罗带绾成了同心结，心中有很多情话却说不出来，今日一别，不知何时才能相见。她不敢回头看，再想看时已被水中的沙洲阻隔了，只有那橹声幽幽地传来。这首词写送别。李冰若《栩庄漫记》："昔阅片玉《兰陵王》词云：'回首迢递便数驿，望人在天北。'爱其能描摹别绪，入木三分，使人诵之，黯然魂销。及阅李德润：'不堪回首，相望已隔汀洲，橹声幽。'正是一般写法，乃知周词本此也。"又："深情绵渺。以此结束《花间》，可谓珪璧相映。"